BUFFON

—

MORCEAUX

CHOISIS

HACHETTE ET Cie

MORCEAUX CHOISIS

DE BUFFON

17716. — IMPRIMERIE A. LAHURE

9, rue de Fleurus 9

BUFFON

MORCEAUX CHOISIS

NOUVELLE ÉDITION

COMPRENANT

LE DISCOURS SUR LE STYLE

UNE NOTICE SUR LA VIE ET LES OUVRAGES DE BUFFON

DES EXTRAITS DE GUENEAU DE MONTBEILLARD

ET DES NOTES

PAR

A. ÉDOUARD DUPRÉ

Ancien élève de l'École normale, Agrégé des lettres

PARIS

LIBRAIRIE HACHETTE ET Cie

79, BOULEVARD SAINT-GERMAIN, 79

—

1889

AVERTISSEMENT.

Quelques innovations ont été introduites dans cette nouvelle édition ; nous croyons utile de les justifier et d'expliquer le plan que nous avons suivi.

D'abord, tout en conservant, sauf de rares exceptions ou additions, les morceaux consacrés depuis longtemps par l'admiration générale, nous les avons plus d'une fois coupés autrement qu'on ne l'a fait jusqu'ici. Buffon compose avec une méthode rigoureuse et invariable : chez lui, une idée générale enferme toujours, englobe, en quelque sorte, les nombreux détails que lui ont fournis les recherches de ses collaborateurs ou ses méditations personnelles. Prendre un fragment au hasard, ou pour cette seule raison qu'il séduit par quelque pensée brillante, ce n'est pas donner une idée juste du style, de la *manière* de Buffon ; ce n'est pas non plus fournir aux élèves l'occasion d'étudier, avec tout le profit possible, un maître habile. Pour éviter cet écueil, nous avons eu soin que chaque morceau formât un ensemble, qu'il fût à la fois bien délimité et complet.

De plus les notes qui accompagnent cette édition ont été rédigées d'après un système nouveau. Il nous a

paru inutile de charger un livre de toutes ces exclamations d'une critique admirative, qui souvent est
bien creuse; de ces réflexions purement littéraires,
que tout professeur trouve aisément de lui-même. Des
éclaircissements sur quelques points délicats ou un
peu obscurs, des notes philologiques et grammatica-
les qui permettent la comparaison entre la langue du
dix-huitième siècle et celle du dix-septième ou du dix-
neuvième; des rapprochements, indiqués le plus souvent par de simples renvois, et destinés à épargner
aux maîtres de longues recherches: voilà à quoi s'est
borné, à dessein, notre rôle d'annotateur.

NOTICE

I

On a dit ingénieusement que le dernier trait
d'esprit de Voiture avait été de mourir à la veille
de la Fronde; on pourrait dire aussi que la mort
vint à propos arrêter sur le seuil de la Révolution le seigneur de Montbard, le comte de Buffon,
qui, sans abuser de ses priviléges, n'aurait pas
volontiers sacrifié ses titres; le noble historien
de la nature, dont le style majestueux et digne
rappelait mieux le siècle passé qu'il n'annonçait
l'ère nouvelle; le philosophe réservé dans son admiration pour Rousseau, défiant dans ses rapports
avec Voltaire, médiocrement épris de Montesquieu, résolûment opposé aux Encyclopédistes.

C'est en effet le 16 avril 1788 que mourut à
Paris, au Jardin du Roi, Georges-Louis Leclerc,
comte de Buffon, né à Montbard le 7 septembre
1707. Rien n'est à signaler dans son enfance :
les études qu'il fit au collége des Jésuites de Dijon ne révélèrent ni une précocité remarquable,
ni une vocation bien décidée. Un voyage en Italie

(années 1730, 1731), où il accompagna un riche
Anglais de passage en Bourgogne, ne fut peut-
être pas sans influence sur la suite de sa vie : le
gouverneur du jeune lord Kingston, l'Allemand
Hinckman, dut communiquer à Buffon un peu de
son enthousiasme pour les sciences naturelles.
Et pourtant, pendant sept années encore il semble hésiter : il se contente de donner la traduction
de la *Statique des végétaux* de Hales et du *Traité
des fluxions* de Newton, avec deux belles préfa-
ces ; puis plusieurs mémoires sur la géométrie, la
physique, l'agriculture ; et lorsque, en 1739, il
est nommé intendant du Jardin du Roi, il n'a,
en quelque sorte, aucun des titres du naturaliste.

Dufay, en le désignant au choix du roi comme
son digne successeur, n'en faisait pas moins
preuve d'une grande sagacité. S'il ne pouvait pas
encore apercevoir dans son jeune confrère de
l'Académie des sciences celui qu'on appellerait
bientôt le Pline français, il espérait sans doute
beaucoup de l'esprit laborieux et du noble caractère du jeune savant. Buffon était déjà ce qu'il
devait rester toute sa vie : déjà il avait pris
« cette dignité dans sa démarche, cette exacti-
tude irréprochable dans sa tenue, cette noblesse
habituelle dans son maintien[1], » qu'il a si bien
retracées quelques années plus tard dans le portrait de l'homme, plutôt en se regardant lui-
même qu'en relisant Ovide : « Il se soutient droit
et élevé ; son attitude est celle du commande-

1. *Correspondance inédite de*
Buffon, par M. Nadault de Buffon. Hachette, t. I, p. 225. Les notes sont très-substantielles.

ment; sa tête regarde le ciel et présente une face auguste sur laquelle est imprimé le caractère de sa dignité; l'image de l'âme y est peinte par la physionomie; l'excellence de sa nature perce à travers les organes matériels, et anime d'un feu divin les traits de son visage; son port majestueux, sa démarche ferme et hardie, annoncent sa noblesse et son rang; il ne touche à la terre que par ses extrémités les plus éloignées; il ne la voit que de loin, et semble la dédaigner. » Que l'on ajoute à ces symptômes d'une grande âme, trop habituée à se respecter elle-même pour ne pas respecter la mission qui lui est confiée, l'ordre et la sûreté de jugement qui font le bon administrateur, la régularité qui décuple le travail, la patience qui féconde les méditations, l'esprit de suite qui mûrit les découvertes, la fermeté sans entêtement, la confiance légitime en soi-même sans infatuation : et l'on comprendra que Dufay ait pu pressentir qu'en choisissant Buffon il laisserait en bonnes mains cet établissement, qui était, pour ainsi dire, sa création.

Dès lors commença pour Buffon la période d'administration intelligente et dévouée et de travail infatigable, qui dura cinquante années. Quatre mois au Jardin du Roi, le reste du temps à Montbard : c'est ainsi qu'il partagea toujours l'année entre les devoirs de sa charge et ses laborieuses études. A Paris, il se mêlait peu aux réunions mondaines, et consacrait presque tout son temps à négocier l'achat de terrains occupés par les moines de l'abbaye de Saint-Victor; à étendre le jardin jusqu'à la Seine et à le fermer

de cette grille, qui sortait de ses forges, et que
l'on y voit encore aujourd'hui; à fonder ce cabinet d'histoire naturelle, auquel il savait intéresser les marins français et étrangers, les riches
voyageurs et tous les esprits curieux de science,
les souverains eux-mêmes. A Montbard, où il re-
trouvait la solitude nécessaire au travail conscien-
cieux, il collationnait les documents qui lui
étaient envoyés de toutes parts, les analyses d'ouvrages anciens ou modernes faites par ses secré-
taires, les descriptions scientifiques de ses collaborateurs, puis il jetait sur ces matériaux inco-
hérents ses larges vues et son grand style : travail patient, production scrupuleuse ; car il y a
telle partie de son Histoire naturelle qu'il a re-
touchée jusqu'à douze et quinze fois.

Par un privilége bien rare, Buffon reçut de son
vivant la récompense qu'il ambitionnait, la gloire.
Les poëtes le célébraient, Lebrun écrivait pour
lui une de ses plus belles odes; le roi érigeait
en comté la terre de Buffon (1772); à l'entrée du
cabinet d'histoire naturelle était placée la statue
du grand naturaliste, avec cette inscription :
Majestati naturæ par ingenium. La vénération
de l'Europe ne restait pas au-dessous de celle de
la France : on traduisait partout ses ouvrages ;
dans les guerres maritimes, on respectait les
vaisseaux chargés d'envois pour lui ; les souverains l'honoraient de leurs présents, presque de
leur amitié. Mais voici peut-être ce qui flatta le
plus son amour-propre : Montbard était devenu
comme un lieu de pèlerinage, où les princes si-
gnaient leur venue; et un jour, sur le seuil du

pavillon où fut écrite l'Histoire naturelle, Rousseau vint se prosterner et faire un hommage[1] à la divinité du lieu. — Aucun nuage, pour ainsi dire, n'assombrit une vie si longue, si belle et si glorieuse. Buffon mourut sans prévoir nettement la Révolution, qui devait emporter son fils unique quelques jours avant le 9 thermidor

II

Buffon commença l'Histoire naturelle en 1740, et la continua jusqu'à ses derniers jours. La première édition, de l'Imprimerie royale, est encore la plus estimée. Elle comprenait trente-six volumes in-4°, et parut de 1749 à 1789. En voici la distribution : les quinze premiers volumes contiennent : *Théorie de la terre, Histoire de l'homme, Histoire des quadrupèdes vivipares ;* neuf volumes sur les *Oiseaux;* cinq volumes sur les *Minéraux.* Parmi les sept volumes de Suppléments, qui parurent de 1774 à 1789, le cinquième (1778) est un ouvrage à part, qui renferme le *Traité des époques de la nature.* Cette édition est accompagnée de belles gravures.

(Lacépède a donné, à la fin du siècle, en continuation, d'une part l'*Histoire des quadrupèdes*

---

1. « Devant le *Berceau de l'histoire naturelle*, J.-J. Rousseau se mit à genoux et baisa le seuil de la porte. J'en parlais à M. de Buffon : « Oui, me dit-il, Rousseau y fit un hommage. » (Hérault de Séchelles, *Voyage à Montbard*, p. 13.)

ovipares et des serpents, d'autre part l'*Histoire des poissons*.)

L'enthousiasme qu'excita l'apparition succes-
sive de ces grands travaux ne fut guère troublé
que par quelques critiques peu fondées de Voltaire, et par les timides censures de la Faculté de
théologie. A deux reprises, en 1749 et en 1779,
la *Théorie de la terre* et les *Époques de la nature* furent dénoncées en Sorbonne comme contraires à la Genèse : Buffon donna les satisfac-
tions exigées pour éviter la mise à l'index. L'esprit de Voltaire était alors aussi dangereux que
les foudres de la Sorbonne. Heureusement pour
Buffon, Voltaire avait tort. La présence de coquilles bien avant dans les terres et sur les montagnes avait inspiré une des plus ingénieuses hy-
pothèses de la *Théorie de la terre*, sur les trans-
formations du globe et le changement de place
de la mer ; le philosophe de Ferney trouvait plus
simple d'expliquer cette anomalie par le passage
des pèlerins revenant, au moyen âge, de la terre
sainte. Après un échange de quelques paroles un
peu aigres, Buffon se prêta à faire les premiers
pas pour une réconciliation, et Voltaire se tira
d'embarras par un mot plaisant : « Je ne pouvais pas, dit-il, rester brouillé avec M. de Buffon
pour des coquilles. »

En réalité, le dissentiment était plus sérieux
que ne le ferait supposer cette anecdote. Si Buffon
avait moins vécu dans la retraite, ou s'il avait
aimé davantage la lutte et la controverse, le désac-
cord entre lui et la plupart des écrivains contemporains se serait affirmé par une polémique,

dont on trouve à peine quelques traces dans son grand ouvrage; et la réfutation des doctrines en vogue aurait pris une forme agressive et directe, qu'il a toujours évitée

Un autre motif d'égale importance explique la réserve de Buffon vis-à-vis des deux partis philosophiques qui se disputaient l'opinion de son temps : il y avait en lui à la fois de l'homme modéré et méthodique du dix-septième siècle, et du savant audacieux du dix-huitième : ses études et quelques amitiés illustres l'appelaient en avant, tandis que sa naissance, son caractère et son éducation le ramenaient en arrière : entre le passé et le présent son esprit flottait incertain. De quelle autre manière expliquer cette inconciliable dualité de Dieu et de la Nature? ces tendances cartésiennes combattues par une vague adhésion au sensualisme? ce partage presque égal entre les aventures de l'hypothèse et la sûreté de la méthode expérimentale? ces sacrifices continuels faits à la synthèse dans le siècle de l'analyse? Lisez telle digression éloquente sur les horreurs et les ravages de la guerre, vous vous imaginerez que c'est l'abbé de Saint-Pierre qui parle : mais votre illusion, comme l'enthousiasme de l'auteur, n'aura duré que le temps d'une prière. Parcourez telles pages convaincues sur le rôle de la mère et la première éducation de l'enfant, vous croirez entendre Rousseau; mais dans le même volume, presque dans le même chapitre, vous trouverez un éloge de la société humaine, qui peut bien venir de l'élégante solitude de Montbard, non de l'ermitage de Montmorency.

Le *Discours de réception à l'Académie*, auquel
on a donné le titre de *Discours sur le style*, est
peut-être l'œuvre où Buffon s'est le plus nettement opposé à son siècle. On s'est étonné d'y ren-
contrer autant de prohibitions ou préceptes néga-
tifs que de règles et de conseils précis : on reti-
rera cette critique, si l'on veut bien voir que Buffon, avec cette dignité et ce prestige qui le caractérisent, parle de haut à ses confrères, même à
ceux qui ne sont pas dans l'enceinte de l'Académie; qu'il leur fait, en quelque sorte, la leçon,
comme un maître qui prodigue en même temps à
ses élèves les reproches mérités par leurs défauts,
et la saine doctrine des âges classiques. S'il écarte
dès l'abord l'éloquence populaire, c'est moins un
retour sur les violences des tribuns antiques
qu'une condamnation anticipée des improvisa-
tions de Mirabeau. Plus loin, l'absence de plan,
l'abus des traits saillants, la recherche de pensées fines et d'une délicatesse subtile, l'affectation
dans le langage, sont l'objet de développements
successifs, en regard desquels on peut toujours
mettre un nom propre emprunté au dix-huitième
siècle. Le passage même d'où l'on a tiré, en le
faussant, le mot célèbre : « Le style, c'est l'homme, »
n'est qu'une dernière protestation en faveur de la
forme, à laquelle le dix-septième siècle a fait,
dans toute espèce d'ouvrages, la part la plus im-
portante, contre l'idée, pour laquelle le dix-huitième réserve son culte, sans même se préoccuper
toujours du vêtement qu'il lui donne : « Les ouvrages bien écrits seront les seuls qui passeront
à la postérité : la quantité des connaissances, la

singularité des faits, la nouveauté même des découvertes, ne sont pas de sûrs garants de l'immortalité.... » Ces critiques des vices du temps ne sont-elles pas le complément nécessaire du sévère enseignement donné par Buffon sur l'Ordre, dont il prêche la vertu avec plus de rigueur encore que ses devanciers? Dans cette partie dogmatique de son discours, il expose évidemment la méthode qu'il suivait lui-même pour préparer et composer ses ouvrages : d'abord un plan général, ne contenant que les grandes divisions, et servant surtout à établir l'unité ; puis un second plan plus détaillé, « l'ordre dans lequel on présentera ses pensées, » médité avec patience, jusqu'au moment où l'on embrasse d'un coup d'œil les détails et leurs rapports; après cette double préparation, faite de tête, le travail de la plume, qui ne peut plus courir à l'aventure, puisque le chemin est irrévocablement fixé d'avance. Cette discipline rigoureuse est si bien ce qui préoccupe par-dessus tout Buffon, qu'il a négligé de revenir sur « le mouvement que l'on met dans ses pensées[1], » quoiqu'il l'eût, avec raison, indiqué d'abord comme partie intégrante du style.

Telle nous paraît être la portée de cette œuvre, remarquable malgré des lacunes, quelques incorrections, deux ou trois passages obscurs, et un peu de vague dans l'enchaînement des idées. Ces défauts, Buffon les eût sans doute évités, s'il eût été nommé à l'Académie française quelques années plus tard, et s'il avait eu plus de loisir pour

---

1. Voyez sur ce point, *Dialogues sur l'éloquence*, de Fénelon, p. 57-58 de l'édition classique de M. Delzons.

écrire son discours de réception. En moins de six semaines, au milieu de ses autres travaux, cet homme, qui se peignait lui-même en disant : « Le génie n'est qu'une plus grande aptitude à la patience, » dut improviser une théorie complète sur le sujet le plus abstrait et le plus délicat[1]. D'autre part, en 1753, l'écrivain qui devait dire dans sa vieillesse : « J'apprends toujours à écrire, » n'avait pas encore cette souplesse et cette correction, qui chez presque tous sont le résultat d'un travail long et scrupuleux.

III

Le style de Buffon, a le considérer par ses côtés les moins personnels, appartient aussi à l'âge précédent plus qu'au dix-huitième siècle. « Il règne dans son livre, dit la Harpe, un ton d'élévation soutenue. Sa phrase a du nombre, et son expression a de la force. Ce sont là les qualités de son talent, auquel il n'a manqué, ce me semble, qu'un peu plus de souplesse et de flexibilité. L'historien de la nature est noble, fécond, majestueux comme elle, mais pas toujours aussi varié. Comme elle, il s'élève sans efforts et sans secousse ; il sait ensuite descendre aux petits détails sans y paraître étranger ; mais il nous attacherait encore davantage si le travail, qui soigne toujours sa

---

Correspond., par M. Nadault de Buffon, t. I, p. 283.

composition, ne lui ôtait pas la grâce de la simplicité. Ce n'est pas qu'il soit jamais ni raide
comme Thomas, ni apprêté comme Fontenelle;
mais la noblesse de sa diction, toujours travaillée,
ne lui permet guère le gracieux que les lecteurs
délicats peuvent désirer parce que le sujet le
comportait. D'ailleurs sublime quand il déploie
à nos yeux l'immortalité des êtres, quand il peint
les bienfaits ou les rigueurs de la nature, les productions de la terre et les influences des climats,
il est peut-être moins intéressant lorsqu'il nous
raconte les mœurs de ces animaux devenus nos
amis et nos bienfaiteurs, qu'il n'est énergique et
terrible quand il décrit ceux que leur férocité sauvage a mis contre nous en état de guerre. »

Cette appréciation très-juste fait bien plutôt
souvenir de la majesté un peu fastueuse, du luxe
apprêté, de la grandeur parfois monotone du dix-
septième siècle, qu'elle ne rappelle les négligen-
ces, les audaces, la recherche de l'effet, les tendances déclamatoires, l'abus de l'imagination qui
caractérisent ou vont caractériser la littérature
nouvelle. « Montesquieu a-t-il un style? » répon-
dait Buffon à ceux qui lui parlaient du style du
président de Montesquieu : il est probable qu'il
se posait la même question devant l'éloquence
fiévreuse de Rousseau, l'originalité nerveuse de
Diderot, la sensibilité romanesque de Bernardin
de Saint-Pierre. Le néologisme de *grand colo-
riste* fut, dit-on, appliqué pour la première fois
à Buffon, et l'on ne trouve pas un seul des écrivains du dix-septième siècle qui méritât cette
épithète par l'éclat de l'imagination, l'usage bril-

lant des figures, et le talent de peindre ia realité inanimée ou vivante. Cette observation peut être juste; et pourtant, si le lecteur de l'*Histoire naturelle* est d'abord frappé de ce caractère nouveau du style, il s'apercevra bien vite que, même dans cet emploi des couleurs et des nuances les plus riches, il y a plus de réflexion que de soudaineté, plus de mesure et de calcul que d'entraînement. Buffon n'écrivait pas, comme on l'a répété sur la foi d'une épigramme, en manchettes de dentelle; mais du moins c'était dans son cabinet qu'il peignait une nature qu'il avait eu peu d'occasions de contempler. Il n'était pas de ces esprits faciles à émouvoir, qui rendent vivement des impressions inconscientes : il se rendait compte de ses procédés, même dans les circonstances où l'on pourrait croire qu'il abandonnait le plus la direction de son esprit et se laissait aller au caprice de l'inspiration[1]. Comment s'étonner, après cela, qu'il ait toujours eu en médiocre estime la poésie? qu'il se soit montré peu sensible aux émotions dramatiques, et n'ait pas eu le courage d'attendre la fin de la représentation de *Zaïre* dans sa nouveauté? qu'il ait demandé sa voiture dès les premières pages de *Paul et Virginie?* Sa dignité s'accommodait mal de cet état de l'âme que la passion envahit et rend, pour ainsi dire, haletante : « Le style devient alors asthmatique, » disait-il avec mépris. Le sien, au contraire, a toujours gardé la forme des longues périodes, sereines et majestueuses d'allure comme l'écrivain lui-même.

---

1. Voyez un remarquable morceau sur l'*Art d'écrire*, donné par M. Nadault de Buffon, t. I, p. 292-294.

IV

L'immensité de son œuvre imposait à Buffon la nécessité de chercher des collaborateurs. Sa prédilection pour les vues synthétiques et les considérations générales ne le poussait pas moins à confier à des esprits patients et scrupuleux, l'étude des détails. « Buffon, dit M. Flourens[1], avait plus le génie de la pensée que celui de l'observation, et la patience de l'esprit que celle des sens. Il avait besoin que l'on vît, que l'on cherchât, que l'on décrivît pour lui : il se réservait de penser et de peindre. »

Le nombre des collaborateurs temporaires, de ceux qui ont fourni quelques renseignements ou apporté les résultats d'expériences utiles, est grand ; la nomenclature en offrirait ici peu d'inérêt. Guyton de Morveau, pour la part qu'il prit à l'*Histoire des minéraux*; Faujas de Saint-Fond, pour ses recherches géologiques, méritent d'être sauvés de l'oubli.

Daubenton (1716-1799), compatriote et ami d'enfance de Buffon, anatomiste et médecin, fut associé, dans une bien plus large part, à l'*Histoire des animaux*; mais ses descriptions anatomiques, qui accompagnent le travail du maître, jusqu'à l'époque où tous deux se brouillèrent

1. *Histoire des travaux et des idées de Buffon*, 3ᵉ éd., p. 289-290.

(1774), relèvent du jugement des savants, et n'ont rien fourni pour notre recueil. Plaçons à côté de lui l'abbé Bexon (1748-1784), qui a contribué assez largement à la partie de l'*Histoire naturelle* concernant les Oiseaux, mais n'a cependant signé aucun article, parce que Buffon se crut toujours obligé de retoucher les pages que Bexon avait préparées.

Il en fut autrement de Guéneau de Montbeillard (1720-1785). Bel esprit un peu maniéré, doué toutefois d'une imagination gracieuse et poétique, il sut imiter le style de son ami de manière à faire illusion aux connaisseurs. Les morceaux que nous lui avons empruntés sont assez nombreux pour donner une idée de ses qualités et de ses défauts.

E. D.

BUFFON

—

MORCEAUX CHOISIS

—

DISCOURS ACADÉMIQUES

—

Discours prononcé à l'Académie française le jour de sa réception, 25 août 1753.

Messieurs,

Vous m'avez comblé d'honneur en m'appelant à vous[1]; mais la gloire n'est un bien qu'autant qu'on en est digne, et je ne me persuade pas que quelques essais écrits sans art[2] et sans autre ornement que celui de la nature, soient des titres suffisants pour oser[3] prendre place parmi les maîtres de l'art, parmi les hommes éminents qui représentent ici la splendeur littéraire de la France,

---

1. Par une faveur spéciale, Buffon avait été reçu à l'Académie française, sans s'être mis sur les rangs, et sans avoir fait les visites d'usage.

2. Les quatre premiers volumes de l'*Histoire naturelle* étaient publiés !

3. Construction incorrecte, fréquente dans ce discours.

et dont les noms, célébrés aujourd'hui par la voix des nations, retentiront encore avec éclat dans la bouche de nos derniers neveux[1]. Vous avez eu, messieurs, d'autres motifs en jetant les yeux sur moi ; vous avez voulu donner à l'illustre compagnie[2], à laquelle j'ai l'honneur d'appartenir depuis longtemps, une nouvelle marque de considération : ma reconnaissance, quoique partagée, n'en sera pas moins vive. Mais comment satisfaire au devoir qu'elle m'impose en ce jour? Je n'ai, messieurs, à vous offrir que votre propre bien : ce sont quelques idées sur le style, que j'ai puisées dans vos ouvrages ; c'est en vous lisant, c'est en vous admirant, qu'elles ont été conçues ; c'est en les soumettant à vos lumières qu'elles se produiront avec quelque succès.

Il s'est trouvé dans tous les temps des hommes qui ont su commander aux autres par la puissance de la parole. Ce n'est néanmoins que dans les siècles éclairés que l'on a bien écrit et bien parlé. La véritable éloquence suppose l'exercice du génie et la culture de l'esprit[3]. Elle est bien

1. Les membres de l'Académie française étaient à cette date : cardinal de Luynes, Jérôme Bignon, d'Argenson, Crébillon, Boyer (évêque de Mirepoix), Duclos, cardinal de Rohan-Soubise, Foncemagne (historien), Maupertuis (le rival de Voltaire à Berlin), Lachaussée, Voltaire, Claude Sallier (philologue), maréchal de Richelieu, Dupré de Saint-Maur, duc de Villars, Surian (évêque de Vence), de Boze (antiquaire), le président Hénault, cardinal de Bernis, comte de Bissy, Vauréal, Alary, l'abbé d'Olivet, Destouches, Mairan, Duresnel, Gresset, Marivaux, Séguy, Giry de Saint-Cyr, maréchal de Belle-Isle, duc de Saint-Aignan, Mirabaud (traducteur de la *Jérusalem délivrée*), Montesquieu, duc de Nivernois (traducteur et fabuliste), Moncrif.

2. Buffon faisait partie de l'Académie des sciences depuis 1733.

3. « Sans le style, il est impossible qu'il y ait un seul bon ouvrage en aucun genre d'éloquence

différente de cette facilité naturelle de parler, qui
n'est qu'un talent, une qualité accordée à tous
ceux dont les passions sont fortes, les organes
souples, et l'imagination prompte[1]. Ces hommes
sentent vivement, s'affectent de même, le marquent fortement au dehors ; et, par une impression
purement mécanique, ils transmettent aux autres
leur enthousiasme et leurs affections. C'est le corps
qui parle au corps ; tous les mouvements, tous
les signes, concourent et servent également. Que
faut-il pour émouvoir la multitude et l'entraîner ?
que faut-il pour ébranler la plupart même des
autres hommes et les persuader ? Un ton véhément et pathétique, des gestes expressifs et fréquents, des paroles rapides et sonnantes[2]. Mais
pour le petit nombre de ceux dont la tête est ferme,
le goût délicat et le sens exquis, et qui, comme vous,
messieurs, comptent pour peu le ton, les gestes
et le vain son des mots, il faut des choses, des
pensées, des raisons ; il faut savoir les présenter,
les nuancer, les ordonner : il ne suffit pas de frapper
l'oreille et d'occuper les yeux[3] ; il faut agir sur
l'âme et toucher le cœur en parlant à l'esprit.

Le style n'est que l'ordre et le mouvement qu'on
met dans ses pensées[4]. Si on les enchaîne étroite-

---

et de poésie. » (Voltaire, *Dict.
philos.*, art. Style.)

1. Voyez la Bruyère, édit. classique de M. Servois, p. 26.

2. Voyez Quintil., XII, 5 : il y
donne le curieux exemple de Tra-
chalus, pour prouver l'importance
de ce qu'il appelle *instrumenta* :
vox, latus, decor.

3. Buffon vient de définir l'éloquence académique ; mais la ligne
suivante, sans qu'il s'en aperçoive, s'applique à l'éloquence
populaire.

4. A partir d'ici, Buffon abandonne l'éloquence pour ne plus
parler que du travail de l'écrivain,
en se prenant comme modèle.

ment, si on les serre, le style devient ferme, nerveux et concis; si on les laisse se succéder lentement, et ne se joindre qu'à la faveur des mots,
quelque élégants qu'ils soient, le style sera diffus,
lâche et traînant.

Mais, avant de chercher l'ordre dans lequel on
présentera ses pensées, il faut s'en être fait un
autre plus général et plus fixe, où ne doivent
entrer que les premières vues et les principales idées : c'est en marquant leur place sur ce
premier plan qu'un sujet sera circonscrit, et
que l'on en connaîtra l'étendue; c'est en se
rappelant sans cesse ces premiers linéaments,
qu'on déterminera les justes intervalles qui séparent les idées principales, et qu'il naîtra des idées
accessoires et moyennes qui serviront à les remplir.
Par la force du génie, on se représentera toutes
les idées générales et particulières sous leur véritable point de vue; par une grande finesse de
discernement, on distinguera les pensées stériles
des idées fécondes; par la sagacité que donne la
grande habitude d'écrire, on sentira d'avance quel
sera le produit de toutes ces opérations de l'esprit. Pour peu que le sujet soit vaste ou compliqué, il est bien rare qu'on puisse l'embrasser
d'un coup d'œil, ou le pénétrer en entier d'un seul
et premier effort de génie; et il est rare encore
qu'après bien des réflexions on en saisisse tous
les rapports. On ne peut donc trop s'en occuper;
c'est même le seul moyen d'affermir, d'étendre et
d'élever ses pensées : plus on leur donnera de
substance et de force par la méditation, plus il
sera facile ensuite de les réaliser par l'expression.

Ce plan n'est pas encore le style, mais il en est la base; il le soutient, il le dirige, il règle son mouvement et le soumet à des lois; sans cela, le meilleur écrivain s'égare, sa plume marche sans guide, et jette à l'aventure des traits irréguliers et des figures discordantes[1]. Quelque brillantes que soient les couleurs qu'il emploie, quelques beautés qu'il sème dans les détails, comme l'ensemble choquera ou ne se fera pas assez sentir, l'ouvrage ne sera point construit; et, en admirant l'esprit de l'auteur, on pourra soupçonner qu'il manque de génie[2]. C'est par cette raison que ceux qui écrivent comme ils parlent, quoiqu'ils parlent très-bien, écrivent mal; que ceux qui s'abandonnent au premier feu de leur imagination, prennent un ton qu'ils ne peuvent soutenir; que ceux qui craignent de perdre des pensées isolées, fugitives, et qui écrivent en différents temps des morceaux détachés, ne les réunissent jamais sans transitions forcées; qu'en un mot, il y a tant d'ouvrages faits de pièces de rapport, et si peu qui soient fondus d'un seul jet.

Cependant, tout sujet est un[3]; et, quelque vaste

---

1. Le paragraphe précédent traitait des avantages du plan; celui-ci, des inconvénients de l'absence de plan. Remarquez la critique de l'imagination.

2. Voyez Fénelon, *Lettre à l'Académie française*, édit. Delzons, p. 49 : « Tout auteur qui ne donne point cet ordre à son discours ne possède pas assez sa matière, etc. »

3. « Tout le discours est un; il se réduit à une seule proposition mise au plus grand jour par des tours variés. Cette unité de dessein fait qu'on voit, d'un seul coup d'œil, l'ouvrage entier, comme on voit de la place publique d'une ville toutes les rues et toutes les portes, quand toutes les rues sont droites, égales et en symétrie. Le discours est la proposition développée; la proposition est le dis-

qu'il soit, il peut être renfermé dans un seul discours. Les interruptions, les repos, les sections,
ne devraient être d'usage que quand on traite des
sujets différents, ou lorsque, ayant à parler de
choses grandes, épineuses et disparates, la marche du génie se trouve interrompue par la multiplicité des obstacles, et contrainte par la nécessité
des circonstances[1] : autrement, le grand nombre
de divisions[2], loin de rendre un ouvrage plus
solide, en détruit l'assemblage; le livre paraît
plus clair aux yeux, mais le dessein de l'auteur
demeure obscur; il ne peut faire impression sur
l'esprit du lecteur, il ne peut même se faire sentir que par la continuité du fil, par la dépendance
harmonique des idées, par un développement suc-
cessif, une gradation soutenue, un mouvement
uniforme que toute interruption détruit ou fait
languir.

Pourquoi les ouvrages de la nature sont-ils si
parfaits? c'est que chaque ouvrage est un tout, et
qu'elle travaille sur un plan éternel dont elle ne
s'écarte jamais; elle prépare en silence les germes
de ses productions; elle ébauche par un acte unique la forme primitive de tout être vivant; elle
la développe, elle la perfectionne par un mouvement continu et dans un temps prescrit. L'ou-

cours en abrégé : *Denique sit
quodvis simplex duntaxat et
unum.* » (Fénelon, *Lettre à l'A-
cadémie,* p. 48.)

1. « Dans ce que j'ai dit ici,
j'avais en vue le livre de *l'Esprit
des lois,* ouvrage excellent pour
le fond, et auquel on n'a pu faire

d'autre reproche que celui des
sections trop fréquentes. » *Note
de Buffon.*

2. Voyez Fénelon, 2ᵉ *Dialogue
sur l'éloquence,* édit. Delzons,
p. 76 et suiv. — Voyez aussi la
Bruyère, chap. de la Chaire, édit.
Servois, p. 330.

vrage étonne; mais c'est l'empreinte divine dont
il porte les traits qui doit nous frapper. L'esprit
humain ne peut rien créer; il ne produira qu'après
avoir été fécondé par l'expérience et la méditation;
ses connaissances sont les germes de ses productions : mais, s'il imite la nature dans sa marche
et dans son travail, s'il s'élève par la contemplation aux vérités les plus sublimes, s'il les réunit,
s'il les enchaîne, s'il en forme un tout, un système par la réflexion, il établira sur des fon-
dements inébranlables des monuments immortels.

C'est faute de plan, c'est pour n'avoir pas assez
réfléchi sur son objet, qu'un homme d'esprit se
trouve embarrassé, et ne sait par où commencer
à écrire. Il aperçoit à la fois un grand nombre
d'idées; et, comme il ne les a ni comparées ni
subordonnées, rien ne le détermine à préférer les
unes aux autres; il demeure donc dans la per-
plexité. Mais lorsqu'il se sera fait un plan, lorsqu'une fois il aura rassemblé et mis en ordre toutes
les pensées essentielles à son sujet, il s'apercevra
aisément de l'instant auquel il doit prendre la
plume, il sentira le point de maturité de la production de l'esprit, il sera pressé de la faire éclore,
il n'aura même que du plaisir à écrire : les idées
se succéderont aisément, et le style sera naturel
et facile; la chaleur naîtra de ce plaisir, se répandra
partout, et donnera de la vie à chaque expression;
tout s'animera de plus en plus; le ton s'élèvera, les
objets prendront de la couleur; et le sentiment,
se joignant à la lumière, l'augmentera, la portera
plus loin, la fera passer de ce que l'on dit à ce

que l'on va dire, et le style deviendra intéressant
et lumineux[1].

Rien ne s'oppose plus à la chaleur que le désir
de mettre partout des traits saillants[2]; rien n'est
plus contraire à la lumière qui doit faire un corps[3]
et se répandre uniformément dans un écrit, que
ces étincelles qu'on ne tire que par force en cho-
quant les mots les uns contre les autres, et qui
ne nous éblouissent pendant quelques instants,
que pour nous laisser ensuite dans les ténèbres.
Ce sont des pensées qui ne brillent que par l'opposition : l'on ne présente qu'un côté de l'objet,
on met dans l'ombre toutes les autres faces ; et
ordinairement ce côté qu'on choisit est une pointe,
un angle sur lequel on fait jouer l'esprit avec
d'autant plus de facilité, qu'on l'éloigne davantage des grandes faces sous lesquelles le bon sens
a coutume de considérer les choses.

Rien n'est encore plus opposé à la véritable
éloquence que l'emploi de ces pensées fines et la
recherche de ces idées légères, déliées, sans con-
sistance, et qui, comme la feuille du métal battu,
ne prennent de l'éclat qu'en perdant de la solidité.
Aussi, plus on mettra de cet esprit mince et brillant dans un écrit, moins il aura de nerf, de lu-

1. Ainsi par la vertu du plan,
par le développement méthodique
et régulier de la pensée, Buffon
retrouve, ce qu'il a refusé à l'inspiration, la véritable chaleur et
la lumière.

2. Allusion évidente à la plupart des écrivains du dix-huitième
siècle : Fontenelle, Montesquieu
même. — **Ici commence un triple**

développement (Rien ne s'oppose
plus.... Rien n'est encore plus
opposé, etc.) dont il faut remarquer l'unité.

3. Buffon a très-ingénieuse-
ment, dans ce discours, emprunté
des comparaisons et des images
aux sciences dont il s'occupait :
ici, c'est le foyer de lumière qui
rayonne de tous côtés

mière, de chaleur et de style ; à moins que cet esprit ne soit lui-même le fond du sujet, et que l'écrivain n'ait pas eu d'autre objet que la plaisanterie : alors l'art de dire de petites choses devient peut-être plus difficile que l'art d'en dire de grandes[1].

Rien n'est plus opposé au beau naturel que la peine qu'on se donne pour exprimer des choses ordinaires ou communes d'une manière singulière ou pompeuse ; rien ne dégrade plus l'écrivain. Loin de l'admirer, on le plaint d'avoir passé tant de temps à faire de nouvelles combinaisons de syllabes, pour ne dire que ce que tout le monde dit[2]. Ce défaut est celui des esprits cultivés, mais stériles ; ils ont des mots en abondance, point d'idées ; ils travaillent donc sur les mots, et s'imaginent avoir combiné des idées parce qu'ils ont arrangé des phrases, et avoir épuré le langage quand ils l'ont corrompu en détournant les acceptions. Ces écrivains n'ont point de style, ou, si l'on veut, ils n'en ont que l'ombre. Le style doit graver des pensées : ils ne savent que tracer des paroles.

Pour bien écrire, il faut donc posséder pleinement son sujet[3] ; il faut y réfléchir assez pour voir

---

1. « Il faut croire, dit Grimm dans sa correspondance, que M. de Buffon a ajouté cette dernière réflexion pour la consolation de quelques-uns de ses confrères... » Voyez la liste citée plus haut. — Peut-être aussi Buffon enviait-il un mince talent, qui lui manquait : « M. de Buffon, disait Mme Necker, ne pouvait écrire sur des sujets de peu d'impor-

tance ; quand il voulait mettre sa grande robe sur de petits objets, elle faisait des plis partout. » *Mélanges*, t. I, p. 237.

2. Voyez la Bruyère, chap. V, *De la Société et de la Conversation*, édit. Servois, p. 71.

3. Voyez Fénelon, *Dialogues sur l'éloquence*, p. 42-43, 69-70, 110-111, et *passim*. Fénelon va même plus loin que Buffon, en

clairement l'ordre de ses pensées, et en former une suite, une chaîne continue, dont chaque point représente une idée; et, lorsqu'on aura pris la plume, il faudra la conduire successivement sur ce premier trait, sans lui permettre de s'en écarter, sans l'appuyer trop inégalement, sans lui donner d'autre mouvement que celui qui sera déterminé par l'espace qu'elle doit parcourir[1]. C'est en cela que consiste la sévérité du style; c'est aussi ce qui en fera l'unité et ce qui en réglera la rapidité; et cela seul aussi suffira pour le rendre précis et simple, égal et clair, vif et suivi. A cette première règle, dictée par le génie, si l'on joint de la délicatesse et du goût, du scrupule sur le choix des expressions, de l'attention à ne nommer les choses que par les termes les plus généraux[2], le style aura de la noblesse. Si l'on y joint encore de la défiance pour son premier mouvement, du mépris pour tout ce qui n'est que brillant, et une répugnance constante pour l'équivoque et la plaisanterie, le style

ce qu'il laisse une large part à l'improvisation.

Ce paragraphe résume la première partie du discours : Le style est l'ordre que l'on met dans ses pensées. — Quant au *mouvement*, Buffon n'en parle pas nettement, comme il l'avait annoncé : ce qui suit n'est qu'une série de réflexions qui n'ont pas toute la cohérence désirable.

1. Ce précepte, que M. Villemain trouve trop absolu, est l'expression de la méthode rigoureuse de composition à laquelle se sont conformés, non les orateurs, mais les écrivains de l'an-

tiquité, nos classiques du dixseptième siècle, et enfin Buffon, malgré l'exemple contraire de la plupart de ses contemporains.

2. Buffon érige en règle un de ses défauts, la substitution de la périphrase vague et emphatique au mot propre, la désignation des êtres ou objets *individuels* par le nom du *genre* auquel ils appartiennent. Les poëtes descriptifs du dix-huitième siècle, qui ont constamment traduit Buffon en vers, se sont chargés, pour ainsi dire, de décrier ce précepte en en montrant l'abus.... Voyez Fénelon, *Dial. sur l'éloq.*, p. 85.

aura de la gravité, il aura même de la majesté.
Enfin, si l'on écrit comme l'on pense, si l'on est
convaincu de ce que l'on veut persuader, cette
bonne foi avec soi-même, qui fait la bienséance
pour les autres et la vérité du style, lui fera produire tout son effet, pourvu que cette persuasion
intérieure ne se marque pas par un enthousiasme
trop fort, et qu'il y ait partout plus de candeur
que de confiance, plus de raison que de chaleur[1].

C'est ainsi, messieurs, qu'il me semblait, en
vous lisant, que vous me parliez, que vous m'in-
struisiez. Mon âme, qui recueillait avec avidité ces
oracles de la sagesse, voulait prendre l'essor et
s'élever jusqu'à vous ; vains efforts ! Les règles,
disiez-vous encore, ne peuvent suppléer au génie ;
s'il manque, elles seront inutiles. Bien écrire, c'est
tout à la fois bien penser, bien sentir et bien
rendre ; c'est avoir en même temps de l'esprit, de
l'âme[2] et du goût. Le style suppose la réunion
et l'exercice de toutes les facultés intellectuelles :
les idées seules forment le fond du style, l'harmonie des paroles n'en est que l'accessoire, et ne
dépend que de la sensibilité des organes ; il suffit
d'avoir un peu d'oreille pour éviter les disso-
nances, et de l'avoir exercée, perfectionnée par la
lecture des poëtes et des orateurs, pour que mé-

---

1. Cette condamnation absolue
de l'enthousiasme et de la chaleur
rappelle et la critique de l'éloquence improvisée, au début, et
les vers célèbres, mais beaucoup
trop absolus de Boileau :

Aimez donc la raison : que toujours
                          |vos écrits

Empruntent d'elle *seule* et leur
                  [lustre et leur prix.
                  (*Art poétique*, I, 37-38.)

2. *Sentir, de l'âme :* ces mots,
ainsi que les dernières lignes du
paragraphe suivant, peuvent s'appliquer à ce que Buffon a appelé
le *mouvement* dans les pensées.

caniquement on soit porté à l'imitation de la
cadence poétique et des tours oratoires. Or
jamais l'imitation n'a rien créé : aussi cette harmonie des mots ne fait ni le fond ni le ton du
style, et se trouve souvent dans des écrits vides
d'idées.

Le ton n'est que la convenance du style à la
nature du sujet, il ne doit jamais être forcé ; il
naîtra naturellement du fond même de la chose,
et dépendra beaucoup du point de généralité auquel on aura porté ses pensées. Si l'on s'est élevé
aux idées les plus générales, et si l'objet en lui-
même est grand, le ton paraîtra s'élever à la même
hauteur ; et si, en le soutenant à cette élévation,
le génie fournit assez pour donner à chaque objet
une forte lumière, si l'on peut ajouter la beauté
du coloris à l'énergie du dessin, si l'on peut, en un
mot, représenter chaque idée par une image vive
et bien terminée, et former de chaque suite d'i-
dées un tableau harmonieux et mouvant, le ton
sera non-seulement élevé, mais sublime.

Ici, messieurs, l'application ferait plus que la
règle ; les exemples instruiraient mieux que les
préceptes ; mais, comme il ne m'est pas permis
de citer les morceaux sublimes qui m'ont si souvent transporté en lisant vos ouvrages, je suis
contraint de me borner à des réflexions. Les ouvrages bien écrits seront les seuls qui passeront à
la postérité : la quantité des connaissances, la
singularité des faits, la nouveauté même des découvertes, ne sont pas de sûrs garants de l'immortalité ; si les ouvrages qui les contiennent ne
roulent que sur de petits objets, s'ils sont écrits

sans goût, sans noblesse et sans génie, ils périront, parce que les connaissances, les faits et les découvertes s'enlèvent aisément, se transportent, et gagnent même à être mis en œuvre par des mains plus habiles. Ces choses sont hors de l'homme, le style est l'homme même [1]. Le style ne peut donc ni s'enlever, ni se transporter, ni s'altérer : s'il est élevé, noble, sublime, l'auteur sera également admiré dans tous les temps ; car il n'y a que la vérité qui soit durable, et même éternelle. Or un beau style n'est tel en effet que par le nombre infini des vérités qu'il présente. Toutes les beautés intellectuelles qui s'y trouvent, tous les rapports dont il est composé, sont autant de vérités aussi utiles, et peut-être plus précieuses pour l'esprit humain, que celles qui peuvent faire le fond du sujet [2].

Le sublime ne peut se trouver que dans les grands sujets. La poésie, l'histoire et la philosophie ont toutes le même objet, et un très-grand objet, l'homme et la nature. La philosophie décrit

1. Ce mot n'est devenu proverbe que parce qu'on l'a dénaturé et mal compris. Buffon veut dire simplement : que dans un ouvrage (du genre de son *Hist. nat.*, par exemple) le fond est du domaine commun, et que la forme, le style seul appartient à l'écrivain, fait son originalité. Il est évident que le style reflète alors le caractère et le génie de l'homme ; mais cette considération n'est qu'accessoire ici. Buffon veut surtout faire entendre que, dans un livre, il fait plus de cas de la mise en œuvre que des matériaux : dans son *Hist. nat.* le fond peut être souvent revendiqué par ses prédécesseurs, ou par un Daubenton, un abbé Bexon, etc. : il est hors de Buffon ; le style est Buffon lui-même. Ainsi restreinte, cette pensée paraîtra sans doute contestable.

2. Toute la fin de ce développement est fort obscure et incohérente : il est difficile d'admettre qu'il y ait des *beautés intellectuelles* qui soient des *vérités*, et que *les vérités qui peuvent faire le fond du sujet* s'opposent à *celles* du style.

et dépeint la nature ; la poésie la peint et l'embellit ; elle peint aussi les hommes, elle les agrandit, les exagère, elle crée les héros et les dieux. L'histoire ne peint que l'homme, et le peint tel qu'il est : ainsi le ton de l'historien ne deviendra sublime que quand il fera le portrait des plus grands hommes, quand il exposera les plus grandes actions, les plus grands mouvements, les plus grandes révolutions ; et, partout ailleurs, il suffira qu'il soit majestueux et grave. Le ton du philosophe pourra devenir sublime toutes les fois qu'il parlera des lois de la nature, des êtres en général, de l'espace, de la matière, du mouvement et du temps, de l'âme, de l'esprit humain, des sentiments, des passions ; dans le reste [1], il suffira qu'il soit noble et élevé. Mais le ton de l'orateur et du poëte, dès que le sujet est grand, doit toujours être sublime [2], parce qu'ils sont les maîtres de joindre à la grandeur de leur sujet autant de couleur, autant de mouvement, autant d'illusion qu'il leur plaît ; et que, devant toujours peindre et toujours agrandir [3] les objets, ils doivent aussi partout employer toute la force et déployer toute l'étendue de leur génie.

1. Après l'énumération précédente, qui embrasse toute la philosophie, cette réserve ne se comprend guère.

2. « L'éloquence continue ennuie. » (Pascal.)

3. Ce serait la justification des éloges emphatiques de Thomas.

Adresse à MM. de l'Académie [1].

Que de grands objets, messieurs, frappent ici mes yeux! et quel style et quel ton faudrait-il employer pour les peindre et les représenter dignement? L'élite des hommes est assemblée; la Sagesse est à leur tête; la Gloire, assise au milieu d'eux, répand ses rayons sur chacun, et les couvre tous d'un éclat toujours le même et toujours renaissant. Des traits d'une lumière plus vive encore partent de sa couronne immortelle, et vont se réunir sur le front auguste du plus puissant et du meilleur des rois. Je le vois, ce héros, ce prince adorable, ce maître si cher. Quelle noblesse dans tous ses traits! quelle majesté dans toute sa personne! que d'âme et de douceur naturelle dans ses regards! il les tourne vers vous, messieurs, et vous brillez d'un nouveau feu, une ardeur plus vive vous embrase; j'entends déjà vos divins accents et les accords de vos voix; vous les réunissez pour célébrer ses vertus, pour chanter ses victoires, pour applaudir à notre bonheur; vous les réunissez pour faire éclater votre zèle, exprimer votre amour, et transmettre à la postérité des sentiments dignes de ce grand prince et de ses descendants. Quels concerts! ils pénètrent mon cœur; ils seront immortels comme le nom de LOUIS [2].

1. Pour obéir aux usages de l'Académie, Buffon ajoute à son discours l'éloge du roi et des premiers protecteurs.

2. C'était alors le règne d Mme de Pompadour, et la France, avilie au dedans, au dehors n'éprouvait qu'humiliations, sauf

Dans le lointain, quelle autre scène de grands objets! le Génie de la France, qui parle à Richelieu, et lui dicte à la fois l'art d'éclairer les hommes et de faire régner les rois; la Justice et la Science qui conduisent Séguier, et l'élèvent de concert à la première place de leurs tribunaux; la Victoire qui s'avance à grands pas et précède le char triomphal de nos rois, où Louis le Grand, assis sur des trophées, d'une main donne la paix aux nations vaincues, et de l'autre rassemble dans ce palais les Muses dispersées. Et près de moi, messieurs, quel autre objet intéressant! la Religion en pleurs, qui vient emprunter l'organe de l'Éloquence pour exprimer sa douleur, et semble m'accuser de suspendre trop longtemps vos regrets sur une perte que nous devons tous ressentir avec elle[1].

Réponse à M. de la Condamine[2], le jour de sa réception à l'Académie française, le lundi 21 janvier 1761.

Monsieur,

Du génie pour les sciences, du goût pour la littérature, du talent pour écrire, de l'ardeur pour

les succès aux Pays-Bas de 1745 a 1747.

1. Languet de Gergy (1677-1753), archevêque de Sens, du parti des molinistes (jésuites) contre les jansénistes, défenseur de la bulle *Unigenitus*, auteur de la Vie de Marie Alacoque, dont les jansénistes niaient les révélations.

2. La Condamine (1701-1774), chargé par l'Académie des scien-

entreprendre, du courage pour exécuter, de la constance pour achever, de l'amitié pour vos rivaux, du zèle pour vos amis, de l'enthousiasme pour l'humanité : voilà ce que vous connaît un ancien ami, un confrère de trente ans, qui se félicite aujourd'hui de le devenir pour la seconde fois [1].

Avoir parcouru l'un et l'autre hémisphère, traversé les continents et les mers, surmonté les sommets sourcilleux de ces montagnes embrasées, où des glaces éternelles bravent également et les feux souterrains et les ardeurs du midi ; s'être livré à la pente précipitée de ces cataractes écumantes, dont les eaux suspendues semblent moins rouler sur la terre que descendre des nues ; avoir pénétré dans ces vastes déserts, dans ces solitudes immenses, où l'on trouve à peine quelques vestiges de l'homme, où la Nature, accoutumée au plus profond silence, dut être étonnée de s'entendre interroger pour la première fois [2] ; avoir plus fait, en un mot, par le seul motif de la gloire des lettres que l'on ne fit jamais par la soif de l'or : voilà ce que connaît de vous l'Europe, et ce que dira de vous la postérité.

---

ces (1736) d'aller, avec Bouguer, à l'équateur déterminer la forme et la grandeur de la terre, consacra dix années à cette expédition presque aussi périlleuse que difficile ; il fit en outre volontairement de nombreux voyages. — Buffon le recevait à l'Académie française, à titre de directeur.

[1] Depuis plus de vingt-sept ans, Buffon et la Condamine étaient confrères à l'Académie des sciences.

[2] « La grandeur de cette image saisit l'assemblée : elle en fit à l'orateur l'application, et se recueillit avant d'applaudir ; Buffon lui-même, dominé par l'émotion, dut s'arrêter avant de pouvoir achever son discours. » (Note de M. Nadault de Buffon, Correspondance inédite, t. I, p. 311.)

Mais n'anticipons ni sur les espaces, ni sur les temps; vous savez que le siècle où l'on vit est sourd, que la voix du compatriote est faible : laissons donc à nos neveux le soin de répéter ce que dit de vous l'étranger, et bornez aujourd'hui votre gloire à celle d'être assis parmi nous....

HISTOIRE NATURELLE

CONSIDÉRATIONS GÉNÉRALES

De la manière d'étudier et de traiter l'histoire naturelle.

L'histoire naturelle, prise dans toute son étendue, est une histoire immense : elle embrasse tous
les objets que nous présente l'univers. Cette multitude prodigieuse de quaarupèdes, de poissons,
d'insectes, de plantes, de minéraux, offre à la curiosité de l'esprit humain un vaste spectacle, dont
l'ensemble est si grand, qu'il paraît et qu'il est
en effet inépuisable dans les détails. Une seule
partie de l'histoire naturelle, comme l'histoire
des insectes, ou l'histoire des plantes, suffit pour
occuper plusieurs hommes; et les plus habiles
observateurs n'ont donné après un travail de
plusieurs années, que des ébauches assez imparfaites des objets trop multipliés que présentent
ces branches particulières de l'histoire naturelle,
auxquelles ils s'étaient uniquement attachés. Cependant ils ont fait tout ce qu'ils pouvaient faire ;
et bien loin de s'en prendre aux observateurs du
peu d'avancement de la science, on ne saurait trop

louer leur assiduité au travail et leur patience ;
on ne peut même leur refuser des qualités plus
élevées ; car il y a une espèce de force de génie
et de courage d'esprit à pouvoir envisager, sans
s'étonner [1], la nature dans la multitude innom-
brable de ses productions, et à se croire capable
de les comprendre et de les comparer ; il y a une
espèce de goût à les aimer, plus grand que le
goût qui n'a pour but que des objets particuliers :
et l'on peut dire que l'amour de l'étude de la nature suppose dans l'esprit deux qualités qui paraissent opposées : les grandes vues d'un génie
ardent qui embrasse tout d'un coup d'œil [2], et les
petites attentions d'un instinct laborieux qui ne
s'attache qu'à un seul point [3].

Les époques de l'histoire et les époques de la nature.

Comme dans l'histoire civile [4], on consulte les
titres, on recherche les médailles, on déchiffre les
inscriptions antiques, pour déterminer les épo-

1. Sens étymologique, comme dans Corneille :

Mon courage s'étonne à ces rudes
[alarmes ;

et chez Pascal : « Trop de vérité nous étonne. » De même, Montluc racontant, dans ses *Mémoires*, qu'il effrayait fort les huguenots en pendant tous ceux qui tom- baient entre ses mains, ajoute : « Un pendu *étonnait* plus que cent tués. »

2. Allusion transparente au goût de Buffon pour les grandes vues synthétiques.

3. Ne serait-ce pas Daubenton, esprit moins large, mais plus sûr ?

4. C'est-à-dire l'histoire des États (civitatum).

ques des révolutions humaines, et constater les
dates des événements moraux[1]; de même, dans
l'histoire naturelle, il faut fouiller les archives
du monde, tirer des entrailles de la terre les
vieux monuments, recueillir leurs débris, et rassembler en un corps de preuves tous les indices
des changements physiques qui peuvent nous
faire remonter aux différents âges de la nature.
C'est le seul moyen de fixer quelques points dans
l'immensité de l'espace, et de placer un certain
nombre de pierres numéraires[2] sur la route éternelle du temps. Le passé est comme la distance;
notre vue y décroît, et s'y perdrait de même, si
l'histoire et la chronologie n'eussent placé des fa-
naux, des flambeaux, aux points les plus obscurs;
mais, malgré ces lumières de la tradition écrite,
si l'on remonte à quelques siècles, que d'incertitudes dans les faits! que d'erreurs sur les causes
des événements! et quelle obscurité profonde
n'environne pas les temps antérieurs à cette tradition! D'ailleurs elle ne nous a transmis que les
gestes[3] de quelques nations, c'est-à-dire les actes
d'une très-petite partie du genre humain; tout le
reste des hommes est demeuré nul pour nous,
nul pour la postérité; ils ne sont sortis de leur

---

1. « Événements moraux » s'oppose à « changements physiques. »
Les premiers relèvent de l'être
moral ou libre, les autres dépendent de lois fixes.

2. Expression qui rappelle les
pierres *milliaires* des Romains.
Remarq. que le mot *numéraires*
est ici plus juste, le mot *espace*
étant remplacé par le mot *temps*.

3. Du plur. neutre *gesta*; ac-
ception vieillie, s'est conservée
dans *Faits et gestes.*

... ce grand chroniqueur des gestes
[d'Alexandre.
(Boileau. Ép. XI, v. 30.)

Distinguez *la geste* (subst.
sing. fém.), poème historique ou
légendaire du moyen âge.

néant que pour passer comme des ombres qui ne
laissent point de traces : et plût au ciel que le
nom de tous ces prétendus héros, dont on a cé-
lébré les crimes ou la gloire sanguinaire, fût également enseveli dans la nuit de l'oubli !

Ainsi l'histoire civile, bornée d'un côté par les
ténèbres d'un temps assez voisin du nôtre, ne
s'étend de l'autre qu'aux petites portions de terre
qu'ont occupées successivement les peuples soi-
gneux de leur mémoire ; au lieu que l'histoire
naturelle embrasse également tous les espaces,
tous les temps, et n'a d'autres limites que celles
de l'univers.

La nature étant contemporaine de la matière,
de l'espace et du temps, son histoire est celle de
toutes les substances, de tous les lieux, de tous
les âges ; et, quoiqu'il paraisse à la première vue
que ses grands ouvrages ne s'altèrent ni ne changent, et que dans ses productions, même les plus
fragiles et les plus passagères, elle se montre
toujours et constamment la même, puisqu'à chaque instant ses premiers modèles reparaissent à
nos yeux sous de nouvelles représentations ; cependant, en l'observant de près, on s'apercevra
que son cours n'est pas absolument uniforme ; on
reconnaîtra qu'elle admet des variations sensibles,
qu'elle reçoit des altérations successives, qu'elle
se prête même à des combinaisons nouvelles, à
des mutations de matière et de forme ; qu'enfin,
autant elle paraît fixe dans son tout, autant elle
est variable dans chacune de ses parties ; et si
nous l'embrassons dans toute son étendue, nous
ne pourrons douter qu'elle ne soit aujourd'hui

très-différente de ce qu'elle était au commencement, et de ce qu'elle est devenue dans la succession des temps : ce sont ces changements divers que nous appelons ses époques.

Le globe terrestre : Vue générale.

Commençons par nous représenter ce que l'expérience de tous les temps et ce que nos propres observations nous apprennent au sujet de la terre.

Ce globe immense nous offre, à la surface, des hauteurs, des profondeurs, des plaines, des mers, des marais, des fleuves, des cavernes, des gouffres, des volcans; et à la première inspection nous ne découvrons en tout cela aucune régularité, aucun ordre. Si nous pénétrons dans son intérieur, nous y trouvons des métaux, des minéraux, des pierres, des bitumes, des sables, des terres, des eaux, et des matières de toute espèce placées comme au hasard et sans aucune règle apparente. En examinant avec plus d'attention, nous voyons des montagnes affaissées, des rochers fendus et brisés, des contrées englouties, des îles nouvelles, des terrains submergés, des cavernes comblées; nous trouvons des matières pesantes souvent posées sur des matières légères; des corps durs environnés de substances molles; des choses sèches, humides, chaudes, froides, solides, friables, toutes mêlées, et dans une espèce de confusion qui ne présente d'autre image que celle d'un amas de débris et d'un monde en ruine.

Cependant nous habitons ces ruines avec une entière sécurité ; les générations d'hommes, d'animaux, de plantes, se succèdent sans interruption ; la terre fournit abondamment à leur subsistance ; la mer a des limites et des lois, ses mouvements y sont assujettis ; l'air a ses courants réglés, les saisons ont leurs retours périodiques et certains, la verdure n'a jamais manqué de succéder aux frimas; tout nous paraît dans l'ordre : la terre, qui tout à l'heure n'était qu'un chaos, est un séjour délicieux où règnent le calme et l'harmonie, où tout est animé et conduit avec une puissance et une intelligence qui nous remplissent d'admiration et nous élèvent jusqu'au Créateur.

La Mer.

La première chose qui se présente, c'est l'immense quantité d'eau qui couvre la plus grande partie du globe : ces eaux occupent toujours les parties les plus basses ; elles sont aussi toujours de niveau, et elles tendent perpétuellement à l'équilibre et au repos. Cependant nous les voyons agitées par une forte puissance, qui, s'opposant à la tranquillité de cet élément, lui imprime un mouvement périodique et réglé, soulève et abaisse alternativement les flots, et fait un balancement de la masse totale des mers en les remuant jusqu'à la plus grande profondeur. Nous savons que ce mouvement est de tous les temps, et qu'il durera autant que la lune et le soleil qui en sont les causes.

Considérant ensuite le fond de la mer, nous y remarquons autant d'inégalités que sur la surface de la terre; nous y trouvons des hauteurs, des vallées, des plaines, des profondeurs, des rochers, des terrains de toute espèce; nous voyons que toutes les îles ne sont que les sommets des vastes montagnes dont le pied et les racines sont couverts de l'élément liquide; nous y trouvons d'autres sommets de montagnes qui sont presque à fleur d'eau; nous y remarquons des courants rapides qui semblent se soustraire au mouvement général : on les voit se porter quelquefois constamment dans la même direction, quelquefois rétrograder et ne jamais excéder leurs limites, qui paraissent aussi invariables que celles qui bornent les efforts des fleuves de la terre. Là sont ces contrées orageuses où les vents en fureur précipitent la tempête [1], où la mer et le ciel, également agités, se choquent et se confondent : ici sont des mouvements intestins, des bouillonnements, des trombes, et des agitations extraordinaires causées par des volcans dont la bouche submergée vomit le feu du sein des ondes, et pousse jusqu'aux nues une épaisse vapeur mêlée d'eau, de soufre et de bitume. Plus loin, je vois ces gouffres [2] dont on n'ose approcher, qui sem-

1. Delille a dit de même :

Les torrents bondissants *précipi-*
[*tent* leur onde.

2. Il s'agit du Malestroom dans la mer de Norwége, comme nous en prévient une note de Buffon.

blent attirer les vaisseaux pour les engloutir : au
delà j'aperçois ces vastes plaines toujours calmes
et tranquilles [1], mais tout aussi dangereuses, où
les vents n'ont jamais exercé leur empire, où l'art
du nautonier devient inutile, où il faut rester et
périr. Enfin, portant les yeux jusqu'aux extrémités du globe, je vois ces glaces énormes qui se
détachent des continents des pôles, et viennent,
comme des montagnes flottantes, voyager et se
fondre jusque dans les régions tempérées.

Voilà les principaux objets que nous offre le
vaste empire de la mer : des milliers d'habitants
de différentes espèces en peuplent toute l'étendue;
les uns, couverts d'écailles légères en traversent
avec rapidité les différents pays; d'autres, chargés
d'une épaisse coquille, se traînent pesamment et
marquent avec lenteur leur route sur le sable;
d'autres, à qui la nature a donné des nageoires en
forme d'ailes, s'en servent pour s'élever et se soutenir dans les airs; d'autres enfin, à qui tout
mouvement a été refusé, croissent et vivent attachés aux rochers [2] : tous trouvent dans cet élément leur pâture; le fond de la mer produit
abondamment des plantes, des mousses et des
végétations encore plus singulières. Le terrain de
la mer est de sable, de gravier, souvent de vase,
quelquefois de terre ferme, de coquillages, de
rochers, et partout il ressemble à la terre que
nous habitons [3].

---

1. Les calmes et les tornados de la mer Éthiopique. (*Id.*)

2. Voyez Cicér., De natura deo-rum, l. II, chap. xxxix.

3. Ceci s'accorde avec la théorie due au génie de Buffon, que la terre a été autrefois couverte par la mer.

Fécondité de la nature.

La surface.de la terre, parée de sa verdure, est le fonds inépuisable et commun duquel l'homme et les animaux tirent leur subsistance : tout ce qui a vie dans la nature vit sur ce qui végète, et les végétaux vivent à leur tour des débris de tout ce qui a vécu et végété : pour vivre il faut détruire [1], et ce n'est qu'en détruisant des êtres que les animaux peuvent se nourrir et se multiplier. Dieu, en créant les premiers individus de chaque espèce d'animal et de végétal, a non-seulement donné la forme à la poussière de la terre, mais il l'a rendue vivante et animée, en renfermant dans chaque individu une quantité plus ou moins grande de principes actifs, de molécules organiques vivantes, indestructibles, et communes à tous les êtres organisés : ces molécules passent de corps en corps, et servent également à la vie actuelle et à la continuation de la vie, à la nutrition, à l'accroissement de chaque individu; et après la dissolution du corps, après sa réduction en cendres, ces molécules organiques, sur lesquelles la mort ne peut rien, survivent, circulent dans l'univers, passent dans d'autres êtres [2], et y portent la nourriture et la vie : toute production, tout renouvellement, tout accroissement par la génération, par la nutrition, par le développement, supposent donc une destruction précédente,

---

1. Voyez Lucrèce, I, 263-265. | 2. Voyez Lucrèce, II, 61-78.

une conversion de substance, un transport de ces molécules organiques qui ne se multiplient pas, mais qui, subsistant toujours en nombre égal, rendent la nature toujours également vivante, la terre également peuplée, et toujours également resplendissante de la première gloire de Celui qui l'a créée.

A prendre les êtres en général, le total de la quantité de vie est donc toujours le même; et la mort, qui semble tout détruire, ne détruit rien de cette vie primitive et commune à toutes les espèces d'êtres organisés : comme toutes les autres puissances subordonnées et subalternes, la mort n'attaque que les individus, ne frappe que la surface, ne détruit que la forme, ne peut rien sur la matière [1], et ne fait aucun tort à la nature qui n'en brille que davantage, qui ne lui permet pas d'anéantir les espèces, mais la laisse moissonner les individus et les détruire avec le temps, pour se montrer elle-même indépendante de la nature et du temps, pour exercer à chaque instant sa puissance toujours active, manifester sa plénitude par sa fécondité, et faire de l'univers, en reproduisant, en renouvelant les êtres, un théâtre toujours rempli, un spectacle toujours nouveau.

Pour que les êtres se succèdent, il est donc nécessaire qu'ils se détruisent entre eux; pour que les animaux se nourrissent et subsistent, il faut qu'ils détruisent les végétaux ou d'autres ani-

1. Voyez Lucrèce, dont plusieurs passages, au Ier et au IIe livre, peuvent être rapprochés de ce morceau.

maux ; et comme avant et après la destruction la
quantité de vie reste toujours la même, il semble
qu'il devrait être indifférent à la nature que telle
espèce détruisît plus ou moins : cependant, comme
une mère économe au sein même de l'abondance,
elle a fixé des bornes à la dépense et prévenu le
dégât apparent, en ne donnant qu'à peu d'espèces
d'animaux l'instinct de se nourrir de chair ; elle
a même réduit à un assez petit nombre d'individus ces espèces voraces et carnassières, tandis
qu'elle a multiplié bien plus abondamment et les
espèces et les individus de ceux qui se nourrissent de plantes, et que dans les végétaux elle
semble avoir prodigué les espèces, et répandu
dans chacune avec profusion le nombre et la fécondité. L'homme a peut-être beaucoup contribué
à seconder ses vues, à maintenir et même à établir cet ordre sur la terre ; car dans la mer on
retrouve cette indifférence que nous supposions :
toutes les espèces sont presque également voraces ; elles vivent sur elles-mêmes ou sur les
autres, et s'entre-dévorent perpétuellement sans
jamais se détruire, parce que la fécondité y est
aussi grande que la déprédation, et que presque
toute la nourriture, toute la consommation, tourne
au profit de la reproduction.

L'empire de l'homme sur la nature.

La Nature est le trône extérieur de la magnifi-cence divine ; l'homme qui la contemple, qui l'é-tudie, s'élève par degrés au trône intérieur de la toute-puissance [1] ; fait pour adorer le Créateur, il commande à toutes les créatures ; vassal du ciel, roi de la terre [2], il l'anoblit, la peuple et l'enri-chit ; il établit entre les êtres vivants l'ordre, la subordination, l'harmonie ; il embellit la Nature même, il la cultive, l'étend et la polit ; en élague le chardon et la ronce, y multiplie le raisin et la rose. Voyez ces plages désertes, ces tristes con-trées où l'homme n'a jamais résidé, couvertes ou plutôt hérissées de bois épais et noirs dans toutes les parties élevées ; des arbres sans écorce et sans cime, courbés, rompus, tombant de vétusté, d'au-tres en plus grand nombre, gisant auprès des

1. Ce début, un peu emphati-que, n'est qu'une transition, et ne se comprend que rapproché de la définition de la Nature. Il faut reconnaitre d'ailleurs que cette définition elle-même manque de précision : Buffon semble consi-dérer la Nature comme un être réel, distinct de Dieu, une puis-sance active plutôt qu'un ensem-ble de lois ; mais il ne le dit pas franchement. « La Nature est le système des lois établies par le Créateur pour l'existence des cho-ses et pour la succession des êtres. La Nature n'est point une chose, car cette chose serait tout ; la Nature n'est point un être, car cet être serait Dieu ; mais on peut la considérer comme une puis-sance vive, immense, qui em-brasse tout, qui anime tout, et qui, subordonnée à celle du pre-mier être, n'a commencé d'agir que par son ordre, et n'agit en-core que par son concours et par son consentement. *Cette puis-sance est de la puissance divine la partie qui se manifeste ; c'est en même temps la cause et l'effet, le mode et la substance, le des-sein et l'ouvrage....* »

2. « Celui qui règne dans les cieux, et de qui *relèvent* tous les empires.... » (Début de l'oraison fun. de Henriette de France.)

premiers, pour pourrir sur des monceaux déjà pourris, étouffent, ensevelissent les germes prêts à éclore. La Nature qui partout ailleurs brille par sa jeunesse, paraît ici dans la décrépitude ; la terre surchargée par le poids, surmontée par les débris de ses productions, n'offre, au lieu d'une verdure florissante, qu'un espace encombré, traversé de vieux arbres chargés de plantes parasites, de lichens, d'agarics, fruits impurs de la corruption : dans toutes les parties basses, des eaux mortes et croupissantes faute d'être conduites et dirigées ; des terrains fangeux, qui n'étant ni solides ni liquides, sont inabordables, et demeurent également inutiles aux habitants de la terre et des eaux ; des marécages qui, couverts de plantes aquatiques et fétides, ne nourrissent que des insectes vénéneux, et servent de repaires aux animaux immondes. Entre ces marais infects qui occupent les lieux bas, et les forêts décrépites qui couvrent les terres élevées, s'étendent des espèces de landes, des savanes qui n'ont rien de commun avec nos prairies ; les mauvaises herbes y surmontent, y étouffent les bonnes ; ce n'est point ce gazon fin qui semble faire le duvet de la terre, ce n'est point cette pelouse émaillée qui annonce sa brillante fécondité ; ce sont des végétaux agrestes, des herbes dures, épineuses, entrelacées les unes dans les autres, qui semblent moins tenir à la terre qu'elles ne tiennent entre elles, et qui, se desséchant et repoussant successivement les unes sur les autres, forment une bourre grossière, épaisse de plusieurs pieds. Nulle route, nulle communication, nul vestige d'intelligence

dans ces lieux sauvages ; l'homme est obligé de
suivre les sentiers de la bête farouche, s'il veut
les parcourir ; contraint de veiller sans cesse pour
éviter d'en devenir la proie ; effrayé de leurs ru-
gissements, saisi du silence même de ces pro-
fondes solitudes, il rebrousse chemin et dit : « La
nature brute est hideuse et mourante ; c'est moi,
moi seul qui peux la rendre agréable et vivante :
desséchons ces marais, animons ces eaux mortes
en les faisant couler, formons-en des ruisseaux,
des canaux ; employons cet élément actif et dévorant qu'on nous avait caché et que nous ne devons qu'à nous-mêmes ; mettons le feu à cette
bourre superflue, à ces vieilles forêts déjà à demi
consommées ; achevons de détruire avec le fer ce
que le feu n'aura pu consumer : bientôt au lieu
du jonc, du nénuphar, dont le crapaud compo-
sait son venin, nous verrons paraître la renon-
cule, le trèfle, les herbes douces et salutaires ;
des troupeaux d'animaux bondissants fouleront
cette terre jadis impraticable ; ils y trouveront
une subsistance abondante, une pâture toujours
renaissante ; ils se multiplieront pour se multiplier encore : servons-nous de ces nouveaux aides
pour achever notre ouvrage : que le bœuf, soumis
au joug, emploie ses forces et le poids de sa
masse à sillonner la terre, qu'elle rajeunisse par
la culture ; une nature nouvelle va sortir de nos
mains. »

Qu'elle est belle cette Nature cultivée ! que par
les soins de l'homme elle est brillante et pom-
peusement parée ! Il en fait lui-même le principal ornement, il en est la production la plus no-

ble; en se multipliant, il en multiplie le germe
le plus précieux, elle-même aussi semble se multiplier avec lui; il met au jour, par son art, tout
ce qu'elle recélait dans son sein; que de trésors
ignorés, que de richesses nouvelles! Les fleurs,
les fruits, les grains perfectionnés, multipliés à
l'infini; les espèces utiles d'animaux transpor-
tées, propagées, augmentées sans nombre; les
espèces nuisibles réduites, confinées, reléguées:
l'or, et le fer plus nécessaire que l'or, tirés des
entrailles de la terre; les torrents contenus, les
fleuves dirigés, resserrés; la mer même soumise,
reconnue, traversée d'un hémisphère à l'autre; la
terre accessible partout, partout rendue aussi vivante que féconde; dans les vallées de riantes
prairies, dans les plaines de riches pâturages ou
des moissons encore plus riches; les collines
chargées de vignes et de fruits, leurs sommets
couronnés d'arbres utiles et de jeunes forêts; les
déserts devenus des cités habitées par un peuple
immense qui, circulant sans cesse, se répand de
ces centres jusqu'aux extrémités; des routes ou-
vertes et fréquentées, des communications établies
partout comme autant de témoins de la force et
de l'union de la société : mille autres monuments
de puissance et de gloire démontrent assez que
l'homme, maître du domaine de la terre, en a
changé, renouvelé la surface entière, et que de
tout temps il en partage l'empire avec la Nature[1].

1. Par son caractère comme par ses études scientifiques, Buffon était porté à admirer surtout les merveilles du travail humain et la nature cultivée. Opposez l'amour pour la nature sauvage chez J. J. Rousseau, Bernardin de St-Pierre, Châteaubriand.

Cependant il ne règne que par droit de conquête ; il jouit plutôt qu'il ne possède, il ne conserve que par des soins toujours renouvelés ; s'ils cessent, tout languit, tout s'altère, tout change, tout rentre sous la main de la Nature : elle reprend ses droits, efface les ouvrages de l'homme, couvre de poussière et de mousse ses plus fastueux monuments, les détruit avec le temps, et ne lui laisse que le regret d'avoir perdu par sa faute ce que ses ancêtres avaient conquis par leurs travaux. Ces temps où l'homme perd son domaine, ces siècles de barbarie pendant lesquels tout périt, sont toujours préparés par la guerre[1], et arrivent avec la disette et la dépopulation. L'homme qui ne peut que par le nombre, qui n'est fort que par sa réunion, qui n'est heureux que par la paix, a la fureur de s'armer pour son malheur et de combattre pour sa ruine : excité par l'insatiable avidité, aveuglé par l'ambition encore plus insatiable, il renonce aux sentiments d'humanité, tourne toutes ses forces contre lui-même, cherche à s'entre-détruire, se détruit en effet ; et après ces jours de sang et de carnage, lorsque la fumée de la gloire s'est dissipée, il voit d'un œil triste la terre dévastée, les arts ensevelis, les nations dispersées, les peuples affaiblis, son propre bonheur ruiné et sa puissance réelle anéantie.

Grand Dieu[2] ! dont la seule présence soutient la nature et maintient l'harmonie des lois de l'univers ; vous qui du trône immobile de l'empy-

1. Cette condamnation de la guerre revient fréquemment dans les œuvres de Buffon. Comp. l'*Éloge de la guerre*, par Joseph de Maistre. Voy. aussi La Bruyère, édit. Servois, p. 276 et suiv.

2. Voyez Fénelon, *Traité de l'existence de Dieu*, les prières

rée[1], voyez rouler sous vos pieds toutes les
sphères célestes sans choc et sans confusion ; qui
du sein du repos, reproduisez à chaque instant
leurs mouvements immenses, et seul, régissez
dans une paix profonde ce nombre infini de cieux
et de mondes ; rendez, rendez enfin le calme à la
terre agitée ! Qu'elle soit dans le silence ! qu'à
votre voix la discorde et la guerre cessent de faire
retentir leurs clameurs orgueilleuses ! Dieu de
bonté ! auteur de tous les êtres, vos regards pa-
ternels embrassent tous les objets de la création ;
mais l'homme est votre être de choix ; vous avez
éclairé son âme d'un rayon de votre lumière immortelle ; comblez vos bienfaits en pénétrant son
cœur d'un trait de votre amour : ce sentiment divin se répandant partout, réunira les natures ennemies ; l'homme ne craindra plus l'aspect de
l'homme, le fer homicide n'armera plus sa main ;
le feu dévorant de la guerre ne fera plus tarir la
source des générations ; l'espèce humaine, maintenant affaiblie, mutilée, moissonnée dans sa fleur,
germera de nouveau et se multipliera sans nombre ; la nature accablée sous le poids des fléaux,
stérile, abandonnée, reprendra bientôt avec une
nouvelle vie son ancienne fécondité ; et nous, Dieu
bienfaiteur, nous la seconderons, nous la cultive-
rons, nous l'observerons sans cesse pour vous offrir à chaque instant un nouveau tribut de reconnaissance et d'admiration. »

qui terminent les grandes divisions. Ici c'est plutôt un hymne
philosophique : le début rappelle
l'*Hymne à Jupiter* de Cléanthe ;
la suite, les théories philanthro-
piques du dix-huitième siècle,
l'abbé de Saint-Pierre.

1. D'après l'étymologie grecque,
la région des feux célestes, des
astres.

HISTOIRE NATURELLE DE L'HOMME

La connaissance de soi-même.

Quelque intérêt que nous ayons à nous connaître nous-mêmes, je ne sais si nous ne connaissons pas mieux tout ce qui n'est pas nous. Pourvus par la Nature d'organes uniquement destinés à notre conservation, nous ne les employons qu'à recevoir les impressions étrangères; nous ne cherchons qu'à nous répandre au dehors et à exister hors de nous : trop occupés à multiplier les fonctions de nos sens et à augmenter l'étendue extérieure de notre être, rarement faisons-nous usage de ce sens intérieur [1] qui nous réduit à nos vraies dimensions, et qui sépare de nous tout ce qui n'en est pas; c'est cependant de ce sens qu'il faut nous servir, si nous voulons nous connaître ; c'est le seul par lequel nous puissions nous juger. Mais comment donner à ce sens son activité et toute son étendue? comment dégager notre âme, dans laquelle il réside [2], de toutes les illusions de notre esprit? Nous avons perdu l'habitude de l'employer; elle est demeurée sans exercice au milieu du tumulte de nos sensations corporelles; elle s'est desséchée par le feu de nos

---

1. On dit encore aujourd'h. *Sens intime*, ou conscience. Remarquez l'inversion du pronom *nous*.

2. Peu juste : en réalité la conscience n'est que l'âme se connaissant elle-même.

passions ; le cœur, l'esprit, les sens, tout a travaillé contre elle.

Cependant, inaltérable dans sa substance, impassible par son essence, elle est toujours l même ; sa lumière offusquée a perdu son écla sans rien perdre de sa force : elle nous éclaire moins, mais elle nous guide aussi sûrement. Recueillons, pour nous conduire, ces rayons qui parviennent encore jusqu'à nous ; l'obscurité qui nous environne diminuera ; et si la route n'est pas également éclairée d'un bout à l'autre, au moins aurons-nous un flambeau avec lequel nous marcherons sans nous égarer.

Distinction de l'âme et du corps.

Notre âme n'a qu'une forme très-simple, très-générale, très-constante ; cette forme est la pensée. Il nous est impossible d'apercevoir notre âme autrement que par la pensée : cette forme n'a rien de divisible, rien d'étendu, rien d'impénétrable, rien de matériel ; donc le sujet de cette forme, notre âme, est indivisible et immatériel. Notre corps, au contraire, et tous les autres corps, ont plusieurs formes ; chacune de ces formes est composée, divisible, variable, destructible, et toutes sont relatives aux différents organes avec lesquels nous les apercevons[1] :

---

1. Elles ont cependant une réalité indépendante de nos perceptions.

notre corps, et toute la matière, n'a donc rien de
constant, rien de réel, rien de général par où
nous puissions la saisir et nous assurer de la
connaître. Un aveugle n'a nulle idée de l'objet
matériel qui nous représente les images des
corps ; un lépreux dont la peau serait insensible
n'aurait aucune des idées que le toucher fait
naître ; un sourd ne peut connaître les sons.
Qu'on détruise successivement ces trois moyens
de sensations dans l'homme qui en est pourvu,
l'âme n'en existera pas moins ; ses fonctions intérieures subsisteront, et la pensée se manifes-
tera toujours au dedans de lui-même. Otez au
contraire toutes ses qualités à la matière ; ôtez-lui
ses couleurs, son étendue, sa solidité, et toutes
les autres propriétés relatives à nos sens, vous
l'anéantirez. Notre âme est donc impérissable, et
la matière peut et doit périr [1].

Les différents âges de l'homme.

Si quelque chose est capable de nous donner
une idée de notre faiblesse, c'est l'état où nous
nous trouvons immédiatement après la naissance ; incapable de faire encore aucun usage de

1. Ces considérations philosophiques, par lesquelles Buffon
ouvre, non sans s'excuser, son
livre sur l'Homme, ont un caractère spiritualiste (idéaliste même
en certains détails), qui rappelle
l'école cartésienne, et s'oppose
nettement aux théories du dix-
huitième siècle. — Inutile d'ajouter qu'il n'y a rien de bien fixe

ses organes et de se servir de ses sens, l'enfant qui naît a besoin de secours de toute espèce ; c'est une image de misère et de douleur, il est dans ces premiers temps plus faible qu'aucun des animaux, sa vie incertaine et chancelante paraît devoir finir à chaque instant ; il ne peut se soutenir ni se mouvoir[1], à peine a-t-il la force nécessaire pour exister et pour annoncer par des gémissements les souffrances qu'il éprouve, comme si la nature voulait l'avertir qu'il est né pour souffrir, et qu'il ne vient prendre place dans l'espèce humaine que pour en partager les infirmités et les peines.

Le corps est avant l'âge de trente ans, dans les hommes, à son point de perfection pour les proportions de sa forme. Tout marque alors, dans l'homme, sa supériorité sur tous les êtres vivants ; il se soutient droit et élevé, son attitude est celle du commandement, sa tête regarde le ciel et présente une face auguste sur laquelle est imprimé le caractère de sa dignité ; l'image de l'âme y est peinte par la physionomie, l'excellence de sa nature perce à travers les organes matériels et anime d'un feu divin les traits de son visage ; son port majestueux, sa démarche ferme et hardie annoncent sa noblesse et son rang ;

---

dans les idées philosophiques de Buffon.

1. Voyez Pline, *Hist. nat.*, l. VII, chap. XXII. « Feliciter natus jacet, manibus pedibusque devinctis, flens, animal ceteris imperaturum !... » Buffon revient plusieurs fois sur cette faiblesse de l'homme : voyez p. 77. A la page suivante, il émet sur les inconvénients du maillot la même opinion que Rousseau dans l'*Émile*. Leurs sages avis n'ont malheureusement pas encore été entendus.

il ne touche à la terre que par ses extrémités les
plus éloignées, il ne la voit que de loin, et semble la dédaigner ; les bras ne lui sont pas donnés
pour servir de piliers d'appui à la masse de son
corps, sa main ne doit pas fouler la terre, et
perdre par des frottements réitérés la finesse du
toucher dont elle est le principal organe ; le bras
et la main sont faits pour servir à des usages
plus nobles, pour exécuter les ordres de la volonté, pour saisir les choses éloignées, pour écarter les obstacles, pour prévenir les rencontres et
le choc de ce qui pourrait nuire, pour embrasser
et retenir ce qui peut plaire, pour le mettre à
portée des autres sens [1].

Lorsque l'âme est tranquille, toutes les parties du visage sont dans un état de repos ;
leur proportion, leur union, leur ensemble marquent encore assez la douce harmonie des pensées, et répondent au calme de l'intérieur ;
mais lorsque l'âme est agitée, la face humaine
devient un tableau vivant, où les passions sont
rendues avec autant de délicatesse que d'énergie, où chaque mouvement de l'âme est exprimé par un trait, chaque action par un caractère, dont l'impression vive et prompte devance
la volonté, nous décèle et rend au dehors par des
signes pathétiques les images de nos secrètes
agitations.

C'est surtout dans les yeux qu'elles se peignent et qu'on peut les reconnaître ; l'œil appar-

---

1. « L'homme n'est pas supérieur aux animaux parce qu'il a
une main, mais il a une main
parce qu'il est supérieur aux animaux. » (Aristote.) Voyez dans
la préface la page IV.

tient à l'âme plus qu'aucun autre organe, il
semble y toucher et participer à tous ses mouvements, il en exprime les passions les plus vives
et les émotions les plus tumultueuses, comme
les mouvements les plus doux et les sentiments les plus délicats ; il les rend dans toute
leur force, dans toute leur pureté tels qu'ils
viennent de naître, il les transmet par des traits
rapides qui portent dans une autre âme le
feu, l'action, l'image de celle dont ils partent.
L'œil reçoit et réfléchit en même temps la lumière de la pensée et la chaleur du sentiment,
c'est le sens de l'esprit et la langue de l'intelligence.

Tout change dans la nature, tout s'altère, tout
périt ; le corps de l'homme n'est pas plus tôt
arrivé à son point de perfection qu'il commence
à déchoir : le dépérissement est d'abord insensible[1], il se passe même plusieurs années avant
que nous nous apercevions d'un changement considérable ; cependant nous devrions sentir le
poids de nos années mieux que les autres ne peuvent en compter le nombre ; et comme ils ne se
trompent pas sur notre âge en le jugeant par les
changements extérieurs, nous devrions nous tromper encore moins sur l'effet intérieur qui les produit, si nous nous observions mieux, si nous
nous flattions moins, et si, dans tout, les autres
ne nous jugeaient pas toujours beaucoup mieux
que nous ne nous jugeons nous-mêmes.

1. « Dans la plupart des hommes les changements se font peu
à peu, et la mort les prépare ordinairement à son dernier coup. »
(Bossuet. *Oraison funèbre de la
duchesse d'Orléans.*

Lorsque le corps a acquis toute son étendue en hauteur et en largeur par le développement entier de toutes ses parties, il augmente en épaisseur. Le commencement de cette augmentation est le premier point de son dépérissement, car cette extension n'est pas une continuation de développement ou d'accroissement intérieur de chaque partie par lesquels le corps continuerait de prendre plus d'étendue dans toutes ses parties organiques, et par conséquent plus de force et d'activité; mais c'est une simple addition de matière surabondante qui enfle le volume du corps et le charge d'un poids inutile. Cette matière est la graisse, qui survient ordinairement à trente-cinq ou quarante ans; et à mesure qu'elle augmente, le corps a moins de légèreté et de liberté dans ses mouvements, ses membres s'appesantissent, il n'acquiert de l'étendue qu'en perdant de la force et de l'activité[1].

D'ailleurs les os et les autres parties solides du corps ayant pris toute leur extension en longueur et en grosseur continuent d'augmenter en solidité; les sucs nourriciers qui y arrivent, et qui étaient auparavant employés à en augmenter le volume par le développement, ne servent plus qu'à l'augmentation de la masse en se fixant dans l'intérieur de ces parties; les membranes deviennent cartilagineuses, les cartilages deviennent osseux, les os deviennent plus solides, toutes les fibres plus dures, la peau se dessèche, les rides se forment peu à peu, les cheveux blanchissent,

---

1. Buffon dit de même, dans le discours sur le Style : « ne prendre de l'éclat qu'en perdant de la solidité. » Cf. les dates.

les dents tombent, le visage se déforme, le corps
se courbe, etc. Les premières nuances de cet état
se font apercevoir avant quarante ans ; elles aug-
mentent par degrés assez lents jusqu'à soixante,
par degrés plus rapides jusqu'à soixante et dix ; la
caducité commence à cet âge de soixante et dix ans,
elle va toujours en augmentant ; la décrépitude
suit, et la mort termine ordinairement avant l'âge
de quatre-vingt-dix ou cent ans la vieillesse et la
vie.

Pourquoi donc craindre la mort si l'on a assez
bien vécu pour n'en pas craindre les suites ? pourquoi redouter cet instant[1], puisqu'il est préparé
par une infinité d'autres instants du même ordre
puisque la mort est aussi naturelle que la vie, et
que l'une et l'autre nous arrivent de la même façon sans que nous le sentions, sans que nous
puissions nous en apercevoir ? Qu'on interroge les
médecins et les ministres de l'Église, accoutumés
à observer les actions des mourants et à recueillir leurs derniers sentiments ; ils conviendront
qu'à l'exception d'un très-petit nombre de maladies aiguës, où l'agitation causée par des mouvements convulsifs semble indiquer les souffrances
du malade, dans toutes les autres on meurt tranquillement, doucement, et sans douleurs ; et même
ces terribles agonies effrayent plus les spectateurs
qu'elles ne tourmentent le malade ; car combien
n'en a-t-on pas vu qui, après avoir été à cette
dernière extrémité, n'avaient aucun souvenir de
ce qui s'était passé non plus que de ce qu'ils

---

1. Voyez la même idée sans
cesse répétée par Sénèque. Buffon
la rajeunit en l'appuyant de considérations scientifiques

avaient senti! Ils avaient réellement cessé d'être pour eux pendant ce temps, puisqu'ils sont obligés de rayer du nombre de leurs jours tous ceux qu'ils ont passés dans cet état duquel il ne leur reste aucune idée.

La plupart des hommes meurent donc sans le savoir; et, dans le petit nombre de ceux qui conservent de la connaissance jusqu'au dernier soupir, il ne s'en trouve peut-être pas un qui ne conserve en même temps de l'espérance, et qui ne se flatte d'un retour vers la vie : la nature a, pour le bonheur de l'homme, rendu ce sentiment plus fort que la raison. Un malade dont le mal est incurable, qui peut juger son état par des exemples fréquents et familiers, qui en est averti par les mouvements inquiets de sa famille, par les larmes de ses amis, par la contenance ou l'abandon des médecins, n'en est pas plus convaincu qu'il touche à sa dernière heure; l'intérêt est si grand, qu'on ne s'en rapporte qu'à soi; on n'en croit pas les jugements des autres, on les regarde comme des alarmes peu fondées : tant qu'on se sent et qu'on pense, on ne réfléchit, on ne raisonne que pour soi, et tout est mort que l'espérance vit encore.

Jetez les yeux sur un malade qui vous aura dit cent fois qu'il se sent attaqué à mort, qu'il voit bien qu'il ne peut pas en revenir, qu'il est prêt à expirer; examinez ce qui se passe sur son visage lorsque, par zèle ou par indiscrétion, quelqu'un vient à lui annoncer que sa fin est prochaine en effet; vous le verrez changer comme celui d'un homme auquel on annonce une nouvelle imprévue. Ce malade ne croit donc pas ce qu'il dit lui-même, tant il est vrai qu'il n'est nullement convaincu qu'il doit mourir; il a seulement quelque doute, quelque inquiétude sur son état, mais il craint toujours beaucoup moins qu'il n'espère; et, si l'on ne réveillait pas ses frayeurs par ces tristes soins et cet appareil lugubre qui devancent la mort, il ne la verrait point arriver.

Les premières sensations de l'homme : rôle prépondérant du toucher.

Buffon imagine un homme tel qu'on peut croire qu'était le premier homme au moment de la création, c'est-à-dire dont le corps et les organes seraient parfaitement formés, mais qui s'éveillerait tout neuf pour lui-même et pour tout ce qui l'environne. Il suppose que cet homme raconte ses premières impressions. Cette hypothèse rappelle la statue de Condillac

Je me souviens de cet instant plein de joie e. de trouble, où je sentis pour la première fois ma singulière existence; je ne savais ce que j'étais, où j'étais, d'où je venais[1]. J'ouvris les yeux, quel surcroît de sensations! la lumière, la voûte céleste, la verdure de la terre, le cristal des eaux tout m'occupait, m'animait et me donnait un sentiment inexprimable de plaisir : je crus d'abord que tous ces objets étaient en moi, et faisaient partie de moi-même[2].

1. Voyez *Paradis perdu*, de Milton, l. VIII.

2. L'enfant n'a pas tout d'abord l'idée du *non-moi* : il ne se dis-

Je m'affermissais dans cette pensée naissante lorsque je tournai les yeux vers l'astre de la lumière, son éclat me blessa ; je fermai involontairement la paupière, et je sentis une légère douleur. Dans ce moment d'obscurité, je crus avoir perdu presque tout mon être.

Affligé, saisi d'étonnement, je pensais à ce grand changement, quand tout à coup j'entendis des sons ; le chant des oiseaux, le murmure des airs formaient un concert dont la douce impression me remuait jusqu'au fond de l'âme ; j'écoutai longtemps, et je me persuadai bientôt que cette harmonie était moi.

Attentif, occupé tout entier de ce nouveau genre d'existence, j'oubliais déjà la lumière, cette autre partie de mon être que j'avais connue la première, lorsque je rouvris les yeux. Quelle joie de me retrouver en possession de tant d'objets brillants ! mon plaisir surpassa tout ce que j'avais senti la première fois, et suspendit pour un temps le charmant effet des sons.

Je fixai mes regards sur mille objets divers, je m'aperçus bientôt que je pouvais perdre et retrouver ces objets, et que j'avais la puissance de détruire et de reproduire à mon gré cette belle partie de moi-même ; et quoiqu'elle me parût immense en grandeur par la quantité des accidents de lumière et par la variété des couleurs, je crus reconnaître que tout était contenu dans une portion de mon être.

Je commençais à voir sans émotion et à entendre

----

tingue du monde extérieur que peu à peu en exécutant des mou- | vements et rencontrant des résistances.

sans trouble, lorsqu'un air léger dont je sentis la fraîcheur, m'apporta des parfums qui me causèrent un épanouissement intime, et me donnèrent un sentiment d'amour pour moi-même.

Agité par toutes ces sensations, pressé par les plaisirs d'une si belle et si grande existence, je me levai tout d'un coup, et je me sentis transporté par une force inconnue.

Je ne fis qu'un pas, la nouveauté de ma situation me rendit immobile, ma surprise fut extrême; je crus que mon existence fuyait, le mouvement que j'avais fait avait confondu les objets; je m'imaginais que tout était en désordre.

Je portai la main sur ma tête [1], je touchai mon front et mes yeux, je parcourus mon corps, ma main me parut être alors le principal organe de mon existence; ce que je sentais dans cette partie était si distinct et si complet, la jouissance m'en paraissait si parfaite en comparaison du plaisir que m'avait causé la lumière et les sons, que je m'attachai tout entier à cette partie solide de mon être, et je sentis que mes idées prenaient de la profondeur et de la réalité.

Tout ce que je touchais sur moi semblait rendre à ma main sentiment pour sentiment, et chaque attouchement produisait dans mon âme une double idée.

Je ne fus pas longtemps sans m'apercevoir que

1. C'est ici le centre de ce morceau, qui, sous la forme poétique, est composé très-méthodiquement : les perceptions vagues, analysées dans la première partie, vont être comparées aux perceptions plus nettes dues au toucher ; puis, dans la troisième partie, on montrera comment, après l'intervention du toucher, les autres sens acquièrent plus de précision.

cette faculté de sentir était répandue dans toutes les parties de mon être; je reconnus bientôt les limites de mon existence qui m'avait d'abord paru immense en étendue.

J'avais jeté les yeux sur mon corps, je le jugeais d'un volume énorme et si grand, que tous les objets qui avaient frappé mes yeux ne me paraissaient être en comparaison que des points lumineux.

Je m'examinai longtemps, je me regardais avec plaisir, je suivais ma main de l'œil et j'observais ses mouvements ; j'eus sur tout cela les idées les plus étranges, je croyais que le mouvement de ma main n'était qu'une espèce d'existence fugitive, une succession de choses semblables, je l'approchai de mes yeux; elle me parut alors plus grande que tout mon corps, et elle fit disparaître à ma vue un nombre infini d'objets.

Je commençai à soupçonner qu'il y avait de l'illusion dans cette sensation qui me venait par les yeux; j'avais vu distinctement que ma main n'était qu'une petite partie de mon corps, et je ne pouvais comprendre qu'elle fût augmentée au point de me paraître d'une grandeur démesurée, je résolus donc de ne me fier qu'au toucher qui ne m'avait pas encore trompé, et d'être en garde sur toutes les autres façons de sentir et d'être.

Cette précaution me fut utile, je m'étais remis en mouvement et je marchais la tête haute et levée vers le ciel, je me heurtai légèrement contre un palmier; saisi d'effroi, je portai ma main sur ce corps étranger, je le jugeai tel, parce qu'il ne me rendit pas sentiment pour sentiment ; je me détournai avec une espèce d'horreur, et je connus pour la première fois qu'il y avait quelque chose hors de moi.

Plus agité par cette nouvelle découverte que je ne l'avais été par toutes les autres, j'eus peine à me rassurer, et, après avoir médité sur cet événement, je conclus que je devais juger des objets extérieurs comme j'avais jugé des parties de mon corps, et qu'il n'y avait que le toucher qui pût m'assurer de leur existence.

Je cherchai donc à toucher tout ce que je voyais, je voulais toucher le soleil, j'étendais les bras pour embrasser l'horizon, et je ne trouvais que le vide des airs.

A chaque expérience que je tentais, je tombais de surprise en surprise, car tous les objets me paraissaient être également près de moi[1], et ce ne fut qu'après une infinité d'épreuves que j'appris à me servir de mes yeux pour guider ma main, et, comme elle me donnait des idées toutes différentes des impressions que je recevais par le sens de la vue, mes sensations n'étant pas d'accord entre elles, mes jugements n'en étaient que plus imparfaits, et le total de mon être n'était encore pour moi-même qu'une existence en confusion.

Profondément occupé de moi, de ce que j'étais, de ce que je pouvais être, les contrariétés que je venais d'éprouver m'humilièrent, plus je réfléchissais, plus il se présentait de doutes ; lassé de tant d'incertitudes, fatigué des mouvements de

---

1. Les aveugles-nés, qui recouvrent la vue, s'imaginent d'abord que tous les objets touchent leurs yeux, et élèvent les mains devant leur visage pour se garantir. Observez les enfants tout jeunes.

mon âme, mes genoux fléchirent et je me trouvai
dans une situation de repos. Cet état de tranquillité donna de nouvelles forces à mes sens; j'étais
assis à l'ombre d'un bel arbre, des fruits d'une
couleur vermeille descendaient en forme de grappe
à la portée de ma main, je les touchai légèrement,
aussitôt ils se séparèrent de la branche comme la
figue s'en sépare dans le temps de sa maturité.

J'avais saisi un de ces fruits, je m'imaginais
avoir fait une conquête, et je me glorifiais de la
faculté que je sentais, de pouvoir contenir dans
ma main un autre être tout entier; sa pesanteur,
quoique peu sensible, me parut une résistance
animée que je me faisais un plaisir de vaincre.

J'avais approché ce fruit de mes yeux, j'en con--
sidérais la forme et les couleurs, une odeur déli-
cieuse me le fit approcher davantage, il se trouva
près de mes lèvres; je tirais à longues inspira-
tions[1] le parfum, et goûtais à longs traits les
plaisirs de l'odorat; j'étais intérieurement rempli
de cet air embaumé, ma bouche s'ouvrit pour
l'exhaler, elle se rouvrit pour en reprendre, je
sentis que je possédais un odorat intérieur plus
fin, plus délicat encore que le premier, enfin je
goûtai.

Quelle saveur! quelle nouveauté de sensation!
Jusque-là je n'avais eu que des plaisirs; le goût
me donna le sentiment de la volupté, l'intimité
de la jouissance fit naître l'idée de la possession,
je crus que la substance de ce fruit était devenue

---

1. Ce mot est pris ici au sens propre, et étymologique · c'est un terme de physiologie que Buffon a employé plus d'une fois.

la mienne, et que j'étais le maître de transformer les êtres.

Flatté de cette idée de puissance, incité par le plaisir que j'avais senti, je cueillis un second et un troisième fruit, et je ne me lassais pas d'exercer ma main pour satisfaire mon goût; mais une langueur agréable s'emparant peu à peu de tous mes sens, appesantit mes membres et suspendit l'activité de mon âme; je jugeais de son inaction par la mollesse de mes pensées, mes sensations émoussées arrondissaient tous les objets et ne me présentaient que des images faibles et mal terminées; dans cet instant mes yeux devenus inutiles se fermèrent, et ma tête n'étant plus soutenue par la force des muscles, pencha pour trouver un appui sur le gazon.

Tout fut effacé, tout disparut, la trace de mes pensées fut interrompue, je perdis le sentiment de mon existence : ce sommeil fut profond, mais je ne sais s'il fut de longue durée, n'ayant point encore l'idée du temps et ne pouvant le mesurer; mon réveil ne fut qu'une seconde naissance, et je sentis seulement que j'avais cessé d'être.

———

Homo duplex [1].

L'homme intérieur est double; il est composé de deux principes différents par leur nature, et

1. Voyez dans Xavier de Maistre, *Voyage autour de ma cham-*

contraires par leur action. L'âme, ce principe
spirituel, ce principe de toute connaissance, est
toujours en opposition avec cet autre principe
animal et purement matériel : le premier est
une lumière pure qu'accompagnent le calme
et la sérénité, une source salutaire dont émanent la science, la raison, la sagesse; l'autre
est une fausse lueur qui ne brille que par la
tempête et dans l'obscurité, un torrent impétueux
qui roule et entraîne à sa suite les passions et
les erreurs.

Le principe animal se développe le premier;
comme il est purement matériel, et qu'il consiste
dans la durée des ébranlements [1] et le renouvellement des impressions formées dans notre sens
intérieur matériel par les objets analogues ou
contraires à nos appétits, il commence à agir dès
que le corps peut sentir de la douleur ou du plaisir; il nous détermine le premier et aussitôt que
nous pouvons faire usage de nos sens. Le principe spirituel se manifeste plus tard ; il se développe, il se perfectionne au moyen de l'éducation ;
c'est par la communication des pensées d'autrui
que l'enfant en acquiert et devient lui-même pen-
sant et raisonnable; et sans cette communication
il ne serait que stupide ou fantasque, selon le
degré d'inaction ou d'activité de son sens intérieur
matériel.

Considérons un enfant lorsqu'il est en liberté
et loin de l'œil de ses maîtres, nous pouvons juger
de ce qui se passe au dedans de lui par le résul-

bre, chap. VI et suiv., la même   humoristique.
idée exprimée sous une forme   1. Un principe qui consiste !...

tat de ses actions extérieures : il ne pense ni ne réfléchit à rien, il suit indifféremment toutes les routes du plaisir, il obéit à toutes les impressions des objets extérieurs, il s'agite sans raison, il s'amuse, comme les jeunes animaux, à courir, à exercer son corps, il va, il vient et revient sans dessein, sans projet, il agit sans ordre et sans suite ; mais bientôt, rappelé par la voix de ceux qui lui ont appris à penser, il se compose, il dirige ses actions, et donne des preuves qu'il a conservé les pensées qu'on lui a communiquées. Le principe matériel domine donc dans l'enfance, et il continuerait de dominer et d'agir presque seul pendant toute la vie, si l'éducation ne venait à développer le principe spirituel, et à mettre l'âme en exercice.

Il est aisé, en rentrant en soi-même, de reconnaître l'existence de ces deux principes : il y a des instants dans la vie, il y a même des heures, des jours, des saisons, où nous pouvons juger, non-seulement de la certitude de leur existence, mais aussi de leur contrariété d'action. Je veux parler de ces temps d'ennui, d'indolence, de dégoût, où nous ne pouvons nous déterminer à rien, où nous voulons ce que nous ne faisons pas, et faisons ce que nous ne voulons pas[1], de cet état ou de cette maladie à laquelle on a donné le nom de *vapeurs*[2],

[1]. Hélas! en guerre avec moi-même,
Où pourrai-je trouver la paix ?
Je veux, et n'accomplis jamais.
Je veux; mais (ô misère extrême!)
Je ne fais pas le bien que j'aime,
Et je fais le mal que je hais.
(J. Racine. *Cant. spirituels*, II.)

[2]. Maladie nerveuse, fort à la mode au dix-septième et au dix-huitième siècles, surtout chez les femmes. Voyez Beaumarchais, *Mariage de Figaro*, III, 9 : Suzanne : « Est-ce que les femmes de mon état ont des va-

état où se trouvent si souvent les hommes oisifs, et même les hommes qu'aucun travail ne commande. Si nous nous observons dans cet état, notre *moi* nous paraîtra divisé en deux personnes, dont la première, qui représente la faculté raisonnable, blâme ce que fait la seconde, mais n'est pas assez forte pour s'y opposer efficacement et la vaincre[1]; au contraire, cette dernière étant formée de toutes les illusions de nos sens et de notre imagination, elle contraint, elle enchaîne, et souvent elle accable la première, et nous fait agir contre ce que nous pensons, ou nous force à l'inaction, quoique nous ayons la volonté d'agir.

Dans le temps où la faculté raisonnable domine, on s'occupe tranquillement de soi-même, de ses amis, de ses affaires ; mais on s'aperçoit encore, ne fût-ce que par des distractions involontaires, de la présence de l'autre principe. Lorsque celui-ci vient à dominer à son tour, on se livre ardemment à sa dissipation, à ses goûts, à ses passions, et à peine réfléchit-on par instants sur les objets mêmes qui nous occupent et qui nous remplissent tout entier. Dans ces deux états nous sommes heureux : dans le premier nous commandons avec satisfaction, et dans le second nous obéissons encore avec plus de plaisir : comme il n'y a que l'un des deux principes qui soit alors en action, et qu'il agit sans opposition de la part de l'autre, nous ne sentons aucune contrariété intérieure ; notre moi nous paraît simple, parce que nous n'é-

peurs, donc? C'est un mal de condition qu'on ne prend que dans les boudoirs. »

1. Voyez Racine, les deux premières strophes du cantique déjà cité.

prouvons qu'une impulsion simple, et c'est dans cette unité d'action que consiste notre bonheur, car pour peu que par des réflexions nous venions à blâmer nos plaisirs, ou que par la violence de nos passions nous cherchions à haïr la raison, nous cessons dès lors d'être heureux, nous perdons l'unité de notre existence, en quoi consiste notre tranquillité ; la contrariété intérieure se renouvelle, les deux personnes se représentent en opposition, et les deux principes se font sentir et se manifestent par les doutes, les inquiétudes et les remords.

De là on peut conclure que le plus malheureux de tous les états est celui où ces deux puissances souveraines de la nature de l'homme sont toutes deux en grand mouvement, mais en mouvement égal et qui fait équilibre ; c'est là le point de l'ennui le plus profond et de cet horrible dégoût de soi-même, qui ne nous laisse d'autre désir que celui de cesser d'être.

Dernière époque de la nature : inventions des premiers hommes.

Les premiers hommes, témoins des mouvements convulsifs de la terre, encore récents et très-fréquents, n'ayant que les montagnes pour asiles contre les inondations, chassés souvent de ces mêmes asiles par le feu des volcans, tremblants sur une terre qui tremblait sous leurs pieds[1], nus d'esprit

---

1. Mauvais jeu de mots : *tremblants... tremblait.*

et de corps, exposés aux injures de tous les éléments, victimes de la fureur des animaux féroces,
dont ils ne pouvaient éviter de devenir la proie;
tous également pénétrés du sentiment commun
d'une terreur funeste, tous également pressés par
la nécessité, n'ont-ils pas très-promptement cherché à se réunir, d'abord pour se défendre par le
nombre, ensuite pour s'aider et travailler de concert
à se faire un domicile et des armes? Ils ont commencé par aiguiser en forme de haches ces cailloux
durs, ces jades, ces *pierres de foudre*[1], que l'on a
crues tombées des nues et formées par le tonnerre, et qui néanmoins ne sont que les premiers
monuments de l'art de l'homme dans l'état de
pure nature : il aura bientôt tiré du feu de ces
mêmes cailloux en les frappant les uns contre les
autres; il aura saisi la flamme des volcans, ou
profité du feu de leurs laves brûlantes pour le
communiquer, pour se faire jour dans les forêts,
les broussailles…. Et puis, après s'être munis de
massues et d'autres armes pesantes et défensives,
ces premiers hommes n'ont-ils pas trouvé le
moyen d'en faire d'offensives plus légères, pour atteindre de loin?… Bientôt ils auront eu des filets,
des radeaux, des canots, et s'en sont tenus là tant
qu'ils n'ont formé que de petites nations composées de quelques familles, ou plutôt de parents
issus d'une même famille, comme nous le voyons
encore aujourd'hui chez les sauvages, qui veulent
demeurer sauvages, et qui le peuvent, dans les
lieux où l'espace libre ne leur manque pas plus

1. Aérolithes.

que le gibier, le poisson et les fruits. Mais dans
tous ceux où l'espace s'est trouvé confiné par les
eaux, ou resserré par les hautes montagnes, ces
petites nations, devenues trop nombreuses, ont
été forcées de partager leur terrain entre elles ; et
c'est de ce moment que la terre est devenue le
domaine de l'homme ; il en a pris possession par
ses travaux de culture, et l'attachement à la patrie a suivi de très-près les premiers actes de sa
propriété [1].

HISTOIRE GÉNÉRALE DES ANIMAUX.

Comparaison des animaux et des végétaux.

Dans la foule des objets que nous présente ce
vaste globe, dans le nombre infini des différentes
productions dont sa surface est couverte et peuplée, les animaux tiennent le premier rang, tant
par la conformité qu'ils ont avec nous, que par la
supériorité que nous leur connaissons sur les
êtres végétants ou inanimés. Les animaux ont
par leurs sens, par leur forme, par leur mouvement, beaucoup plus de rapports avec les choses
qui les environnent, que n'en ont les végétaux ;
ceux-ci, par leur développement, par leur figure,
par leur accroissement et par leurs différentes

----

1. Ce fragment est comme un
éloquent résumé du beau tableau
que Lucrèce a fait de la naissance
des arts. (L. V, v. 923-1296.)

parties, ont aussi un plus grand nombre de rapports avec les objets extérieurs, que n'en ont les minéraux ou les pierres, qui n'ont aucune sorte de vie et de mouvement, et c'est par ce plus grand nombre de rapports que l'animal est réellement au-dessus du végétal, et le végétal au-dessus du minéral. Nous-mêmes, à ne considérer que la partie matérielle de notre être, nous ne sommes au-dessus des animaux que par quelques rapports de plus, tels que ceux que nous donnent la langue et la main; et quoique les ouvrages du Créateur soient en eux-mêmes tous également parfaits, l'animal est, selon notre façon d'apercevoir, l'ouvrage le plus complet de la nature, et l'homme en est le chef-d'œuvre.

En effet, que de ressorts, que de forces, que de machines et de mouvements sont renfermés dans cette petite partie de matière qui compose le corps d'un animal! Que de rapports, que d'harmonie, que de correspondance entre les parties! Combien de combinaisons, d'arrangements, de causes, d'effets, de principes, qui tous concourent au même but, et que nous ne connaissons que par des résultats si difficiles à comprendre, qu'ils n'ont cessé d'être des merveilles que par l'habitude que nous avons prise de n'y point réfléchir!

Comparaison de l'homme et des animaux.

En comparant l'homme avec l'animal, on trouvera dans l'un et dans l'autre un corps, une matière organisée, des sens, de la chair et du sang,
du mouvement, et une infinité de choses semblables ; mais toutes ces ressemblances sont extérieures, et ne suffisent pas pour nous faire prononcer que la nature de l'homme est semblable
à celle de l'animal. Pour juger de la nature de
l'un et de l'autre, il faudrait connaître les qualités intérieures de l'animal aussi bien que nous
connaissons les nôtres ; et comme il n'est pas
possible que nous ayons jamais connaissance de
ce qui se passe à l'intérieur de l'animal, comme
nous ne saurons jamais de quel ordre, de quelle
espèce peuvent être ses sensations relativement
à celles de l'homme, nous ne pouvons juger que
par les effets, nous ne pouvons que comparer les
résultats des opérations naturelles de l'un et de
l'autre.

Voyons donc ces résultats, en commençant par
avouer toutes les ressemblances particulières, et
en n'examinant que les différences, même les plus
générales. On conviendra que le plus stupide des
hommes suffit pour conduire le plus spirituel[1] des
animaux. Il le commande et le fait servir à ses
usages ; et c'est moins par force et par adresse
que par supériorité de nature, et parce qu'il a un

---

1. Quand il est dompté ou do-
mestiqué : or, pour arriver à ce
résultat, il a fallu toute l'intelligence de l'homme.

projet raisonné, un ordre d'actions et une suite
de moyens par lesquels il contraint l'animal à lui
obéir, car nous ne voyons pas que les animaux
qui sont plus forts et plus adroits, commandent
aux autres et les fassent servir à leur usage ; les
plus forts mangent les plus faibles, mais cette
action ne suppose qu'un besoin, un appétit, qualités fort différentes de celle qui peut produire
une suite d'actions dirigées vers le même but. Si
les animaux étaient doués de cette faculté, n'en
verrions-nous pas quelques-uns prendre l'empire
sur les autres et les obliger à leur chercher la
nourriture, à les veiller, à les garder, à les soulager lorsqu'ils sont malades ou blessés? Or il n'y
a parmi tous les animaux aucune marque de cette
subordination, aucune apparence que quelqu'un
d'entre eux connaisse ou sente la supériorité de
sa nature sur celle des autres; par conséquent on
doit penser qu'ils sont en effet tous de même nature, et en même temps on doit conclure que celle
de l'homme est non-seulement fort au-dessus de
celle de l'animal, mais qu'elle est aussi tout à
fait différente.

L'homme rend par un signe extérieur ce qui se
passe au dedans de lui; il communique sa pensée
par la parole, ce signe est commun à toute l'espèce humaine; l'homme sauvage parle comme
l'homme policé, et tous deux parlent naturellement, et parlent pour se faire entendre : si aucun
des animaux n'a ce signe de la pensée, ce n'est
pas, comme on le croit communément, faute

---

1. Voyez l'opinion différente de Lucrèce, l. V, 1055-1085.

d'organes ; la langue du singe a paru aux anato-
mistes aussi parfaite que celle de l'homme : le
singe parlerait donc s'il pensait ; si l'ordre de ses
pensées avait quelque chose de commun avec les
nôtres, il parlerait notre langue ; et en supposant
qu'il n'eût que des pensées de singe, il parlerait
aux autres singes ; mais on ne les a jamais vus
s'entretenir ou discourir ensemble ; ils n'ont donc
pas même un ordre, une suite de pensées à leur
façon, bien loin d'en avoir de semblables aux nôtres ; il ne se passe à leur intérieur rien de suivi,
rien d'ordonné, puisqu'ils n'expriment rien par
des signes combinés et arrangés ; ils n'ont donc
pas la pensée, même au plus petit degré[1].

Il est si vrai que ce n'est pas faute d'organes
que les animaux ne parlent pas, qu'on en connaît
de plusieurs espèces auxquels on apprend à prononcer des mots, et même à répéter des phrases
assez longues, et peut-être y en aurait-il un grand
nombre d'autres auxquels on pourrait, si l'on voulait s'en donner la peine, faire articuler quelques
sons[2] ; mais jamais on n'est parvenu à leur faire
naître l'idée que ces mots expriment ; ils semblent ne les répéter, et même ne les articuler,
que comme un écho ou une machine artificielle
les répéterait ou les articulerait ; ce ne sont pas
les puissances mécaniques ou les organes maté-

1. Descartes et Malebranche ne
parlent pas autrement. Voyez la
Fontaine, *Fables*, l. X, 1 ; Con-
dillac, *Traité des animaux;*
Toussenel, *l'Esprit des bêtes.*
— Voyez aussi la Bruyère, édit.
Servois, p. 238.

2. Buffon donne ici lui-même
la note suivante : M. Leibnitz fait
mention d'un chien auquel on
avait appris à prononcer quelques mots allemands et français. — Voyez article du Perroquet.

riels, mais c'est la puissance intellectuelle, c'est
la pensée qui leur manque.

C'est donc parce qu'une langue suppose un
suite de pensées, que les animaux n'en ont aucune; car quand même on voudrait leur accorder
quelque chose de semblable à nos premières ap-
préhensions et à nos sensations les plus grossiè-
res et les plus machinales, il paraît certain qu'ils
sont incapables de former cette association d'i-
dées qui seule peut produire la réflexion, dans
laquelle cependant consiste l'essence de la pensée ; c'est parce qu'ils ne peuvent joindre ensemble aucune idée, qu'ils ne pensent ni ne parlent;
c'est par la même raison qu'ils n'inventent et ne
perfectionnent rien ; s'ils étaient doués de la puissance de réfléchir, même au plus petit degré, ils
seraient capables de quelque espèce de progrès,
ils acquerraient plus d'industrie ; les castors
d'aujourd'hui bâtiraient avec plus d'art et de solidité que ne bâtissaient les premiers castors;
l'abeille perfectionnerait encore tous les jours la
cellule qu'elle habite ; car, si on suppose que cette
cellule est aussi parfaite qu'elle peut l'être, on
donne à cet insecte plus d'esprit que nous n'en
avons, on lui accorde une intelligence supérieure
à la nôtre, par laquelle il apercevrait tout d'un
coup le dernier point de perfection auquel il doit
porter son ouvrage, tandis que nous-mêmes ne
voyons jamais clairement ce point, et qu'il nous
faut beaucoup de réflexion, de temps et d'habitude, pour perfectionner le moindre de nos
arts.

D'où peut venir cette uniformité dans tous les

ouvrages des animaux? Pourquoi chaque espèce
ne fait-elle jamais que la même chose, de la
même façon? Et pourquoi chaque individu ne la
fait-il ni mieux ni plus mal qu'un autre individu?
Y a-t-il de plus forte preuve que leurs opérations ne sont que des résultats mécaniques et
purement matériels? Car, s'ils avaient la moindre
étincelle de la lumière qui nous éclaire[1], on trou-
verait au moins de la variété, si l'on ne voyait
pas de la perfection dans leurs ouvrages; chaque
individu de la même espèce ferait quelque chose
d'un peu différent de ce qu'aurait fait un autre
individu; mais non, tous travaillent sur le même
modèle, l'ordre de leurs actions est tracé dans
l'espèce entière, il n'appartient point à l'individu;
et si l'on voulait attribuer une âme aux animaux,
on serait obligé à n'en faire qu'une pour chaque
espèce, à laquelle chaque individu participerait
également : cette âme serait donc nécessairement
divisible, par conséquent elle serait matérielle et
fort différente de la nôtre[2].

Car pourquoi mettons-nous, au contraire, tant
de diversité et de variété dans nos productions et
dans nos ouvrages? Pourquoi l'imitation servile
nous coûte-t-elle plus qu'un nouveau dessein?
C'est parce que notre âme est à nous, qu'elle est
indépendante de celle d'un autre, que nous n'a-
vons rien de commun avec notre espèce[3], que la

1. « Il y a un soleil des esprits
qui les éclaire tous.... » Fénelon,
Traité de l'existence de Dieu,
chap. LVIII de la 1re partie. — V.
aussi dans la même partie, cha-
itre XXIII, XXVII, XXVIII, XXIX.

2. Sophisme. La raison serait
donc divisible et matérielle, parce
que les hommes y participent tous
également?

3. Sauf la raison *imperson-
nelle*.

matière de notre corps, et que ce n'est en effet que par les dernières de nos facultés que nous ressemblons aux animaux.

Si les sensations intérieures appartenaient à la matière et dépendaient des organes corporels, ne verrions-nous pas parmi les animaux de même espèce, comme parmi les hommes, des différences marquées dans leurs ouvrages? Ceux qui seraient le mieux organisés ne feraient-ils pas leurs nids, leurs cellules ou leurs coques, d'une manière plus solide, plus élégante, plus commode? Et si quelqu'un avait plus de génie qu'un autre, pourrait-il ne le pas manifester de cette façon? Or tout cela n'arrive pas et n'est jamais arrivé : le plus ou le moins de perfection des organes corporels n'influe donc pas sur la nature des sensations intérieures : n'en doit-on pas conclure que les animaux n'ont point de sensations de cette espèce, qu'elles ne peuvent appartenir à la matière, ni dépendre, pour leur nature, des organes corporels? Ne faut-il pas, par conséquent, qu'il y ait en nous une substance différente de la matière, qui soit le sujet et la cause qui produit et reçoit ces sensations?

————

Des passions chez les animaux.

Un jeune animal, tranquille habitant des forêts, qui tout à coup entend le son éclatant d'un cor, ou le bruit subit et nouveau d'une arme à

feu, tressaillit, bondit et fuit par la seule violence de la secousse qu'il vient d'éprouver. Cependant, si ce bruit est sans effet, s'il cesse, l'a-
nimal reconnaît d'abord le silence ordinaire de la
nature, il se calme, s'arrête, et regagne à pas
égaux sa paisible retraite. Mais l'âge et l'expérience le rendront bientôt circonspect et timide,
dès qu'à l'occasion d'un bruit pareil il se sera
senti blessé, atteint ou poursuivi : ce sentiment
de peine ou cette sensation de douleur se conserve dans son sens intérieur; et lorsque le même
bruit se fait encore entendre, elle se renouvelle,
et se combinant avec l'ébranlement actuel, elle
produit un sentiment durable, une passion subsistante, une vraie peur; l'animal fuit, et fuit de
toutes ses forces, il fuit très-loin, il fuit longtemps, il fuit toujours, puisque souvent il abandonne à jamais son séjour ordinaire.

La peur est donc une passion dont l'animal est
susceptible, quoiqu'il n'ait pas nos craintes rai-
sonnées ou prévues : il en est de même de l'horreur, de la colère, de l'amour, quoiqu'il n'ait ni
nos aversions réfléchies, ni nos haines durables,
ni nos amitiés constantes. L'animal a toutes ces
passions premières; elles ne supposent aucune
connaissance, aucune idée, et ne sont fondées
que sur l'expérience du sentiment, c'est-à-dire,
sur la répétition des actes de douleur ou de plaisir, et le renouvellement des sensations antérieures du même genre. La colère, ou, si l'on veut,
le courage naturel, se remarque dans les animaux qui sentent leurs forces, c'est-à-dire qui les
ont éprouvées, mesurées, et trouvées supérieures

à celles des autres: la peur est le partage des faibles; mais le sentiment d'amour leur appartient à tous.

. . . .

Les animaux sont-ils bornés aux seules passions que nous venons de décrire? La peur, la colère, l'horreur, l'amour et la jalousie, sont-elles les seules affections durables qu'ils puissent éprouver? Il me semble qu'indépendamment de ces passions, dont le sentiment naturel, ou plutôt l'expérience du sentiment, rend les animaux susceptibles, ils ont encore des passions qui leur sont communiquées, et qui viennent de l'éducation, de l'exemple, de l'imitation, et de l'habitude : ils ont leur espèce d'amitié, leur espèce d'orgueil, leur espèce d'ambition; et quoiqu'on puisse déjà s'être assuré, par ce que nous avons dit, que dans toutes leurs opérations et dans tous les actes qui émanent de leurs passions il n'entre ni réflexion, ni pensée, ni même aucune idée; cependant, comme les habitudes dont nous parlons sont celles qui semblent le plus supposer quelque degré d'intelligence, et que c'est ici où la nuance entre eux et nous est la plus délicate et la plus difficile à saisir, ce doit être aussi celle que nous devons examiner avec le plus de soin.

Y a-t-il rien de comparable à l'attachement du chien pour la personne de son maître? On en a vu mourir sur le tombeau qui la renfermait; mais (sans vouloir citer les prodiges ni les héros d'aucun genre[1]) quelle fidélité à accompagner, quelle

1. Voyez Toussenel, *Esprit des bêtes*, le Chien.

constance à suivre, quelle attention à défendre son
maître ! quel empressement à rechercher ses caresses ! quelle docilité à lui obéir ! quelle patience
à souffrir sa mauvaise humeur et des châtiments
souvent injustes ! quelle douceur et quelle humili-
té pour tâcher de rentrer en grâce ! que de mouvements, que d'inquiétudes, que de chagrin s'il est
absent ! que de joies lorsqu'il se retrouve ! A tous
ces traits peut-on méconnaître l'amitié ? se marque-
t-elle même parmi nous par des caractères aussi
énergiques ?

Qualités des animaux.

L'orgueil et l'ambition des animaux tiennent à
leur courage naturel, c'est-à-dire au sentiment
qu'ils ont de leur force, de leur agilité, etc.; les
grands dédaignent les petits et semblent mépriser leur audace insultante; on augmente même
par l'éducation ce sang-froid, cet *à-propos* de
courage, on augmente aussi leur ardeur, on leur
donne de l'éducation par l'exemple, car ils sont
susceptibles et capables de tout, excepté de raison; en général les animaux peuvent apprendre
à faire mille fois tout ce qu'ils ont fait une fois,
à faire de suite ce qu'ils ne faisaient que par
intervalles, à faire pendant longtemps ce qu'ils
ne faisaient que pendant un instant, à faire volontiers ce qu'ils ne faisaient d'abord que par
force, à faire par habitude ce qu'ils ont fait une
fois par hasard, à faire d'eux-mêmes ce qu'ils

voient faire aux autres. L'imitation est de tous
les résultats de la machine animale le plus admirable, c'en est le mobile le plus délicat et le
plus étendu, c'est ce qui copie de plus près la
pensée; et quoique la cause en soit dans les animaux purement matérielle et mécanique, c'est par
ses effets qu'ils nous étonnent davantage. Les
hommes n'ont jamais plus admiré les singes que
quand ils les ont vus imiter les actions humaines; en effet, il n'est point trop aisé de distinguer
certaines copies de certains originaux; il y a si
peu de gens d'ailleurs qui voient nettement combien il y a de distance entre faire et contrefaire,
que les singes doivent être pour le gros du genre
humain des êtres étonnants, humiliants au point
qu'on ne peut guère trouver mauvais qu'on ait
donné sans hésiter plus d'esprit au singe, qui
contrefait et copie l'homme, qu'à l'homme (si peu
rare parmi nous) qui ne fait ni ne copie rien.

Cependant les singes sont tout au plus des
gens à talents [1] que nous prenons pour des gens

---

1. Cette antithèse un peu for-
cée, entre *talent* et *esprit*, signifie
sans doute que nous prenons pour
une faculté réfléchie ce qui n'est
qu'une aptitude instinctive, invo-
lontaire, et surtout une aptitude
spéciale. On a du talent pour la
musique, ou pour la peinture, etc.,
tandis que l'esprit est une faculté
plus générale et qui s'applique à
tout. Remarquez que Buffon dit
gens à talent, et non *gens de talent*. Il ne faut pas confondre ces
deux expressions; *homme de talent* est à peu près synonyme
d'homme de mérite ou *d'esprit:*
homme à talent suppose une faculté particulière, qui peut très-
bien s'allier à la stupidité la plus
parfaite sur d'autres points. La
première expression est plus générale et plus flatteuse que l'autre. « Basile, homme à talent sur
l'orgue du village, » dit Beaumarchais. Cette expression a quelquefois un sens ironique, que n'aurait
pas celle *d'homme de talent*. Le
prince de Ligne raconte l'anecdote suivante : « Un jour M. de
Voltaire prit un accordeur de
clavecin de sa nièce pour son
cordonnier, et après quantité de

d'esprit; qu'ils aient l'art de nous imiter, ils n'en sont pas moins de la nature des bêtes, qui toutes ont plus ou moins le talent de l'imitation. A la vérité, dans presque tous les animaux ce talent est borné à l'espèce même, et ne s'étend point au delà de l'imitation de leurs semblables, au lieu que le singe, qui n'est pas plus de notre espèce que nous ne sommes de la sienne, ne laisse pas de copier quelques-unes de nos actions, mais c'est parce qu'il nous ressemble à quelques égards, c'est parce qu'il est extérieurement à peu près conformé comme nous, et cette ressemblance grossière suffit pour qu'il puisse se donner des mouvements, et même des suites de mouvements semblables aux nôtres, pour qu'il puisse, en un mot, nous imiter grossièrement, en sorte que tous ceux qui ne jugent des choses que par l'extérieur, trouvent ici comme ailleurs du dessein, de l'intelligence et de l'esprit, tandis qu'en effet il n'y a que des rapports de figure, de mouvement et d'organisation.

C'est par les rapports de mouvement que le chien prend les habitudes de son maître, c'est par les rapports d'organisation que le serin répète des airs de musique, et que le perroquet imite le signe le moins équivoque de la pensée, la parole, qui met à l'extérieur autant de différence entre l'homme et l'homme qu'entre l'homme et la bête, puisqu'elle exprime dans les uns la lumière et la supériorité de l'esprit, qu'elle ne laisse

méprises, quand cela s'éclaircit : — Ah ! mon Dieu, monsieur, un homme à talent ! Je vous mettais à mes pieds, c'est moi qui suis aux vôtres. » (*Mon séjour chez M. de Voltaire.*)

apercevoir dans les autres qu'une confusion d'i-
dées obscures ou empruntées, et que dans l'imbécile ou le perroquet elle marque le dernier degré de la stupidité, c'est-à-dire l'impossibilité où
ils sont tous deux de produire intérieurement la
pensée, quoiqu'il ne leur manque aucun des organes nécessaires pour la rendre au dehors.

Il est aisé de prouver encore mieux que l'imitation n'est qu'un effet mécanique, un résultat
purement machinal, dont la perfection dépend de
la vivacité avec laquelle le sens matériel intérieur
reçoit les impressions des objets, et de la facilité
de les rendre au dehors par la similitude et la
souplesse des organes extérieurs. Les gens qui
ont les sens exquis, délicats, faciles à ébranler, et
les membres obéissants, agiles et flexibles, sont,
toutes choses égales d'ailleurs, les meilleurs ac-
teurs, les meilleurs pantomimes, les meilleurs
singes : les enfants sans y songer prennent les
habitudes du corps, empruntent les gestes, imi-
tent les manières de ceux avec qui ils vivent; ils
sont aussi très-portés à répéter et à contrefaire.
La plupart des jeunes gens les plus vifs et les
moins pensants, qui ne voient que par les yeux
du corps, saisissent cependant merveilleusement
le ridicule des figures; toute forme bizarre les af-
fecte, toute représentation les frappe, toute nouveauté les émeut; l'impression en est si forte,
qu'ils représentent eux-mêmes, ils racontent avec
enthousiasme; ils copient facilement et avec
grâce; ils ont donc supérieurement le talent de
l'imitation, qui suppose l'organisation la plus parfaite, les dispositions du corps les plus heureuses,

et auquel rien n'est plus opposé qu'une forte dose de bon sens.

Ainsi parmi les hommes ce sont ordinairement ceux qui réfléchissent le moins qui ont le plus le talent de l'imitation : il n'est donc pas surprenant qu'on le trouve dans les animaux, qui ne réfléchissent point du tout; ils doivent même l'avoir à un plus haut degré de perfection, parce qu'ils n'ont rien qui s'y oppose, parce qu'ils n'ont aucun principe par lequel ils puissent avoir la volonté d'être différents les uns des autres. C'est par notre âme que nous différons entre nous, c'est par notre âme que nous sommes *nous*, c'est d'elle que vient la diversité de nos caractères et la variété de nos actions : les animaux, au contraire, qui n'ont point d'âme, n'ont point le *moi*, qui est le principe de la différence, la cause qui constitue la personne; ils doivent donc, lorsqu'ils se ressemblent par l'organisation ou qu'ils sont de la même espèce, se copier tous, faire tous les mêmes choses et de la même façon, et s'imiter en un mot beaucoup plus parfaitement que les hommes ne peuvent s'imiter les uns les autres; et par conséquent ce talent d'imitation, bien loin de supposer de l'esprit et de la pensée dans les animaux, prouve au contraire qu'ils en sont absolument privés.

Comparaison de la société chez les animaux et chez l'homme.

Après avoir comparé l'homme à l'animal, pris chacun individuellement, je vais comparer l'homme en société avec l'animal en troupe, et rechercher en même temps quelle peut être la cause de cette espèce d'industrie qu'on remarque dans certains animaux, même dans les espèces les plus viles et les plus nombreuses : que de choses ne dit-on pas de certains insectes ! nos observateurs admirent à l'envi l'intelligence et les talents des abeilles ; elles ont, disent-ils, un génie particulier, un art qui n'appartient qu'à elles, l'art de se bien gouverner, il faut savoir observer pour s'en apercevoir ; mais une ruche est une république où chaque individu ne travaille que pour la société, où tout est ordonné, distribué, réparti avec une prévoyance, une équité, une prudence admirables ; Athènes n'était pas mieux conduite ni mieux policée : plus on observe ce panier de mouches, et plus on découvre de merveilles, un fond de gouvernement inaltérable et toujours le même, un respect profond pour la personne en place, une vigilance singulière pour son service, la plus soigneuse attention pour ses plaisirs, un amour constant pour la patrie, une ardeur inconcevable pour le travail, une assiduité à l'ouvrage que rien n'égale, le plus grand désintéressement joint à la plus grande économie, la plus fine géométrie employée à la plus élégante architecture, etc.; je ne finirais point si je voulais seulement parcourir les

annales de cette république, et tirer de l'histoire
de ces insectes tous les traits qui ont excité l'admiration de leurs historiens.

C'est qu'indépendamment de l'enthousiasme
qu'on prend pour son sujet, on admire toujours
d'autant plus qu'on observe davantage et qu'on
raisonne moins. Y a-t-il en effet rien de plus gra-
tuit que cette admiration pour les mouches et que
ces vues morales qu'on voudrait leur prêter, que
cet amour du bien commun qu'on leur suppose,
que cet instinct singulier qui équivaut à la géométrie la plus sublime, instinct qu'on leur a nou-
vellement accordé, par lequel les abeilles résolvent
sans hésiter le problème de *bâtir le plus solidement qu'il soit possible dans le moindre espace
possible, et avec la plus grande économie possible*? que penser de l'excès auquel on a porté le
détail de ces éloges? car enfin une mouche ne doit
pas tenir plus de place dans la tête d'un naturaliste qu'elle n'en tient dans la nature; et cette république merveilleuse ne sera jamais, aux yeux
de la raison, qu'une foule de petites bêtes qui
n'ont d'autre rapport avec nous que celui de nous
fournir de la cire et du miel.

Ce n'est point la curiosité que je blâme ici, ce
sont les raisonnements et les exclamations : qu'on
ait observé avec attention leurs manœuvres, qu'on
ait suivi avec soin leurs procédés et leur travail,
qu'on ait décrit exactement leur génération, leur
multiplication, leurs métamorphoses, etc., tous
ces objets peuvent occuper le loisir d'un naturaliste ; mais c'est la morale, c'est la théologie des
insectes que je ne puis entendre prêcher ; ce sont

les merveilles que les observateurs y mettent et
sur lesquelles ensuite ils se récrient comme si
elles y étaient en effet, qu'il faut examiner ; c'est
cette intelligence, cette prévoyance, cette connaissance même de l'avenir qu'on leur accorde avec
tant de complaisance, et que cependant on doit
leur refuser rigoureusement, que je vais tâcher de
réduire à sa juste valeur.

Les mouches solitaires n'ont, de l'aveu de ces
observateurs, aucun esprit en comparaison des
mouches qui vivent ensemble ; celles qui ne forment que de petites troupes en ont moins que
celles qui sont en grand nombre ; et les abeilles,
qui de toutes sont peut-être celles qui forment la
société la plus nombreuse, sont aussi celles qui
ont le plus de génie. Cela seul ne suffit-il pas
pour faire penser que cette apparence d'esprit ou
de génie n'est qu'un résultat purement mécanique,
une combinaison de mouvements proportionnelle
au nombre, un rapport qui n'est compliqué que
parce qu'il dépend de plusieurs milliers d'individus ? Ne sait-on pas que tout rapport, tout désordre même, pourvu qu'il soit constant, nous
paraît une harmonie dès que nous en ignorons
les causes, et que de la supposition de cette apparence d'ordre à celle de l'intelligence il n'y a qu'un
pas, les hommes aimant mieux admirer qu'ap-
profondir ?

On conviendra donc d'abord, qu'à prendre les
mouches une à une, elles ont moins de génie que
le chien, le singe et la plupart des animaux ; on
conviendra qu'elles ont moins de docilité, moins
d'attachement, moins de sentiment, moins en un

mot de qualités relatives aux nôtres : dès lors on
doit convenir que leur intelligence apparente ne
vient que de leur multitude réunie ; cependant
cette réunion même ne suppose aucune intelligence, car ce n'est point par des vues morales
qu'elles se réunissent, c'est sans leur consentement qu'elles se trouvent ensemble. Cette société
n'est donc qu'un assemblage physique ordonné
par la nature, et indépendamment de toute vue,
de toute connaissance, de tout raisonnement.

Il y a parmi certains animaux une espèce de
société qui semble dépendre du choix de ceux qui
la composent, et qui par conséquent approche
bien davantage de l'intelligence et du dessein,
que[1] la société des abeilles, qui n'a d'autre principe qu'une nécessité physique : les éléphants,
les castors[2], les singes et plusieurs autres espèces
d'animaux se cherchent, se rassemblent, vont par
troupe, se défendent, s'avertissent, et se soumet-
tent à des allures communes : si nous ne trou-
blions pas si souvent ces sociétés, et que nous
pussions les observer aussi facilement que celles
des mouches, nous y verrions sans doute bien
d'autres merveilles, qui cependant ne seraient que
des rapports et des convenances physiques. Qu'on
mette ensemble et dans un même lieu un grand
nombre d'animaux de même espèce, il en résul-
tera nécessairement un certain arrangement, un
certain ordre, de certaines habitudes communes,

---

1. Au seizième siècle *davantage*, considéré comme un ad-
verbe, synonyme de *plus*, fut
construit avec *que* ; il en fut
ainsi jusqu'à la fin du dix-huitième siècle, où les grammairiens
condamnèrent cet emploi.

2. Voyez l'article des Castors.

comme nous le dirons dans l'histoire du daim, du lapin, etc. Or toute habitude commune, bien loin d'avoir pour cause le principe d'une intelligence éclairée, ne suppose au contraire que celui d'une aveugle imitation.

Parmi les hommes, la société dépend moins des convenances physiques que des relations morales. L'homme a d'abord mesuré sa force et sa faiblesse, il a comparé son ignorance et sa curiosité[1], il a senti que seul il ne pouvait suffire ni satisfaire par lui-même à la multiplicité de ses besoins, il a reconnu l'avantage qu'il aurait à renoncer à l'usage illimité de sa volonté pour acquérir un droit sur la volonté des autres, il a réfléchi sur l'idée du bien et du mal, il l'a gravée au fond de son cœur à la faveur de la lumière naturelle qui lui a été départie par la bonté du Créateur, il a vu que la solitude n'était pour lui qu'un état de danger et de guerre, il a cherché la sûreté et la paix dans la société, il y a porté ses forces et ses lumières pour les augmenter en les réunissant à celles des autres : cette réunion est de l'homme l'ouvrage le meilleur, c'est de sa raison l'usage le plus sage. En effet il n'est tranquille, il n'est fort, il n'est grand, il ne commande à l'univers que parce qu'il a su se commander à lui-même, se dompter, se soumettre et s'imposer des lois ; l'homme en un mot n'est homme que parce qu'il a su se réunir à l'homme.

Il est vrai que tout a concouru à rendre l'homme sociable ; car, quoique les grandes sociétés, les

---

1. Sens philosophique : désir d'apprendre.

sociétés policées, dépendent certainement de l'usage et quelquefois de l'abus qu'il a fait de sa raison, elles ont sans doute été précédées de petites sociétés, qui ne dépendaient, pour ainsi dire, que de la nature. Une famille est une société naturelle, d'autant plus stable, d'autant mieux fondée, qu'il y a plus de besoins, plus de causes d'attachement. Bien différent des animaux, l'homme n'existe presque pas encore lorsqu'il vient de naître ; il est nu, faible, incapable d'aucun mouvement, privé de toute action, réduit à tout souffrir, sa vie dépend des secours qu'on lui donne. Cet état de l'enfance imbécile, impuissante, dure longtemps ; la nécessité du secours devient donc une habitude, qui seule serait capable de produire l'attachement mutuel de l'enfant et des père et mère ; mais comme à mesure qu'il avance, l'enfant acquiert de quoi se passer plus aisément de secours, comme il a physiquement moins besoin d'aide ; que les parents au contraire continuent à s'occuper de lui beaucoup plus qu'il ne s'occupe d'eux, il arrive toujours que l'amour descend beaucoup plus qu'il ne remonte : l'attachement des père et mère devient excessif, aveugle, idolâtre, et celui de l'enfant reste tiède, et ne reprend des forces que lorsque la raison vient à développer le germe de la reconnaissance.

Ainsi la société, considérée même dans une seule famille, suppose dans l'homme la faculté raisonnable ; la société, dans les animaux qui semblent se réunir librement et par convenance, suppose l'expérience du sentiment ; et la société des bêtes qui, comme les abeilles, se trouvent ensemble sans s'être cherchées, ne suppose rien : quels qu'en puissent être les résultats, il est clair qu'ils n'ont été ni prévus, ni ordonnés, ni conçus par ceux qui les exécutent, et qu'ils ne dépendent que du mécanisme universel et des lois du mouvement établies par le Créateur.

ANIMAUX DOMESTIQUES

Notions générales.

L'homme change l'état naturel des animaux en les forçant à lui obéir, et les faisant servir à son usage : un animal domestique est un esclave dont on s'amuse, dont on se sert, dont on abuse, qu'on altère, qu'on dépayse et que l'on dénature, tandis que l'animal sauvage, n'obéissant qu'à la nature, ne connaît d'autres lois que celles du besoin et de la liberté. L'histoire d'un animal sauvage est donc bornée à un petit nombre de faits émanés de la simple nature, au lieu que l'histoire d'un animal domestique est compliquée de tout ce qui a rapport à l'art que l'on emploie pour l'apprivoiser ou pour le subjuguer ; et comme on ne sait pas assez combien l'exemple, la contrainte, la force de l'habitude peuvent influer sur les animaux et changer leurs mouvements, leurs déterminations, leurs penchants, le but d'un naturaliste doit être de les observer assez pour pouvoir distinguer les faits qui dépendent de l'instinct, de ceux qui ne viennent que de l'éducation ; reconnaître ce qui leur appartient et ce qu'ils ont emprunté, séparer ce qu'ils font de ce qu'on leur fait faire, et ne jamais confondre l'animal avec l'esclave, la bête de somme avec la créature de Dieu.

L'empire de l'homme sur les animaux est un empire légitime qu'aucune révolution ne peut détruire ; c'est l'empire de l'esprit sur la matière, c'est non-seulement un droit de nature, un pouvoir fondé sur des lois inaltérables, mais c'est encore un don de Dieu, par lequel l'homme peut reconnaître à tout instant l'excellence de son être ; car ce n'est pas parce qu'il est le plus parfait, le plus fort ou le plus adroit des animaux, qu'il leur commande : s'il n'était que le premier du même ordre, les seconds se réuniraient pour lui disputer l'empire ; mais c'est par supériorité de nature que l'homme règne et commande ; il pense, et dès lors il est maître des êtres qui ne pensent point.

Il est maître des corps bruts, qui ne peuvent opposer à sa volonté qu'une lourde résistance ou qu'une inflexible dureté, que sa main sait toujours surmonter et vaincre en les faisant agir les uns contre les autres ; il est maître des végétaux, que par son industrie il peut augmenter, diminuer, renouveler, dénaturer, détruire ou multiplier à l'infini ; il est maître des animaux, parce que non-seulement il a comme eux du mouvement et du sentiment, mais qu'il a de plus la lumière de la pensée, qu'il connaît les fins et les moyens, qu'il sait diriger ses actions, concerter ses opérations,

mesurer ses mouvements, vaincre la force par
l'esprit, et la vitesse par l'emploi du temps.

Cependant parmi les animaux les uns parais
sent être plus ou moins familiers, plus ou moins
sauvages, plus ou moins doux, plus ou moins
féroces : que l'on compare la docilité et la soumis-
sion du chien avec la fierté et la férocité du tigre;
l'un paraît être l'ami de l'homme et l'autre son
ennemi; son empire sur les animaux n'est donc
pas absolu : combien d'espèces savent se soustraire
à sa puissance par la rapidité de leur vol, par
la légèreté de leur course, par l'obscurité de leur
retraite, par la distance que met entre eux et
l'homme l'élément qu'ils habitent! combien d'autres espèces lui échappent par leur seule peti-
tesse! et enfin combien y en a-t-il qui, bien loin
de reconnaître leur souverain, l'attaquent à force
ouverte! sans parler de ces insectes qui semblent
l'insulter par leurs piqûres, de ces serpents dont
la morsure porte le poison et la mort, et de tant
d'autres bêtes immondes, incommodes, inutiles,
qui semblent n'exister que pour former la nuance
entre le mal et le bien, et faire sentir à l'homme
combien, depuis sa chute, il est peu respecté!

C'est qu'il faut distinguer l'empire de Dieu du
domaine de l'homme : Dieu créateur des êtres est
seul maître de la nature, l'homme ne peut rien
sur le produit de la création, il ne peut rien sur
les mouvements des corps célestes, sur les révolutions de ce globe qu'il habite; il ne peut rien
sur les animaux, les végétaux, les minéraux en
général; il ne peut rien sur les espèces, il ne peut
que sur les individus; car les espèces en général

et la matière en bloc appartiennent à la nature,
ou plutôt la constituent; tout se passe, se suit, se
succède, se renouvelle et se meut par une puissance
irrésistible; l'homme, entraîné lui-même par le torrent des temps, ne peut rien pour sa propre durée;
lié par son corps à la matière, enveloppé dans le
tourbillon des êtres, il est forcé de subir la loi
commune, il obéit à la même puissance, et, comme
tout le reste, il naît, croît et périt.

Mais le rayon divin dont l'homme est animé
l'ennoblit et l'élève au-dessus de tous les êtres
matériels; cette substance spirituelle, loin d'être
sujette à la matière, a le droit de la faire obéir,
et quoiqu'elle ne puisse pas commander à la nature entière, elle domine sur les êtres particuliers :
Dieu, source unique de toute lumière et de toute
intelligence, régit l'univers et les espèces entières
avec une puissance infinie : l'homme, qui n'a
qu'un rayon de cette intelligence, n'a de même
qu'une puissance limitée à de petites portions de
matière, et n'est maître que des individus.

C'est donc par les talents de l'esprit, et non par
la force et par les autres qualités de la matière
que l'homme a su subjuguer les animaux : dans
les premiers temps ils devaient être tous également
indépendants; l'homme, devenu criminel et féroce,
était peu propre à les apprivoiser; il a fallu du temps
pour les approcher, pour les reconnaître, pour
les choisir, pour les dompter; il a fallu qu'il fût
civilisé lui-même pour savoir instruire et commander, et l'empire sur les animaux, comme tous
les autres empires, n'a été fondé qu'après la société.

C'est d'elle que l'homme tient sa puissance, c'est par elle qu'il a perfectionné sa raison, exercé son esprit et réuni ses forces; auparavant l'homme était peut-être l'animal le plus sauvage et le moins redoutable de tous; nu, sans armes et sans abri, la terre n'était pour lui qu'un vaste désert peuplé de monstres, dont souvent il devenait la proie[1]; et même longtemps après, l'histoire nous dit que les premiers héros[2] n'ont été que des destructeurs de bêtes.

Mais lorsque avec le temps l'espèce humaine s'est étendue, multipliée, répandue, et qu'à la faveur des arts et de la société l'homme a pu marcher en force pour conquérir l'univers, il a fait reculer peu à peu les bêtes féroces, il a purgé la terre de ces animaux gigantesques dont nous trouvons encore les ossements énormes, il a détruit ou réduit à un petit nombre d'individus les espèces voraces et nuisibles, il a opposé les animaux aux animaux, et, subjuguant les uns par adresse, domptant les autres par la force, ou les écartant par le nombre et les attaquant tous par des moyens raisonnés, il est parvenu à se mettre en sûreté, et à établir un empire qui n'est borné que par les lieux inaccessibles, les solitudes reculées, les sables brûlants, les montagnes glacées, les cavernes obscures, qui servent de retraites au petit nombre d'espèces d'animaux indomptables.

1. Assertions d'accord avec celles de Lucrèce.

2. Hercule, par exemple. *Héros* n'est pas pris dans son sens propre.

Le Cheval.

La plus noble conquête que l'homme ait jamais faite est celle de ce fier et fougueux animal qui partage avec lui les fatigues de la guerre et la

gloire des combats : aussi intrépide que son maître, le cheval voit le péril et l'affronte; il se fait au bruit des armes, il l'aime, il le cherche, et s'anime de la même ardeur[1] : il partage aussi ses plaisirs; à la chasse, aux tournois, à la course, il brille, il étincelle; mais docile autant que courageux, il ne se laisse point emporter à son feu, il sait réprimer ses mouvements : non-seulement il

1. Que l'homme.

fléchit sous la main de celui qui le guide, mais il semble consulter ses désirs, et obéissant toujours aux impressions qu'il en reçoit, il se précipite, se modère ou s'arrête, et n'agit que pour y satisfaire : c'est une créature qui renonce à son être pour n'exister que par la volonté d'un autre, qui sait même la prévenir; qui, par la promptitude et la précision de ses mouvements, l'exprime et l'exécute[1], qui sent autant qu'on le désire, et ne rend qu'autant qu'on veut; qui, se livrant sans réserve, ne se refuse à rien, sert de toutes ses forces, s'excède[2], et même meurt pour mieux obéir.

Voilà le cheval dont les talents sont développés, dont l'art a perfectionné les qualités naturelles, qui dès le premier âge a été soigné, et ensuite exercé, dressé au service de l'homme; c'est par la perte de sa liberté que commence son éducation, et c'est par la contrainte qu'elle s'achève : l'esclavage ou la domesticité de ces animaux est même si universelle, si ancienne, que nous ne les voyons que rarement dans leur état naturel; ils sont toujours couverts de harnais dans leurs travaux; on ne les délivre jamais de tous leurs liens, même dans les temps du repos ; et si on les laisse quelquefois errer en liberté dans les pâturages, ils y portent toujours les marques de la servitude, et souvent les empreintes cruelles du travail et de la douleur : la bouche est déformée par les plis que le mors a produits, les flancs sont entamés par des

---

1. Comp. Bossuet, *Méditations sur l'Évangile*, seconde partie, 4ᵉ jour : Jésus-Christ taille la branche chargée de fruit.

2. D'habitude avec un complément.

plaies, ou sillonnés de cicatrices faites par l'éperon; la corne des pieds est traversée par des clous, l'attitude du corps est encore gênée par l'impression subsistante des entraves habituelles; on les en délivrerait en vain, ils n'en seraient pas plus libres : ceux même dont l'esclavage est le plus doux, qu'on ne nourrit, qu'on n'entretient que pour le luxe et la magnificence, et dont les chaînes dorées servent moins à leur parure qu'à la vanité de leur maître, sont encore plus déshonorés par l'élégance de leur toupet[1], par les tresses de leurs crins, par l'or et la soie dont on les couvre, que par les fers qui sont sous leurs pieds.

La nature est plus belle que l'art; et dans un être animé la liberté des mouvements fait la belle nature : voyez ces chevaux qui se sont multipliés dans les contrées de l'Amérique espagnole[2], et qui vivent en chevaux libres: leur démarche, leur course, leurs sauts ne sont ni gênés ni mesurés fiers de leur indépendance, ils fuient la présence de l'homme, ils dédaignent ses soins, ils cherchent et trouvent eux-mêmes la nourriture qui leur convient; ils errent, ils bondissent en liberté dans des prairies immenses, où il cueillent les productions nouvelles d'un printemps toujours nouveau : sans habitation fixe, sans autre abri que celui d'un ciel serein, ils respirent un air plus pur que celui de ces palais voûtés où nous les renfermons en pressant les espaces qu'ils doivent occuper[3] ; aussi ces chevaux sauvages sont-ils beaucoup plus forts, plus légers, plus nerveux que la

1. Houppe de crins qui tombent en avant entre les deux oreilles. | 2. Dans les pampas.
| 3. Affectation de noblesse.

plupart des chevaux domestiques; ils ont ce que donne la nature, la force et la noblesse; les autres n'ont que ce que l'art peu donner, l'adresse et l'agrément.

Le naturel de ces animaux n'est point féroce; ils sont seulement fiers et sauvages; quoique supérieurs par la force à la plupart des autres animaux, jamais ils ne les attaquent; et s'ils en sont attaqués, ils les dédaignent, les écartent ou les écrasent : ils vont aussi par troupes, et se réunissent pour le seul plaisir d'être ensemble, car ils n'ont aucune crainte; mais ils prennent de l'attachement les uns pour les autres. Comme l'herbe et les végétaux suffisent à leur nourriture, qu'ils ont abondamment de quoi satisfaire leur appétit, et qu'ils n'ont aucun goût pour la chair des animaux, ils ne leur font point la guerre, ils ne se la font point entre eux, ils ne se disputent pas leur subsistance, ils n'ont jamais occasion de ravir une proie ou de s'arracher un bien, sources ordinaires de querelles et de combats parmi les autres animaux carnassiers : ils vivent donc en paix, parce que leurs appétits sont simples et modérés, et qu'ils ont assez pour ne se rien envier.

Tout cela peut se remarquer dans les jeunes chevaux qu'on élève ensemble et qu'on mène en troupeaux; ils ont les mœurs douces et les qualités sociales; leur force et leur ardeur ne se marquent ordinairement que par des signes d'émulation; ils cherchent à se devancer à la course, à se faire et même s'animer au péril en se défiant à traverser une rivière, sauter un fossé; et ceux qui dans ces exercices naturels donnent l'exemple, ceux qui d'eux-mêmes vont les premiers, sont les plus généreux[1], les meilleurs, et souvent les plus dociles et les plus souples, lorsqu'ils sont une fois domptés.

Le cheval est de tous les animaux celui qui, avec une grande taille, a le plus de proportion et d'élégance dans les parties de son corps; car, en lui comparant les animaux qui sont immédiatement au-dessus et au-dessous, on verra que l'âne est mal fait, que le lion a la tête trop grosse, que le bœuf a les jambes trop minces et trop courtes pour la grosseur de son corps, que le chameau est difforme, et que les plus gros animaux, le rhinocéros et l'éléphant, ne sont, pour ainsi dire, que des masses informes. Le grand allongement des mâchoires est la principale cause de la différence entre la tête des quadrupèdes et celle de l'homme; c'est aussi le caractère le plus ignoble de tous; cependant, quoique les mâchoires du cheval soient fort allongées, il n'a pas comme l'âne un air d'imbécillité, ou de stupidité comme le bœuf; la régularité des proportions de sa tête lui donne au contraire un air de légèreté qui est bien soutenu par la beauté de son encolure. Le cheval semble vouloir se mettre au-dessus de son état de quadrupède en élevant sa tête; dans cette noble attitude il regarde l'homme face à face; ses yeux sont vifs et bien ouverts; ses oreilles sont bien faites et d'une juste[2] grandeur, sans être courtes comme celles du taureau, ou trop lon-

---

1. De bonne race : animalia muta quis *generosa* putet...? (Juvénal. *Sat.* VIII, 56-57.)

2. Les Latins disaient de même. Justa statura, justa ætas, justa acies.

gues comme celles de l'âne ; sa crinière accompagne bien sa tête, orne son col et lui donne un
air de force et de fierté ; sa queue traînante et
touffue couvre et termine avantageusement l'extrémité de son corps : bien différente de la courte
queue du cerf, de l'éléphant, etc., et de la queue
nue de l'âne, du chameau, du rhinocéros, etc., la
queue du cheval est formée par des crins épais et
longs qui semblent sortir de la croupe, parce que
le tronçon dont ils sortent est fort court ; il ne
peut relever sa queue comme le lion, mais elle
lui sied mieux, quoique abaissée ; et comme il
peut la mouvoir de côté, il s'en sert utilement
pour chasser les mouches qui l'incommodent ; car
quoique sa peau soit très-ferme, et qu'elle soit
garnie partout d'un poil épais et serré, elle est
cependant très-sensible.

L'Ane.

L'âne n'est point un cheval dégénéré[1] ; il n'est
ni étranger, ni intrus, ni bâtard ; il a, comme
tous les autres animaux, sa famille, son espèce,
et son rang ; son sang est pur, et quoique sa noblesse soit moins illustre, elle est tout aussi
bonne, tout aussi ancienne que celle du cheval :
pourquoi donc tant de mépris pour cet animal si

1. Buffon l'a démontré dans une longue dissertation qui précède ce morceau, et que nous croyons inutile de donner.

bon, si patient, si sobre, si utile? Les hommes mépriseraient-ils, jusque dans les animaux, ceux qui les servent trop bien ou à trop peu de frais? On donne au cheval de l'éducation ; on le soigne, on l'instruit, on l'exerce ; tandis que l'âne, abandonné à la grossièreté du dernier des valets, ou à la malice des enfants, bien loin d'acquérir, ne

peut que perdre par son éducation ; et s'il n'avait pas un grand fonds de bonnes qualités, il les perdrait en effet par la manière dont on le traite : il est le jouet, le plastron, le bardeau[1] des rustres qui le conduisent le bâton à la main, qui le frap-

1. *Bardeau*, armure pour le poitrail du cheval ; plutôt *bardot*. — Le bardot signifie proprement un mulet ; il a servi ensuite à dé- signer un ouvrier sur lequel ses camarades se déchargent de leur corvée, qui est devenu leur jouet et leur risée.

pent, le surchargent, l'excèdent sans précautions, sans ménagements. On ne fait pas attention que l'âne serait par lui-même, et pour nous, le premier, le plus beau, le mieux fait, le plus distingué des animaux, si dans le monde il n'y avait point de cheval ; il est le second au lieu d'être le premier, et par cela seul il semble n'être plus rien : c'est la comparaison qui le dégrade : on le regarde, on le juge, non pas en lui-même, mais relativement au cheval ; on oublie qu'il est âne, qu'il a toutes les qualités de sa nature, tous les dons attachés à son espèce, et on ne pense qu'à la figure et aux qualités du cheval, qui lui manquent, et qu'il ne doit pas avoir[1].

Il est de son naturel aussi humble, aussi patient, aussi tranquille, que le cheval est fier, ardent, impétueux ; il souffre avec constance, et peut-être avec courage, les châtiments et les coups ; il est sobre, et sur la quantité, et sur la qualité de la nourriture ; il se contente des herbes les plus dures, les plus désagréables, que le cheval et les autres animaux lui laissent et dédaignent ; il est fort délicat sur l'eau, il ne veut boire que de la plus claire et aux ruisseaux qui lui sont connus ; il boit aussi sobrement qu'il mange, et n'enfonce point du tout son nez dans l'eau, par la peur que lui fait, dit-on, l'ombre de ses oreilles. Comme l'on ne prend pas la peine de l'étriller, il se roule souvent sur le gazon, sur les chardons, sur la fougère, et, sans se soucier beaucoup de ce qu'on lui fait porter, il se couche pour

---

1. Voyez le charmant chapitre de Toussenel sur l'âne.

se rouler toutes les fois qu'il le peut, et semble
par là reprocher à son maître le peu de soin
qu'on prend de lui ; car il ne se vautre pas
comme le cheval dans la fange et dans l'eau ;
il craint même de se mouiller les pieds, et
se détourne pour éviter la boue : aussi a-t-il
la jambe plus sèche et plus nette que le cheval : il est susceptible d'éducation, et l'on en a
vu d'assez bien dressés pour faire curiosité de
spectacle.

Dans la première jeunesse, il est gai, et même
assez joli ; il a de la légèreté et de la gentillesse ;
mais il la perd bientôt, soit par l'âge, soit par les
mauvais traitements ; et il devient lent, indocile
et têtu.... Il s'attache à son maître, quoiqu'il en
soit ordinairement maltraité ; il le sent de loin et
le distingue de tous les autres hommes ; il reconnaît aussi les lieux qu'il a coutume d'habiter,
les chemins qu'il a fréquentés ; il a les yeux
bons, l'odorat admirable, l'oreille excellente, ce
qui a encore contribué à le faire mettre au nombre des animaux timides, qui ont tous, à ce
qu'on prétend, l'ouïe très-fine et les oreilles
longues : lorsqu'on le surcharge, il le marque en
inclinant la tête et baissant les oreilles ; lorsqu'on
le tourmente trop, il ouvre la bouche et retire les
lèvres d'une manière très-désagréable, ce qui
lui donne l'air moqueur et dérisoire [1] ; si on lui
couvre les yeux, il reste immobile ; et lorsqu'il
est couché sur le côté, si on lui place la tête de
manière que l'œil soit appuyé sur la terre, et

---

1. Ce mot ne doit s'appliquer qu'aux choses dites ou faites par | dérision : comparez le sens du mot latin *derisorius*.

qu'on couvre l'autre œil avec une pierre ou un morceau de bois, il restera dans cette situation sans faire aucun mouvement et sans se secouer pour se relever ; il marche, il trotte, et il galope comme le cheval ; mais tous ses mouvements sont petits et beaucoup plus lents ; quoiqu'il puisse d'abord courir avec assez de vitesse, il ne peut fournir qu'une petite carrière pendant un petit espace de temps ; et quelque allure qu'il prenne, si on le presse, il est bientôt rendu.

Le Bœuf.

Le bœuf, le mouton, et les autres animaux qui paissent l'herbe, non-seulement sont les meilleurs, les plus utiles, les plus précieux pour l'homme, puisqu'ils le nourrissent, mais sont encore ceux qui consomment et dépensent le moins ; le bœuf surtout est à cet égard l'animal par excellence ; car il rend à la terre tout autant qu'il en tire, et même il améliore le fonds sur lequel il vit, il engraisse son pâturage, au lieu que le cheval et la plupart des autres animaux amaigrissent en peu d'années les meilleures prairies.

Mais ce ne sont pas là les seuls avantages que le bétail procure à l'homme ; sans le bœuf les pauvres et les riches auraient beaucoup de peine à vivre, la terre demeurerait inculte, les champs, et même les jardins seraient secs et stériles ; c'est sur lui que roulent tous les travaux de la campagne; il est le domestique le plus utile de la ferme, le soutien du ménage champêtre; il fait toute la force de l'agriculture; autrefois il faisait toute la richesse des hommes, et aujourd'hui il est encore la base de l'opulence des États, qui ne peuvent se soutenir et fleurir que par la cul-

ture des terres et par l'abondance du bétail[1], puisque ce sont les seuls biens-réels, tous les autres, et même l'or et l'argent, n'étant que des biens arbitraires, des représentations, des monnaies de crédit, qui n'ont de valeur qu'autant que le produit de la terre leur en donne.

1. « Labourage et pâturage sont les deux mamelles qui nourrissent la France. » (Sully, *Economics royales.*)

Le bœuf ne convient pas autant que le cheval,
l'âne, le chameau, etc., pour porter des fardeaux : la
forme de son dos et de ses reins le démontre ; mais
la grosseur de son cou et la largeur de ses épaules
indiquent assez qu'il est propre à tirer et à porter
le joug : c'est aussi de cette manière qu'il tire le
plus avantageusement ; et il est singulier que cet
usage ne soit pas général, et que dans des provinces entières on l'oblige à tirer par les cornes ;
la seule raison qu'on ait pu m'en donner, c'est
que, quand il est attelé par les cornes, on le conduit plus aisément : il a la tête très-forte, et il
ne laisse pas de tirer assez bien de cette façon,
mais avec beaucoup moins d'avantage que quand
il tire par les épaules ; il semble avoir été fait ex-
près pour la charrue ; la masse de son corps, la
lenteur de ses mouvements, le peu de hauteur de
ses jambes, tout, jusqu'à sa tranquillité et sa patience dans le travail, semble concourir à le rendre propre à la culture des champs, et plus capable qu'aucun autre de vaincre la résistance
constante et toujours nouvelle que la terre oppose
à ses efforts : le cheval, quoique peut-être aussi
fort que le bœuf, est moins propre à cet ouvrage :
il est trop élevé sur ses jambes, ses mouvements
sont trop grands, trop brusques, et d'ailleurs il
s'impatiente et se rebute trop aisément ; on lui
ôte même toute la légèreté, toute la souplesse de
ses mouvements, toute la grâce de son attitude et
de sa démarche, lorsqu'on le réduit à ce travail
pesant, pour lequel il faut plus de constance que
d'ardeur, plus de masse que de vitesse, et plus de
poids que de ressorts....

Dans les espèces d'animaux dont l'homme a fait des troupeaux, et où la multiplication est l'objet principal, la femelle est plus nécessaire, plus utile que le mâle : le produit de la vache est un bien qui croît et qui se renouvelle à chaque instant : la chair du veau est une nourriture aussi abondante que saine et délicate ; le lait est l'aliment des enfants ; le beurre, l'assaisonnement de la plupart de nos mets ; le fromage, la nourriture la plus ordinaire des habitants de la campagne. Que de pauvres familles sont aujourd'hui réduites à vivre de leur vache ! Ces mêmes hommes, qui tous les jours, et du matin au soir, gémissent dans le travail et sont courbés sur la charrue, ne tirent de la terre que du pain noir, et sont obligés de céder à d'autres la fleur, la substance de leur grain ; c'est par eux et ce n'est pas pour eux que les moissons sont abondantes. Ces mêmes hommes qui élèvent, qui multiplient le bétail, qui le soignent et s'en occupent perpétuellement, n'osent jouir du fruit de leurs travaux ; la chair de ce bétail est une nourriture dont ils sont forcés de s'interdire l'usage, réduits par la nécessité de leur condition, c'est-à-dire par la dureté des autres hommes, à vivre, comme les chevaux, d'orge et d'avoine, ou de légumes grossiers et de lait aigre.

1. Comp. la Bruyère, chap. de l'Homme, édit. class. de Servois, p. 233-34.

Sur les services rendus par le bœuf et par la vache, v. la Fontaine, l. X, fable 2, l'Homme et la Couleuvre. V. aussi Taine, La Fontaine et ses fables, l'Action, c. 8.

Le Chameau.

Les Arabes regardent le chameau comme un présent du ciel, un animal sacré, sans le secours duquel ils ne pourraient ni subsister, ni commercer, ni voyager. Le lait des chameaux fait leur nourriture ordinaire ; ils en mangent aussi la chair, surtout celle des jeunes qui est très-bonne à leur goût ; le poil de ces animaux, qui est fin et moelleux, et qui se renouvelle tous les ans par une mue complète, leur sert à faire les étoffes dont ils se vêtissent[1] et se meublent ; avec leurs chameaux, non-seulement ils ne manquent de rien, mais même ils ne craignent rien ; ils peuvent mettre en un seul jour cinquante lieues de désert entre eux et leurs ennemis : toutes les armées du monde périraient à la suite d'une troupe d'Arabes ; aussi ne sont-ils soumis qu'autant qu'il leur plaît. Qu'on se figure un pays sans verdure et sans eau, un soleil brûlant, un ciel toujours sec, des plaines sablonneuses, des montagnes encore plus arides, sur lesquelles l'œil s'étend et le regard se perd sans pouvoir s'arrêter sur aucun objet vivant[2] ; une terre morte et, pour ainsi dire, écorchée par les vents, laquelle ne présente que des ossements, des cailloux jonchés, des rochers debout ou renversés, un désert entièrement découvert, où le voyageur

---

1. Barbarisme fréquent au dix-huitième siècle, pour : se vêtent. Voyez dictionn. Littré, l'art. sur *vêtir*.

2. Voyez Salluste, *Jugurtha*, chap. LXXIX. — Voyez à l'article du Kamichi un tableau opposé à celui-ci.

n'a jamais respiré sous l'ombrage, où rien ne l'accompagne, rien ne lui rappelle la nature vivante : solitude absolue, mille fois plus affreuse que celle des forêts; car les arbres sont encore des êtres pour l'homme qui se voit seul; plus isolé, plus dénué, plus perdu dans ces lieux vides et sans bornes, il voit partout l'espace comme

son tombeau : la lumière du jour, plus triste que l'ombre de la nuit, ne renaît que pour éclairer sa nudité, son impuissance, et pour lui présenter l'horreur de sa situation, en reculant à ses yeux les barrières du vide, en étendant autour de lui l'abîme de l'immensité qui le sépare de la terre habitée : immensité qu'il tenterait en vain de

parcourir; car la faim, la soif et la chaleur brû-
lante pressent tous les instants qui lui restent
entre le désespoir et la mort.

Cependant l'Arabe, à l'aide du chameau, a su
franchir et même s'approprier ces lacunes de la
nature; elles lui servent d'asile, elles assurent
son repos et le maintiennent dans son indépendance. Mais de quoi les hommes savent-ils user
sans abus? ce même Arabe, libre, indépendant,
tranquille, et même riche, au lieu de respecter
ces déserts comme les remparts de sa liberté,
les souille par le crime, il les traverse pour aller
chez les nations voisines, enlever des esclaves et
de l'or; il s'en sert pour exercer son brigandage,
dont malheureusement il jouit plus encore que
de sa liberté; car ses entreprises sont presque
toujours heureuses : malgré la défiance de ses
voisins et la supériorité de leurs forces, il échappe
à leur poursuite et emporte impunément tout ce
qu'il leur a ravi[1]. Un Arabe qui se destine à ce
métier de pirate de terre, s'endurcit de bonne
heure à la fatigue des voyages; il s'essaye à se
passer du sommeil, à souffrir la faim, la soif et
la chaleur; en même temps il instruit ses chameaux, il les élève et les exerce dans cette même
vue; peu de jours après leur naissance, il leur
plie les jambes sous le ventre, il les contraint à
demeurer à terre et les charge, dans cette situation, d'un poids assez fort qu'il les accoutume à
porter et qu'il ne leur ôte que pour leur en donner un plus fort; au lieu de les laisser paître à

1. Voyez dans l'*Oraison fu-*
nèbre de Marie-Thérèse d'Au- triche, par Bossuet, la belle apo-
strophe prophétique à Alger.

toute heure et boire à leur soif, il commence par
régler leurs repas, et peu à peu les éloigne à de
grandes distances, en diminuant aussi la quantité de la nourriture; lorsqu'ils sont un peu forts,
il les exerce à la course, il les excite par l'exemple des chevaux et parvient à les rendre aussi légers et plus robustes; enfin, dès qu'il est sûr de
la force, de la légèreté et de la sobriété de ses
chameaux, il les charge de ce qui est nécessaire
à sa subsistance et à la leur; il part avec eux,
arrive sans être attendu aux confins du désert,
arrête les premiers passants, pille les habitations
écartées, charge ses chameaux de son butin; et
s'il est poursuivi, s'il est forcé de précipiter sa
retraite, c'est alors qu'il développe tous ses talents et les leurs; monté sur l'un des plus légers,
il conduit la troupe, la fait marcher jour et nuit
presque sans s'arrêter, ni boire ni manger; il
fait aisément trois cents lieues en huit jours, et,
pendant tout ce temps de fatigue et de mouvement, il laisse ses chameaux chargés, il ne leur
donne chaque jour qu'une heure de repos et une
pelote de pâte; souvent ils courent ainsi neuf ou
dix jours sans trouver de l'eau, ils se passent de
boire, et lorsque par hasard il se trouve une
mare à quelque distance de leur route, ils sentent
l'eau de plus d'une demi-lieue, la soif qui les
presse leur fait doubler le pas, et ils boivent en
une seule fois pour tout le temps passé et pour
autant de temps à venir; car souvent leurs voyages sont de plusieurs semaines, et leurs temps
d'abstinence durent aussi longtemps que leurs
voyages.

Le Renne.

Le renne est devenu domestique chez le dernier des peuples; les Lapons n'ont pas d'autre bétail. Dans ce climat glacé, qui ne reçoit du soleil que des rayons obliques, où la nuit a sa saison comme le jour, où la neige couvre la terre dès le commencement de l'automne jusqu'à la fin du printemps, où la ronce, le genièvre et la mousse font seuls la verdure de l'été, l'homme pouvait-il espérer de nourrir des troupeaux? Le cheval, le bœuf, la brebis, tous nos autres animaux utiles ne pouvant y trouver leur subsistance, ni résister à la rigueur du froid, il a fallu chercher, parmi les hôtes des forêts, l'espèce la moins sauvage et la plus profitable; les Lapons ont fait ce que nous ferions nous-mêmes si nous venions à perdre notre bétail : il faudrait bien alors, pour y suppléer, apprivoiser les cerfs, les chevreuils de nos bois, et les rendre animaux domestiques; et je suis persuadé qu'on en viendrait à bout, et qu'on saurait bientôt en tirer autant d'utilité que les Lapons en tirent de leurs rennes. Nous devons sentir par cet exemple jusqu'où s'étend pour nous la libéralité de la nature; nous n'usons pas à beaucoup près de toutes les richesses qu'elle nous offre; le fonds en est bien plus immense que nous ne l'imaginons : elle nous a donné le cheval, le bœuf, la brebis, tous nos autres animaux domestiques, pour nous servir, nous nourrir, nous vêtir : et elle a encore des espèces de réserve qui pourraient suppléer à leur défaut, et qu'il ne tiendrait qu'à nous d'assujettir et de faire servir à nos besoins. L'homme ne sait pas assez ce que peut la nature, ni ce qu'il peut sur elle : au lieu de la rechercher dans

ce qu'il ne connaît pas, il aime mieux en abuser dans tout ce qu'il connaît.

En comparant les avantages que les Lapons tirent du renne apprivoisé avec ceux que nous retirons de nos animaux domestiques, on verra que cet animal en vaut seul deux ou trois : on s'en sert comme du cheval pour tirer des traîneaux, des voitures; il marche avec bien plus de diligence et de légèreté, fait aisément trente lieues par jour, et court avec autant d'assurance sur la

neige gelée que sur une pelouse. La femelle donne
du lait plus substantiel et plus nourrissant que
celui de la vache; la chair de cet animal est très-
bonne à manger; son poil fait une excellente
fourrure, et la peau passée[1] devient un cuir très-
souple et très-durable : ainsi, le renne donne
seul tout ce que nous tirons du cheval, du bœuf
et de la brebis.

Le Lama et la Vigogne.

Le Pérou est le pays natal, la vraie patrie des
lamas : on les conduit, à la vérité, dans d'autres
provinces, comme à la Nouvelle-Espagne[1], mais
c'est plutôt pour la curiosité que pour l'utilité;
au lieu que dans toute l'étendue du Pérou, depuis Potosi jusqu'à Caracas, ces animaux sont en
très-grand nombre : ils sont aussi de la plus
grande nécessité; ils font seuls toute la richesse
des Indiens, et contribuent beaucoup à celle des
Espagnols. Leur chair est bonne à manger, leur
poil est une laine fine d'un excellent usage, et
pendant toute leur vie ils servent constamment
à transporter toutes les denrées du pays; leur
charge ordinaire est de cent cinquante livres, et
les plus forts en portent jusqu'à deux cent cinquante; ils font des voyages assez longs dans des
pays impraticables pour tous les autres animaux;

---

1. C'est une expression technique qui se dit de la préparation
des cuirs ou peaux, que l'on *passe*
par certaines substances, ou certains instruments.

1. Le Mexique.

ils marchent assez lentement, et ne font que quatre ou cinq lieues par jour ; leur démarche est grave et ferme, leur pas assuré ; ils descendent des ravines précipitées, et surmontent des rochers escarpés, où les hommes mêmes ne peuvent les accompagner ; ordinairement ils marchent quatre ou cinq jours de suite, après quoi ils veu-

lent du repos, et prennent d'eux-mêmes un séjour de vingt-quatre ou trente heures avant de se remettre en marche. On les occupe beaucoup au transport des riches matières que l'on tire des mines du Potosi : Bolivar dit que de son temps on employait à ce travail trois cent mille de ces animaux.

Leur accroissement est assez prompt et leur vie n'est pas bien longue ; ils sont en pleine vigueur depuis trois ans jusqu'à douze, et ils commencent

ensuite à dépérir, en sorte qu'à quinze ils sont
entièrement usés : leur naturel paraît être modelé sur celui des Américains; ils sont doux et
flegmatiques, et font tout avec poids et mesure :
lorsqu'ils voyagent et qu'ils veulent s'arrêter pour
quelques instants, ils plient les genoux avec la
plus grande précaution, et baissent le corps en
proportion, afin d'empêcher leur charge de tomber ou de se déranger; et dès qu'ils entendent le
coup de sifflet de leur conducteur ils se relèvent
avec les mêmes précautions et se remettent en
marche : ils broutent chemin faisant et partout
où ils trouvent de l'herbe; mais jamais ils ne
mangent la nuit, quand même ils auraient jeûné
pendant le jour, ils emploient ce temps à ruminer : ils dorment appuyés sur la poitrine, les
pieds repliés sous le ventre, et ruminent aussi
dans cette situation. Lorsqu'on les excède de travail et qu'ils succombent une fois sous le faix, il
n'y a nul moyen de les faire relever, on les frappe
inutilement; ils s'obstinent à demeurer au lieu
même où ils sont tombés, et si l'on continue de
les maltraiter ils se désespèrent et se tuent, en
battant la terre à droite et à gauche avec leur
tête. Ils ne se défendent ni des pieds ni des dents,
et n'ont pour ainsi dire d'autres armes que celles
de l'indignation; ils crachent à la face de ceux
qui les insultent, et l'on prétend que cette salive
qu'ils lancent dans la colère est âcre et mordi-
cante[1], au point de faire lever des ampoules sur
la peau.

1. Terme didactique et médi-
cal : on dit *une humeur mordi-*
cante. S'applique quelquefois aux
esprits satiriques et railleurs.

Le lama est haut d'environ quatre pieds, et son corps, y compris le cou et la tête, en a cinq ou six de longueur; le cou seul a près de trois pieds de long. Cet animal a la tête bien faite, les yeux grands, le museau un peu allongé, les lèvres épaisses, la supérieure fendue et l'inférieure un peu pendante; il manque de dents incisives et canines à la mâchoire supérieure. Les oreilles sont longues de quatre pouces; il les porte en avant, les dresse et les remue avec facilité. La queue n'a guère que huit pouces de long; elle est droite, menue et un peu relevée. Les pieds sont fourchus comme ceux du bœuf, mais ils sont surmontés d'un éperon en arrière, qui aide l'animal à se retenir et à s'accrocher dans les pas difficiles : il est couvert d'une laine courte sur le dos, la croupe et la queue, mais fort longue sur les flancs et sous le ventre : du reste, les lamas varient par les couleurs; il y en a de blancs, de noirs et de mêlés.

Ces animaux si utiles, et même si nécessaires dans le pays qu'ils habitent, ne coûtent ni entretien ni nourriture; comme ils ont le pied fourchu il n'est pas nécessaire de les ferrer; la laine épaisse dont ils sont couverts dispense de les bâter; ils n'ont besoin ni de grain, ni d'avoine, ni de foin; l'herbe verte qu'ils broutent eux-mêmes leur suffit, et ils n'en prennent qu'en petite quantité; ils sont encore plus sobres sur la boisson : ils s'abreuvent de leur salive qui, dans cet animal, est plus abondante que dans aucun autre.

Les pacos ou vigognes sont aux lamas une espèce succursale, à peu près comme l'âne l'est au cheval; ils sont plus petits et moins propres au service, mais plus utiles par leur dépouille; la longue et fine laine dont ils sont couverts est une marchandise de luxe aussi chère, aussi précieuse que la soie.

Les pacos que l'on appelle aussi *alpaques* [1], et qui sont les vigognes domestiques, sont souvent toutes noires et quelquefois d'un brun mêlé de fauve. Les vigognes ou pacos sauvages sont de couleur de rose sèche, et cette couleur naturelle est si fixe, qu'elle ne s'altère point sous la main de l'ouvrier. Cet animal a beaucoup de choses communes avec le lama; il est du même pays, et comme lui il en est exclusivement, car on ne le trouve nulle part ailleurs que sur les Cordillères; il a aussi le même naturel et à peu près les mêmes mœurs, le même tempérament.

Les vigognes ressemblent aussi, par la figure, aux lamas, mais elles sont plus petites, leurs jambes sont plus courtes et leur mufle plus ramassé; elles ont la laine de couleur de rose sèche un peu claire; elles n'ont point de cornes; elles habitent et paissent dans les endroits les plus élevés des montagnes; la neige et la glace semblent plutôt les récréer que les incommoder; elles vont en troupe et courent très-légèrement; elles sont timides, et dès qu'elles aperçoivent quelqu'un elles s'enfuient en chassant leurs petits devant elles.

1. D'où le nom de l'étoffe *alpaga*.

Le Bélier et la Brebis.

L'on ne peut guère douter que les animaux actuellement domestiques n'aient été sauvages auparavant; ceux dont nous avons donné l'histoire en ont fourni la preuve, et l'on trouve encore

aujourd'hui des chevaux, des ânes et des taureaux sauvages. Mais l'homme, qui s'est soumis tant de millions d'individus, peut-il [1] se glorifier d'avoir conquis une seule espèce entière? Comme toutes ont été créées sans sa participation, ne peut-on pas croire que toutes ont eu ordre de

1. Voyez plus haut, le morceau intitulé : Les animaux domestiques, avec ce sous-titre : Notions générales.

croître et de multiplier sans son secours? Cependant, si l'on fait attention à la faiblesse et à la stupidité de la brebis ; si l'on considère en même temps que cet animal sans défense ne peut même trouver son salut dans la fuite; qu'il a pour ennemis tous les animaux carnassiers, qui semblent le chercher de préférence et le dévorer par goût; que d'ailleurs cette espèce produit peu, que chaque individu ne vit que peu de temps, etc., on serait tenté d'imaginer que dès les commencements la brebis a été confiée à la garde de l'homme, qu'elle a eu besoin de sa protection pour subsister, et de ses soins pour se multiplier, puisqu'en effet on ne trouve point de brebis sauvages dans les déserts ; que dans tous les lieux où l'homme ne commande pas, le lion, le tigre, le loup, règnent par la force et par la cruauté ; que ces animaux de sang et de carnage vivent plus longtemps et multiplient tous beaucoup plus que la brebis ; et qu'enfin, si l'on abandonnait encore aujourd'hui dans nos campagnes les troupeaux nombreux de cette espèce que nous avons tant multipliée, ils seraient bientôt détruits sous nos yeux, et l'espèce entière anéantie par le nombre et la voracité des espèces ennemies.

Il paraît donc que ce n'est que par notre secours et par nos soins que cette espèce a duré, dure, et pourra durer encore : il paraît qu'elle ne subsisterait pas par elle-même. La brebis est absolument sans ressource et sans défense; le bélier n'a que de faibles armes, son courage n'est qu'une pétulance inutile pour lui-même, incommode pour les autres. Les moutons sont encore plus timides que les brebis ; c'est par crainte qu'ils se rassemblent si souvent en troupeaux, le moindre bruit extraordinaire suffit pour qu'ils se précipitent et se serrent les uns contre les autres, et cette crainte est accompagnée de la plus grande stupidité ; car ils ne savent pas fuir le danger, ils semblent même ne pas sentir l'incommodité de leur situation ; ils restent où ils se trouvent, à la pluie, à la neige, ils y demeurent opiniâtrément ; et pour les obliger à changer de lieu et à prendre une route, il leur faut un chef, qu'on instruit à marcher le premier, et dont ils suivent tous les mouvements pas à pas [1] : ce chef demeurerait lui-même, avec le reste du troupeau, sans mouvement, dans la même place, s'il n'était chassé par le berger ou excité par le chien commis à leur garde, lequel sait en effet veiller à leur sûreté, les défendre, les diriger, les séparer, les rassembler et leur communiquer les mouvements qui leur manquent.

Ce sont donc, de tous les animaux quadrupèdes, les plus stupides, ce sont ceux qui ont le moins de ressource et d'instinct : les chèvres, qui leur ressemblent à tant d'autres égards, ont beaucoup plus de sentiment ; elles savent se conduire, elles évitent les dangers, elles se familiarisent aisément avec les nouveaux objets, au lieu que la brebis ne sait ni fuir ni s'approcher ; quelque besoin qu'elle ait de secours, elle ne vient point à l'homme aussi volontiers que la chèvre, et, ce

---

1. Voyez l'histoire des moutons du marchand Dindenault, dans le *Pantagruel* de Rabelais, l. IV, chap. VIII.

qui dans les animaux paraît être le dernier degré de la timidité ou de l'insensibilité, elle se laisse enlever son agneau sans le défendre, sans s'irriter, sans résister et sans marquer sa douleur par un cri différent du bêlement ordinaire.

Mais cet animal si chétif en lui-même, si dépourvu de sentiment, si dénué de qualités intérieures, est pour l'homme l'animal le plus précieux, celui dont l'utilité est la plus immédiate et la plus étendue ; seul il peut suffire aux besoins de première nécessité, il fournit tout à la fois de quoi se nourrir et se vêtir, sans compter les avantages particuliers que l'on sait tirer du suif, du lait, de la peau, et même des boyaux, des os et du fumier de cet animal, auquel il semble que la nature n'ait, pour ainsi dire, rien accordé en propre, rien donné que pour le rendre à l'homme.

La Chèvre.

La chèvre a de sa nature plus de sentiment et de ressource que la brebis ; elle vient à l'homme volontiers, elle se familiarise aisément, elle est sensible aux caresses et capable d'attachement; elle est aussi plus forte, plus légère, plus agile et moins timide que la brebis ; elle est vive, capricieuse, et vagabonde. Ce n'est qu'avec peine qu'on la conduit, et qu'on peut la réduire en troupeau : elle aime à s'écarter dans les solitudes, à grimper sur les lieux escarpés, à se placer, et

même à dormir, sur la pointe des rochers et sur
le bord des précipices ; elle est robuste, aisée à
nourrir ; presque toutes les herbes lui sont
bonnes, et il y en a peu qui l'incommodent. Le

tempérament, qui dans tous les animaux influe
beaucoup sur le naturel, ne paraît cependant pas
dans la chèvre différer essentiellement de celui de
la brebis. Ces deux espèces d'animaux, dont l'organisation intérieure est presque entièrement

semblable, se nourrissent, croissent et multiplient de la même manière, et se ressemblent
encore par le caractère des maladies, qui sont les
mêmes, à l'exception de quelques-unes auxquelles
la chèvre n'est pas sujette : elle ne craint pas,
comme la brebis, la trop grande chaleur; elle
dort au soleil, s'expose volontiers à ses rayons
les plus vifs, sans en être incommodée, et sans
que cette ardeur lui cause ni étourdissements ni
vertiges; elle ne s'effraye point des orages, ne
s'impatiente pas à la pluie, mais elle paraît être
sensible à la rigueur du froid. Les mouvements
extérieurs, lesquels, comme nous l'avons dit, dépendent beaucoup moins de la conformation du
corps que de la force et de la variété des sensations relatives à l'appétit et au désir, sont par
cette raison beaucoup moins mesurés, beaucoup
plus vifs dans la chèvre que dans la brebis. L'in-
constance de son naturel se marque par l'irrégu-
larité de ses actions; elle marche, elle s'arrête,
elle court, elle bondit, elle saute, s'approche,
s'éloigne, se montre, se cache, ou fuit, comme par
caprice, et sans autre cause déterminante que
celle de la vivacité bizarre de son sentiment intérieur; et toute la souplesse des organes, tout le
nerf du corps, suffisent à peine à la pétulance et
à la rapidité de ces mouvements, qui lui sont naturels.

Le Chien.

La grandeur de la taille, l'élégance de la forme,
la force du corps, la liberté des mouvements,

toutes les qualités extérieures, ne sont pas ce
qu'il y a de plus noble dans un être animé : et
comme nous préférons dans l'homme l'esprit à la
figure, le courage à la force, les sentiments à la
beauté, nous jugeons aussi que les qualités intérieures sont ce qu'il y a de plus relevé dans
l'animal; c'est par elles qu'il diffère de l'auto-

mate, qu'il s'élève au-dessus du végétal, et s'approche de nous; c'est le sentiment qui ennoblit son être, qui le régit, qui le vivifie, qui commande aux organes, rend les membres actifs, fait naître le désir, et donne à la matière le mouvement progressif [1], la volonté, la vie.

La perfection de l'animal dépend donc de la perfection du sentiment; plus il est étendu, plus l'animal a de facultés et de ressources, plus il existe, plus il a de rapports avec le reste de l'univers : et, lorsque le sentiment est délicat, exquis, lorsqu'il peut encore être perfectionné par l'éducation, l'animal devient digne d'entrer en société avec l'homme; il sait concourir à ses desseins, veiller à sa sûreté, l'aider, le défendre, le flatter; il sait, par des services assidus, par des caresses réitérées, se concilier son maître, le captiver, et de son tyran se faire un protecteur.

Le chien, indépendamment de la beauté de sa forme, de la vivacité, de la force, de la légèreté, a par excellence toutes les qualités intérieures qui peuvent lui attirer les regards de l'homme. Un naturel ardent, colère [2], même féroce et sanguinaire, rend le chien sauvage redoutable à tous les animaux, et cède dans le chien domestique aux sentiments les plus doux, au plaisir de s'attacher et au désir de plaire : il vient en rampant mettre aux pieds de son maître son courage,

---

1. « Ce mouvement, que nous appelons animal, est le même qu'on nomme *progressif*, comme avancer, reculer, marcher de côté et d'autre. » (Bossuet, *Conn. de Dieu et de soi-même*, chap. II, au début. »

2 V. Littré, *colère et colérique.*

sa force, ses talents ; il attend ses ordres pour en
faire usage, il le consulte, il l'interroge, il le
supplie ; un coup d'œil suffit, il entend les signes
de sa volonté : sans avoir, comme l'homme, la
lumière de la pensée, il a toute la chaleur du
sentiment ; il a de plus que lui la fidélité, la
constance dans ses affections ; nulle ambition,
nul intérêt, nul désir de vengeance, nulle crainte
que celle de déplaire ; il est tout zèle, tout ardeur et tout obéissance ; plus sensible au souvenir des bienfaits qu'à celui des outrages, il ne se
rebute pas par les mauvais traitements, il les subit, les oublie ou ne s'en souvient que pour s'attacher davantage ; loin de s'irriter ou de fuir, il
s'expose de lui-même à de nouvelles épreuves ;
il lèche cette main, instrument de douleur, qui
vient de le frapper ; il ne lui oppose que la plainte,
et la désarme enfin par la patience et la soumis-
sion.

Plus docile que l'homme, plus souple qu'aucun des animaux, non-seulement le chien s'instruit en peu de temps, mais même il se conforme
aux mouvements, aux manières, à toutes les habitudes de ceux qui lui commandent ; il prend le
ton de la maison qu'il habite ; comme les autres
domestiques, il est dédaigneux chez les grands,
et rustre à la campagne : toujours empressé pour
son maître et prévenant pour ses seuls amis, il
ne fait aucune attention aux gens indifférents, et
se déclare contre ceux qui, par état, ne sont faits
que pour importuner[1] ; il les connaît aux vête-

---

1. Les mendiants.

ments, à la voix, à leurs gestes, et les empêche d'approcher. Lorsqu'on lui a confié pendant la nuit la garde de la maison, il devient plus fier, et quelquefois féroce ; il veille, il fait la ronde ; il sent de loin les étrangers, et pour peu qu'ils s'arrêtent ou tentent de franchir les barrières, il s'élance, s'oppose, et, par des aboiements réitérés, des efforts et des cris de colère, il donne l'alarme, avertit et combat : aussi furieux contre les hommes de proie que contre les animaux carnassiers, il se précipite sur eux, les blesse, les déchire, leur ôte ce qu'ils s'efforçaient d'enlever ; mais, content d'avoir vaincu, il se repose sur les dépouilles, n'y touche pas, même pour satisfaire son appétit, et donne en même temps des exemples de courage, de tempérance et de fidélité.

On sentira de quelle importance cette espèce est dans l'ordre de la nature, en supposant un instant qu'elle n'eût jamais existé. Comment l'homme aurait-il pu, sans le secours du chien, conquérir, dompter, réduire en esclavage les autres animaux ? Comment pourrait-il encore aujourd'hui découvrir, chasser, détruire les bêtes sauvages et nuisibles ? Pour se mettre en sûreté, et pour se rendre maître de l'univers vivant, il a fallu commencer par se faire un parti parmi les animaux, se concilier avec douceur et par caresses ceux qui se sont trouvés capables de s'attacher et d'obéir, afin de les opposer aux autres ; le premier art de l'homme a donc été l'éducation du chien, et le fruit de cet art la conquête et la **possession** paisible de la terre.

La plupart des animaux ont plus d'agilité, plus
de vitesse, plus de force, et même plus de courage que l'homme ; la nature les a mieux munis,
mieux armés ; ils ont aussi les sens, et surtout
l'odorat, plus parfaits. Avoir gagné une espèce
courageuse et docile comme celle du chien, c'est
avoir acquis de nouveaux sens et les facultés qui
nous manquent. Les machines, les instruments
que nous avons imaginés pour perfectionner nos
autres sens, pour en augmenter l'étendue, n'approchent pas, même pour l'utilité, de ces machines toutes faites que la nature nous présente, et
qui, en suppléant à l'imperfection de notre odorat, nous ont fourni de grands et d'éternels
moyens de vaincre et de régner : et le chien,
fidèle à l'homme, conservera toujours une portion de l'empire, un degré de supériorité sur les
autres animaux ; il leur commande, il règne lui-
même à la tête d'un troupeau, il s'y fait mieux
entendre que la voix du berger ; la sûreté, l'ordre
et la discipline sont les fruits de sa vigilance et
de son activité ; c'est un peuple qui lui est soumis, qu'il conduit, qu'il protége, et contre lequel
il n'emploie jamais la force que pour y maintenir
la paix.

Mais c'est surtout a la guerre, c'est contre les
animaux ennemis ou indépendants, qu'éclate son
courage, et que son intelligence se déploie tout
entière : les talents naturels se réunissent ici aux
qualités acquises. Dès que le bruit des armes se
fait entendre, dès que le son du cor ou la voix du

---

1. Voyez dans Toussenel de quoi | contre les hommes. Ici il ne s'agit
il est capable à la véritable guerre, | que de la chasse.

chasseur a donné le signal d'une guerre prochaine, brillant d'une ardeur nouvelle, le chien marque sa joie par les plus vifs transports ; il annonce par ses mouvements et par ses cris l'impatience de combattre et le désir de vaincre ; marchant ensuite en silence, il cherche à reconnaître le pays, à découvrir, à surprendre l'ennemi dans son fort ; il recherche ses traces, il les suit pas à pas, et, par des accents différents, indique le temps, la distance, l'espèce et même l'âge de celui qu'il poursuit.

Intimidé, pressé, désespérant de trouver son salut dans la fuite, l'animal se sert aussi de toutes ses facultés, il oppose la ruse à la sagacité ; jamais les ressources de l'instinct ne furent plus admirables : pour faire perdre sa trace, il va, vient et revient sur ses pas ; il fait des bonds, il voudrait se détacher de la terre et supprimer les espaces ; il franchit d'un saut les routes, les haies, passe à la nage les ruisseaux, les rivières ; mais toujours poursuivi et ne pouvant anéantir son corps, il cherche à en mettre un autre à sa place ; il va lui-même troubler le repos d'un voisin plus jeune et moins expérimenté, le faire lever, marcher, fuir avec lui ; et lorsqu'ils ont confondu leurs traces, lorsqu'il croit l'avoir substitué[1]

---

1. . . . . . Quand aux bois
Le bruit des cors, celui des voix
N'a donné nul relâche à la fuyante
[proie,
Qu'en vain elle a mis ses efforts,
A confondre et brouiller la voie,
L'animal chargé d'ans, vieux cerf,
[et de dix cors,
En suppose un plus jeune, et l'o-
[blige par force
A présenter aux chiens une nou-
[velle amorce.
Que de raisonnements pour con-
[server ses jours !
Le retour sur ses pas, les malices,
[les tours,

à sa mauvaise fortune, il le quitte plus brusquement encore qu'il ne l'a joint, afin de le rendre seul l'objet et la victime de l'ennemi trompé.

Mais le chien, par cette supériorité que donnent l'exercice et l'éducation, par cette finesse de sentiment qui n'appartient qu'à lui, ne perd pas l'objet de sa poursuite; il démêle les points communs, délie les nœuds du fil tortueux qui seul peut y conduire; il voit[1] de l'odorat tous les détours du labyrinthe, toutes les fausses routes où l'on a voulu l'égarer; et, loin d'abandonner l'ennemi pour un indifférent, après avoir triomphé de la ruse il s'indigne, il redouble d'ardeur, arrive enfin, l'attaque, et, le mettant à mort, étanche dans le sang sa soif et sa haine.

Le penchant pour la chasse ou la guerre nous est commun avec les animaux; l'homme sauvage ne sait que combattre et chasser. Tous les animaux qui aiment la chair, et qui ont de la force et des armes, chassent naturellement. Le lion, le tigre, dont la force est si grande qu'ils sont sûrs de vaincre, chassent seuls et sans art; les loups, les renards, les chiens sauvages, se réunissent, s'entendent, s'aident, se relayent et partagent la proie; et lorsque l'éducation a perfectionné ce talent naturel dans le chien domestique, lorsqu'on lui a appris à réprimer son ardeur, à mesurer ses mouvements, qu'on l'a accoutumé à une mar-

---

Et le change, et cent stratagè-
[mes,
Dignes des plus grands chefs, di-
[gnes d'un meilleur sort]
(La Fontaine. *Fables*, X, 1.)

1. Buffon a dit plus haut : « il *entend* les signes de la volonté de son maître.» Ici l'expression est encore plus hardie et plus poétique. Rapproch. *détours*, *routes*, etc.

che régulière et à l'espèce de discipline nécessaire
à cet art, il chasse avec méthode et toujours avec
succès.

Dans les pays déserts, dans les contrées dé-
peuplées, il y a des chiens sauvages qui, pour les
mœurs, ne diffèrent des loups que par la facilité
qu'on trouve à les apprivoiser; ils se réunissent
aussi en plus grandes troupes pour chasser et attaquer en force les sangliers, les taureaux sauvages, et même les lions et les tigres. En Amérique, ces chiens sauvages sont de race anciennement domestique, ils y ont été transportés d'Europe; et quelques-uns ayant été oubliés ou abandonnés dans ces déserts, s'y sont multipliés au
point qu'ils se répandent par troupes dans les
contrées habitées, où ils attaquent le bétail et insultent même les hommes : on est donc obligé de
les écarter par la force, et de les tuer comme les
autres bêtes féroces; et les chiens sont tels en
effet, tant qu'ils ne connaissent pas les hommes :
mais lorsqu'on les approche avec douceur, ils
s'adoucissent, deviennent bientôt familiers, et demeurent fidèlement attachés à leurs maîtres; au
lieu que le loup, quoique pris jeune et élevé dans
les maisons, n'est doux que dans le premier âge,
ne perd jamais son goût pour la proie, et se livre
tôt ou tard à son penchant pour la rapine et la
destruction.

L'on peut dire que le chien est le seul animal
dont la fidélité soit à l'épreuve; le seul qui connaisse toujours son maître et les amis de la maison; le seul qui, lorsqu'il arrive un inconnu,
s'en aperçoive; le seul qui entende son nom, et

qui reconnaisse la voix domestique; le seul qui
ne se confie point à lui-même; le seul qui, lorsqu'il a perdu son maître et qu'il ne peut le retrouver, l'appelle par ses gémissements; le seul qui,
dans un voyage long qu'il n'aura fait qu'une fois,
se souvienne du chemin et retrouve la route; le
seul enfin dont les talents naturels soient évidents
et l'éducation toujours heureuse [1].

Le Chat.

Le chat est un domestique infidèle, qu'on ne
garde que par nécessité, pour l'opposer à un autre
ennemi domestique encore plus incommode, et
qu'on ne peut chasser: car nous ne comptons
pas les gens qui, ayant du goût pour toutes les
bêtes, n'élèvent des chats que pour s'en amuser;
l'un est l'usage, l'autre l'abus; et, quoique ces
animaux, surtout quand ils sont jeunes, aient de
la gentillesse, ils ont en même temps une malice
innée, un caractère faux, un naturel pervers, que
l'âge augmente encore, et que l'éducation ne fait
que masquer. De voleurs déterminés, ils deviennent seulement, lorsqu'ils sont bien élevés, souples et flatteurs comme les fripons; ils ont la
même adresse, la même subtilité, le même goût
pour faire le mal, le même penchant à la petite

1. On a reproché à Buffon d'a-
voir omis le chien de l'aveugle et
celui du mont Saint-Bernard : la
sensibilité lui manquait un peu.

rapine ; comme eux ils savent couvrir leur marche,
dissimuler leur dessein, épier les occasions, attendre, choisir, saisir l'instant de faire leur coup,
se dérober ensuite au châtiment, fuir et demeurer
éloignés jusqu'à ce qu'on les rappelle. Ils prennent aisément des habitudes de société, mais jamais des mœurs [1] : ils n'ont que l'apparence de
l'attachement ; on le voit à leurs mouvements
obliques, à leurs yeux équivoques ; ils ne regardent jamais en face la personne aimée ; soit défiance ou fausseté, ils prennent des détours pour
en approcher, pour chercher des caresses [2] auxquelles ils ne sont sensibles que pour le plaisir
qu'elles leur font. Bien différent de cet animal
fidèle dont tous les sentiments se rapportent à la
personne de son maître, le chat paraît ne sentir
que pour soi, n'aimer que sous condition, ne se
prêter au commerce que pour en abuser ; et, par
cette convenance de naturel, il est moins incom-
patible avec l'homme qu'avec le chien, dans lequel
tout est sincère.

La forme du corps et le tempérament sont d'accord avec le naturel ; le chat est joli, léger, adroit,
propre et voluptueux ; il aime ses aises, il cherche les meubles les plus mollets pour s'y reposer
et s'ébattre. Comme les mâles sont sujets à dévorer leur progéniture, les femelles se cachent pour
mettre bas : et, lorsqu'elles craignent qu'on ne

---

1. Les *mœurs* doivent s'entendre ici d'habitudes fondées sur un
vague sentiment du bien, du dévouement : le chat n'a que des
habitudes de société, dérivées de
son égoïsme.

2. « Le chat se caresse à nous,
il ne nous caresse pas. » Toussenel, p. 64, édit. Hetzel illustrée.
— Voyez aussi Taine, *La Fontaine et ses Fables,* Hachette,
p. 189-90.

découvre ou qu'on n'enlève leurs petits, elles les
transportent dans des trous et dans d'autres lieux
ignorés ou inaccessibles ; et, après les avoir allai-
tés pendant quelques semaines, elles leur appor-
tent des souris, de petits oiseaux, et les accoutu-
ment de bonne heure à manger de la chair : mais

par une bizarrerie difficile à comprendre, ces
mêmes mères, si soigneuses et si tendres, deviennent quelquefois cruelles, dénaturées, et dévorent
aussi leurs petits qui leur étaient si chers.

Les jeunes chats sont gais, vifs, jolis, et seraient
aussi très-propres à amuser les enfants si les
coups de patte n'étaient pas à craindre ; mais leur
badinage, quoique toujours agréable et léger,
n'est jamais innocent, et bientôt il se tourne en
malice habituelle ; et, comme ils ne peuvent exercer ces talents avec quelque avantage que sur les
petits animaux, ils se mettent à l'affût près d'une
cage, ils épient les oiseaux, les souris, les rats,
et deviennent d'eux-mêmes, et sans y être dressés,

plus habiles à la chasse que les chiens les mieux
instruits. Leur naturel, ennemi de toute contrainte, les rend incapables d'une éducation sui-
vie. On raconte néanmoins que des moines grecs
de l'île de Chypre avaient dressé des chats à
chasser, prendre et tuer les serpents dont cette
île était infestée; mais c'était plutôt par le goût
général qu'ils ont pour la destruction que par
obéissance qu'ils chassaient; car ils se plaisent à
épier, attaquer et détruire assez indifféremment
tous les animaux faibles, comme les oiseaux, les
jeunes lapins, les levrauts, les rats, les souris,
les mulots, les chauves-souris, les taupes, les
crapauds, les grenouilles, les lézards et les serpents. Ils n'ont aucune docilité, ils manquent
aussi de la finesse de l'odorat, qui, dans le chien,
sont deux qualités éminentes; aussi ne poursui-
vent-ils pas les animaux qu'ils ne voient plus; ils
ne les chassent pas, mais ils les attendent, les
attaquent par surprise, et après s'en être joués
longtemps ils les tuent sans aucune nécessité,
lors même qu'ils sont le mieux nourris, et qu'ils
n'ont aucun besoin de cette proie pour satisfaire
leur appétit.

On ne peut pas dire que les chats, quoique habitants de nos maisons, soient des animaux entièrement domestiques; ceux qui sont le mieux
apprivoisés n'en sont pas plus asservis ; on peut
même dire qu'ils sont entièrement libres, ils ne
font que ce qu'ils veulent, et rien au monde ne
serait capable de les retenir un instant de plus
dans un lieu dont ils voudraient s'éloigner. D'ailleurs, la plupart sont à demi sauvages, ne con-

naissent pas leurs maîtres, ne fréquentent que les greniers et les toits, et quelquefois la cuisine et l'office, lorsque la faim les presse. Quoiqu'on en élève plus que de chiens, comme on les rencontre rarement, ils ne font pas sensation pour le nombre ; aussi prennent-ils moins d'attachement pour les personnes que pour les maisons : lorsqu'on les transporte à des distances assez considérables, comme à une lieue ou deux, ils reviennent d'eux-mêmes à leur grenier, et c'est apparemment parce qu'ils en connaissent toutes les retraites à souris, toutes les issues, tous les passages, et que la pein du voyage est moindre que celle qu'il faudrait prendre pour acquérir les mêmes facilités dans un nouveau pays.

ANIMAUX SAUVAGES

Notions générales.

Dans les animaux domestiques, et dans l'homme, nous n'avons vu la nature que contrainte, rarement perfectionnée, souvent altérée, défigurée, et toujours environnée d'entraves ou chargée d'ornements étrangers : maintenant elle va paraître nue, parée de sa seule simplicité, mais plus piquante par sa beauté naïve, sa démarche légère, son air libre, et par les autres attributs de la noblesse et de l'indépendance. Nous la verrons, parcourant en souveraine la surface de la terre, partager son domaine entre les animaux, assigner à chacun son élément, son climat, sa subsistance : nous la verrons dans les forêts, dans les eaux, dans les plaines, dictant ses lois simples, mais immuables, imprimant sur chaque espèce ses caractères inaltérables, et dispensant avec équité ses dons, compenser le bien et le mal; donner aux uns la force et le courage, accompagnés du besoin et de la voracité; aux autres, la douceur, la tempérance, la légèreté du corps, avec la crainte, l'inquiétude et la timidité; à tous la liberté avec des mœurs constantes; à tous des désirs toujours aisés à satisfaire, et toujours suivis d'une heureuse fécondité.

Amour et liberté, quels bienfaits! ces animaux que nous appelons sauvages, parce qu'ils ne nous sont pas soumis, ont-ils besoin de plus pour être heureux? Ils ont encore l'égalité, ils ne sont ni les esclaves, ni les tyrans de leurs semblables; l'individu n'a pas à craindre, comme l'homme, tout le reste de son espèce; ils ont entre eux la paix, et la guerre ne leur vient que des étrangers ou de nous. Ils ont donc raison de fuir l'espèce humaine, de se dérober à notre aspect, de s'établir dans les solitudes éloignées de nos habitations, de se servir de toutes les ressources de leur instinct pour se mettre en sûreté, et d'employer, pour se soustraire à la puissance de l'homme, tous les moyens de liberté que la nature leur a fournis en même temps qu'elle leur a donné le désir de l'indépendance.

Les uns, et ce sont les plus doux, les plus innocents, les plus tranquilles, se contentent de s'éloigner, et passent leur vie dans nos campagnes; ceux qui sont plus défiants, plus farouches, s'enfoncent dans les bois; d'autres, comme s'ils savaient qu'il n'y a nulle sûreté sur la surface de la terre, se creusent des demeures souterraines, se réfugient dans des cavernes, ou gagnent les sommets des montagnes les plus inaccessibles; enfin les plus féroces, ou plutôt les plus fiers, n'habitent que des déserts, et règnent en souverains dans ces climats brûlants, où l'homme, aussi sauvage qu'eux, ne peut leur disputer l'empire.

Et comme tout est soumis aux lois physiques, que les êtres même les plus libres y sont assujettis, et que les animaux éprouvent, comme l'homme, les influences du ciel et de la terre, il semble que les mêmes causes qui ont adouci, civilisé l'espèce humaine dans nos climats, ont produit de pareils effets sur toutes les autres espèces : le loup, qui dans cette zone tempérée est peut-être de tous les animaux le plus féroce, n'est pas à beaucoup près aussi terrible, aussi cruel que le tigre, la panthère, le lion de la zone torride, ou l'ours blanc, le loup-cervier, l'hyène de la zone glacée. Et non-seulement cette différence se trouve en général, comme si la nature, pour mettre plus de rapport et d'harmonie dans ses productions, eût fait le climat pour les espèces, ou les espèces pour le climat; mais même on trouve dans chaque espèce en particulier le climat fait pour les mœurs, et les mœurs pour le climat.

En Amérique, où les chaleurs sont moindres, où l'air et la terre sont plus doux qu'en Afrique,

quoique sous la même ligne, le tigre, le lion, la
panthère, n'ont rien de redoutable que le nom :
ce ne sont plus ces tyrans des forêts, ces ennemis de l'homme aussi fiers qu'intrépides, ces
monstres altérés de sang et de carnage; ce sont
des animaux qui fuient d'ordinaire devant les
hommes, qui, loin de les attaquer de front, loin
même de faire la guerre à force ouverte aux autres
bêtes sauvages, n'emploient le plus souvent que
l'artifice et la ruse pour tâcher de les surprendre;
ce sont des animaux qu'on peut dompter comme
les autres, et presque apprivoiser. Ils ont donc
dégénéré, si leur nature était la férocité jointe à
la cruauté, ou plutôt ils n'ont qu'éprouvé l'influence du climat : sous un ciel plus doux leur
naturel s'est adouci, ce qu'ils avaient d'excessif
s'est tempéré, et par les changements qu'ils ont
subis ils sont seulement devenus plus conformes
à la terre qu'ils ont habitée.

Et ce qui prouve encore mieux que tout se
tempère dans un climat tempéré, et que tout est
excès dans un climat excessif, c'est que la grandeur et la forme, qui paraissent être des qualités
absolues, fixes et déterminées, dépendent cependant, comme les qualités relatives, de l'influence
du climat : la taille de nos animaux quadrupèdes
n'approche pas de celle de l'éléphant, du rhinocéros, de l'hippopotame; nos plus gros oiseaux
sont fort petits, si on les compare à l'autruche,
au condor, au casoar; et quelle comparaison des
poissons, des lézards, des serpents de nos climats,
avec les baleines, les cachalots, les narvals qui
peuplent les mers du Nord, et avec les crocodiles,

les grands lézards et les couleuvres énormes qui infestent les terres et les eaux du Midi! Et, si l'on considère encore chaque espèce dans différents climats, on y trouvera des variétés sensibles pour la grandeur et pour la forme; toutes prennent une teinture [1] plus ou moins forte du climat [2]. Ces changements ne se font que lentement, imperceptiblement : le grand ouvrier de la nature est le temps ; comme il marche toujours d'un pas égal, uniforme et réglé, il ne fait rien par sauts [3], mais par degrés, par nuances, par succession; il fait tout; et ces changements, d'abord imperceptibles, deviennent peu à peu sensibles, et se marquent enfin par des résultats auxquels on ne peut se méprendre.

Cependant les animaux sauvages et libres sont peut-être, sans même en excepter l'homme, de tous les êtres vivants les moins sujets aux altérations, aux changements, aux variations de tout genre : comme ils sont absolument les maîtres de choisir leur nourriture et leur climat, et qu'ils ne se contraignent pas plus qu'on ne les contraint, leur nature varie moins que celle des animaux domestiques, que l'on asservit, que l'on transporte, que l'on maltraite, et qu'on nourrit sans consulter leur goût. Les animaux sauvages vivent constamment de la même façon; on ne les voit

---

1. Très-employé au dix-huitième siècle dans le sens d'*influence reçue* : d'Alembert a dit : « Le style prend la teinture du caractère. »

2. « Les idées de Buffon touchant la distribution des animaux sur le globe sont des idées de génie, et, comme l'a dit Cuvier, *de véritables découvertes.* » (Flourens, *Histoire des travaux et des idées de Buffon,* p. 150.)

3. Ce principe semble emprunté à Leibnitz.

point errer de climats en climats; le bois où ils
sont nés est une patrie à laquelle ils sont fidèlement attachés; ils s'en éloignent rarement, et ne
la quittent jamais que lorsqu'ils sentent qu'ils ne
peuvent y vivre en sûreté. Et ce sont moins leurs
ennemis qu'ils fuient, que la présence de l'homme :
la nature leur a donné des moyens et des ressources contre les autres animaux; ils sont de
pair avec eux; ils connaissent leur force et leur
adresse; ils jugent leurs desseins, leurs démarches; et s'ils ne peuvent les éviter, au moins ils
se défendent corps à corps; ce sont, en un mot,
des espèces de leur genre. Mais que peuvent-ils
contre des êtres qui savent les trouver sans les
voir, et les abattre sans les approcher?

C'est donc l'homme qui les inquiète, qui les
écarte, qui les disperse, et qui les rend mille fois
plus sauvages qu'ils ne le seraient en effet; car la
plupart ne demandent que la tranquillité, la paix
et l'usage aussi modéré qu'innocent de l'air et de
la terre; ils sont même portés par la nature à demeurer ensemble, à se réunir en famille, à former
des espèces de sociétés. On voit encore des vestiges de ces sociétés dans les pays dont l'homme
ne s'est pas totalement emparé : on y voit même
des ouvrages faits en commun, des espèces de
projets, qui, sans être raisonnés, paraissent être
fondés sur des convenances raisonnables, dont
l'exécution suppose au moins l'accord, l'union et
le concours de ceux qui s'en occupent; et ce n'est
point par force ou par nécessité physique, comme
les fourmis, les abeilles, etc., que les castors travaillent et bâtissent: car ils ne sont contraints ni

par l'espace, ni par le temps, ni par le nombre;
c'est par choix qu'ils se réunissent; ceux qui se
conviennent demeurent ensemble; ceux qui ne se
conviennent pas s'éloignent; et l'on en voit quelques-uns qui, toujours rebutés par les autres, sont
obligés de vivre solitaires. Ce n'est aussi que dans ·
les pays reculés, éloignés, et où ils craignent peu
la rencontre des hommes, qu'ils cherchent à s'é-
tablir et à rendre leur demeure plus fixe et plus
commode, en y construisant des habitations, des
espèces de bourgades, qui représentent assez bien
les faibles travaux et les premiers efforts d'une
république naissante. Dans les pays, au contraire,
où les hommes se sont répandus, la terreur semble
habiter avec eux; il n'y a plus de société parmi
les animaux, toute industrie cesse, tout art est
étouffé; ils ne songent plus à bâtir, ils négligent
toute commodité; toujours pressés par la crainte
et la nécessité, ils ne cherchent qu'à vivre, ils ne
sont occupés qu'à fuir et se cacher; et si, comme
on doit le supposer, l'espèce humaine continue
dans la suite des temps à peupler également toute
la surface de la terre, on pourra, dans quelques
siècles, regarder comme une fable l'histoire de nos
castors.

On peut donc dire que les animaux, loin d'aller en augmentant, vont au contraire en diminuant
de facultés et de talents; le temps même travaille
contre eux : plus l'espèce humaine se multiplie,
se perfectionne, plus ils sentent le poids d'un
empire aussi terrible qu'absolu, qui, leur laissant
à peine leur existence individuelle, leur ôte tout
moyen de liberté, toute idée de société, et détruit

jusqu'au germe de leur intelligence. Ce qu'ils sont
devenus, ce qu'ils deviendront encore, n'indique
peut-être pas assez ce qu'ils ont été, ni ce qu'ils
pourraient être. Qui sait, si l'espèce humaine était
anéantie, auquel d'entre eux appartiendrait le
sceptre de la terre !

L'Éléphant.

L'éléphant est, si nous voulons ne nous pas
compter, l'être le plus considérable de ce monde :
il surpasse tous les animaux terrestres en grandeur, et il approche de l'homme par l'intelligence, autant au moins que la matière peut approcher de l'esprit. L'éléphant, le chien, le castor et le singe, sont de tous les êtres animés ceux
dont l'instinct est le plus admirable ; mais cet
instinct, qui n'est que le produit de toutes les facultés tant intérieures qu'extérieures de l'animal,
se manifeste par des résultats bien différents
dans chacune de ces espèces. Le chien est naturellement, et lorsqu'il est livré à lui seul, aussi
cruel, aussi sanguinaire que le loup ; seulement
il s'est trouvé dans cette nature féroce un point
flexible, sur lequel nous avons appuyé ; le naturel du chien ne diffère donc de celui des autres
animaux de proie que par ce point sensible, qui
le rend susceptible d'affection et capable d'attachement.... Le singe au contraire est indocile autant qu'extravagant ; sa nature est en tout point

également revêche; nulle sensibilité relative, nulle reconnaissance des bons traitements, nulle mémoire des bienfaits. Mais ces défauts réels sont compensés par des perfections apparentes; il est extérieurement conformé comme l'homme, il a des bras, des mains, des doigts; l'usage seul de ces parties le rend supérieur pour l'adresse aux autres animaux, et les rapports qu'elles lui donnent

avec nous par la similitude des mouvements et par la conformité des actions nous plaisent, nous déçoivent, et nous font attribuer à des qualités intérieures ce qui ne dépend que de la forme des membres. Le castor, qui paraît être fort au-dessous du chien et du singe par les facultés individuelles, a cependant reçu de la nature un don presque équivalent à celui de la parole : il se fait

entendre à ceux de son espèce, et si bien entendre, qu'ils se réunissent en société, qu'ils agis-
sent de concert, qu'ils entreprennent et exécutent
de grands et longs travaux en commun; et cet
amour social, aussi bien que le produit de leur
intelligence réciproque, ont plus de droit à notre
admiration que l'adresse du singe et la fidélité du
chien....

L'éléphant leur est supérieur à tous trois; il
réunit leurs qualités les plus éminentes. La main
est le principal organe de l'adresse du singe; l'éléphant au moyen de sa trompe, qui lui sert de bras
et de main, et avec laquelle il peut saisir et enlever
les plus petites choses comme les plus grandes,
les porter à sa bouche, les poser sur son dos, les
tenir embrassées, ou les lancer au loin, a donc le
même moyen d'adresse que le singe; et en même
temps il a la docilité du chien, il est comme lui
susceptible de reconnaissance et capable d'un
fort attachement; il s'accoutume aisément à
l'homme, se soumet moins par la force que par
les bons traitements, le sert avec zèle, avec fidélité, avec intelligence, etc. Enfin l'éléphant,
comme le castor, aime la société de ses semblables, il s'en fait entendre; on les voit souvent se
rassembler, se disperser, agir de concert, et s'ils
n'édifient rien, s'ils ne travaillent point en commun,
ce n'est peut-être que faute d'assez d'espace et de
tranquillité : car les hommes se sont très-anciennement multipliés dans toutes les terres qu'habite l'éléphant : il vit donc dans l'inquiétude, et
n'est nulle part paisible possesseur d'un espace
assez grand, assez libre, pour s'y établir à de-

meure. Nous avons vu qu'il faut toutes ces condi-
tions et tous ces avantages pour que les talents
du castor se manifestent, et que partout où les
hommes se sont habitués [1], il perd son industrie
et cesse d'édifier. Chaque être dans la nature a son
prix réel et sa valeur relative : si l'on veut juger
au juste de l'un et de l'autre dans l'éléphant, il
faut lui accorder au moins l'intelligence du castor, l'adresse du singe, le sentiment du chien [2],
et y ajouter ensuite les avantages particuliers,
uniques, de la force, de la grandeur et de la longue durée de la vie ; il ne faut pas oublier ses armes ou ses défenses, avec lesquelles il peut percer et vaincre le lion ; il faut se représenter que,
sous ses pas, il ébranle la terre ; que de sa main [3]
il arrache les arbres ; que d'un coup de son corps
il fait brèche dans un mur ; que terrible par la
force, il est encore invincible par la seule résistance de sa masse, par l'épaisseur du cuir qui la
couvre ; qu'il peut porter sur son dos une tour
armée en guerre et chargée de plusieurs hommes ; que seul, il fait mouvoir des machines et
transporte des fardeaux que six chevaux ne pourraient remuer ; qu'à cette force prodigieuse il
joint encore le courage, la prudence, le sang-
froid, l'obéissance exacte ; qu'il conserve de la mo-
dération, même dans ses passions les plus vives ;
que dans la colère il ne méconnaît point ses
amis ; qu'il n'attaque jamais que ceux qui l'ont

1. Fréquent chez Buffon dans le sens de *s'établir* dans un pays.

2. Dans cet éloge exagéré Buf-fon s'est trop souvenu de Pline, l. VIII, début.

3. Cette expression a été pré-parée à la page précédente. D'ail-leurs les Latins désignaient la trompe de l'éléphant par le mot *manus*.

offensé; qu'il se souvient des bienfaits aussi longtemps que des injures; que n'ayant nul goût pour
la chair et ne se nourrissant que de végétaux, il
n'est pas l'ennemi des autres animaux; qu'enfin,
il est aimé de tous, puisque tous le respectent et
n'ont nulle raison de le craindre.

Dans l'état sauvage, l'éléphant n'est ni sangui--
naire ni féroce, il est d'un naturel doux, et jamais
il ne fait abus de ses armes ou de sa force, il ne
les emploie, il ne les exerce que pour se défendre
lui-même ou pour protéger ses semblables; il a
les mœurs sociales, on le voit rarement errant ou
solitaire; il marche ordinairement de compagnie,
le plus âgé conduit la troupe, le second d'âge la
fait aller et marche le dernier; les jeunes et les
faibles sont au milieu des autres; les mères portent leurs petits et les tiennent embrassés de leur
trompe; ils ne gardent cet ordre que dans les
marches périlleuses, lorsqu'ils vont paître sur des
terres cultivées; ils se promènent ou voyagent
avec moins de précaution dans les forêts et dans
les solitudes, sans cependant se séparer absolument ni même s'écarter assez loin pour être hors
de portée des secours et des avertissements : il y
en a néanmoins quelques-uns qui s'égarent ou
qui traînent après les autres, et ce sont les seuls
que les chasseurs osent attaquer; car il faudrait
une petite armée pour assaillir la troupe entière,
et l'on ne pourrait la vaincre sans perdre beaucoup de monde; il serait même dangereux de leur
faire la moindre injure, ils vont droit à l'offen-
seur, et quoique la masse de leur corps soit très-
pesante, leur pas est si grand qu'ils atteignent

aisément l'homme le plus léger à la course, ils le
percent de leurs défenses ou le saisissent avec la
trompe, le lancent comme une pierre et achèvent
de le tuer en le foulant aux pieds ; mais ce n'est
que lorsqu'ils sont provoqués qu'ils font ainsi
main-basse sur les hommes, ils ne font aucun
mal à ceux qui ne les cherchent pas ; cependant
comme ils sont susceptibles et délicats sur le fait
des injures, il est bon d'éviter leur rencontre, et
les voyageurs qui fréquentent leur pays allument
de grands feux la nuit et battent de la caisse pour
les empêcher d'approcher. On prétend que lorsqu'ils ont une fois été attaqués par les hommes, ou
qu'ils sont tombés dans quelque embûche, ils ne
l'oublient jamais et qu'ils cherchent à se venger
en toute occasion ; comme ils ont l'odorat excellent et peut-être plus parfait qu'aucun des animaux, à cause de la grande étendue de leur nez,
l'odeur de l'homme les frappe de très-loin, ils
pourraient aisément le suivre à la piste ; les anciens ont écrit que les éléphants arrachent l'herbe
des endroits où le chasseur a passé, et qu'ils se
la donnent de main en main, pour que tous soient
informés du passage et de la marche de l'ennemi.
Ces animaux aiment le bord des fleuves, les pro-
fondes vallées, les lieux ombragés et les terrains
humides ; ils ne peuvent se passer d'eau et la
troublent avant que de la boire ; ils en remplissent souvent leur trompe, soit pour la porter à
leur bouche ou seulement pour se rafraîchir le nez
et s'amuser en la répandant à flot ou l'aspergeant
à la ronde ; ils ne peuvent supporter le froid et
souffrent aussi de l'excès de la chaleur ; car, pour

éviter la trop grande ardeur du soleil, ils s'enfoncent autant qu'ils peuvent dans la profondeur des forêts les plus sombres ; ils se mettent aussi assez souvent dans l'eau, le volume énorme de leur corps leur nuit moins qu'il ne leur aide à nager ; ils enfoncent moins dans l'eau que les autres animaux, et d'ailleurs la longueur de leur trompe qu'ils redressent en haut et par laquelle ils respirent, leur ôte toute crainte d'être submergés.

Leurs aliments ordinaires sont des racines, des herbes, des feuilles et du bois tendre ; ils mangent aussi des fruits et des grains ; mais ils dédaignent la chair et le poisson ; lorsque l'un d'entre eux trouve quelque part un pâturage abondant, il appelle les autres et les invite à venir manger avec lui. Comme il leur faut une grande qantité de fourrage, ils changent souvent de lieu, et lorsqu'ils arrivent à des terres ensemencées, ils y font un dégât prodigieux ; leur corps étant d'un poids énorme, ils écrasent et détruisent dix fois plus de plantes avec leurs pieds qu'ils n'en consomment pour leur nourriture, laquelle peut monter à cent cinquante livres d'herbe par jour ; n'arrivant jamais qu'en nombre, ils dévastent donc une campagne en une heure. Aussi les Indiens et les nègres cherchent tous les moyens de prévenir leur visite et de les détourner en faisant de grands bruits, de grands feux autour de leurs terres cultivées ; souvent, malgré ces précautions, les éléphants viennent s'en emparer, en chassent le bétail domestique, font fuir les hommes et quelquefois renversent de fond en comble leurs minces habitations. Il est difficile de les épou-

vanter, et ils ne sont guère susceptibles de crainte:
la seule chose qui les surprenne et puisse les arrêter, sont les feux d'artifice, les pétards qu'on
leur lance, et dont l'effet subit et promptement
renouvelé les saisit et leur fait quelquefois re-
brousser chemin. On vient très-rarement à bout
de les séparer les uns des autres, car ordinairement ils prennent tous ensemble le même parti
d'attaquer, de passer indifféremment ou de fuir.

L'éléphant une fois dompté devient le plus
doux, le plus obéissant de tous les animaux; il
s'attache à celui qui le soigne, il le caresse, il le
prévient, et semble deviner tout ce qui peut lui
plaire. Il ne se trompe point à la parole de son
maître, il reçoit ses ordres avec attention, les
exécute avec prudence, avec empressement, sans
précipitation; car ses mouvements sont toujours
mesurés, et son caractère paraît tenir de la gravité de sa masse. On lui apprend aisément à fléchir les genoux, pour donner plus de facilité à
ceux qui veulent le monter; il caresse ses amis
avec sa trompe, en salue les gens qu'on lui fait remarquer; il s'en sert pour enlever des fardeaux, et
aide lui-même à se charger. On l'attelle, on l'attache par des traits à des chariots, des charrues,
des navires, des cabestans; il tire également, con-
tinûment et sans se rebuter, pourvu qu'on ne l'in-
sulte pas par des coups donnés mal à propos, et
qu'on ait l'air de lui savoir gré de la bonne volonté avec laquelle il emploie ses forces. Son attachement pour son conducteur devient quelquefois si profond, qu'il refuse ordinairement de servir sous tout autre, et qu'on l'a vu quelquefois

mourir de regret d'avoir, dans un accès de colère, tué son gouverneur [1].

L'éléphant a les yeux très-petits relativement au volume de son corps, mais ils sont brillants et spirituels; et ce qui les distingue de ceux de tous les autres animaux, c'est l'expression pathétique du sentiment, et la conduite presque réfléchie de tous leurs mouvements : il les tourne lentement et avec douceur vers son maître, il a pour lui le regard de l'amitié, celui de l'attention lorsqu'il parle, le coup d'œil de l'intelligence quand il a écouté, celui de la pénétration lorsqu'il veut le prévenir; il semble réfléchir, délibérer, penser, et ne se déterminer qu'après avoir examiné et regardé à plusieurs fois, et sans précipitation, sans passion, les signes auxquels il doit obéir. Les chiens, dont les yeux ont beaucoup d'expression, sont des animaux trop vifs pour qu'on puisse distinguer aisément les nuances successives de leurs sensations; mais, comme l'éléphant est naturellement grave et modéré, on lit pour ainsi dire dans ses yeux, dont les mouvements se succèdent lentement, l'ordre et la suite de ses affections intérieures.

Il a l'ouïe très-bonne, et cet organe est à l'extérieur, comme celui de l'odorat, plus marqué dans l'éléphant que dans aucun autre animal; ses oreilles sont très-grandes, beaucoup plus longues, même à proportion du corps, que celles de l'âne et aplaties contre la tête comme celles de l'homme : elles sont ordinairement pendantes;

1. Appelé aux Indes cornac, de *karnikin* (en sanscrit *éléphant*).

mais il les relève et les remue avec une grande
facilité; elles lui servent à essuyer ses yeux, à
les préserver de l'incommodité de la poussière et
des mouches. Il se délecte au son des instruments, et paraît aimer la musique; il apprend
aisément à marquer la mesure, à se remuer en
cadence, et à joindre à propos quelques accents
au bruit des tambours et au son des trompettes.
Son odorat est exquis, et il aime avec passion les
parfums de toute espèce, et surtout les fleurs
odorantes; il les choisit, il les cueille une à une,
il en fait des bouquets, et, après en avoir savouré
l'odeur, il les porte à sa bouche et semble les
goûter. La fleur d'orange est un de ses mets les
plus délicieux : il dépouille avec sa trompe un
oranger de toute sa verdure, et en mange les
fruits, les fleurs, les feuilles, et jusqu'au jeune
bois. Il choisit dans les prairies les plantes odo-
riférantes, et dans les bois il préfère les coco-
tiers, les bananiers, les palmiers, les sagous : et
comme ces arbres sont moelleux et tendres, il en
mange non-seulement les feuilles et les fruits,
mais même les branches, le tronc et les racines;
car quand il ne peut arracher ces arbres avec sa
trompe, il les déracine avec ses défenses.

A l'égard du sens du toucher, il ne l'a, pour
ainsi dire, que dans la trompe; mais il est aussi
délicat, aussi distinct dans cette espèce de main
que dans celle de l'homme. Cette trompe, composée de membranes, de nerfs et de muscles, est
en même temps un membre capable de mouvement et un organe de sentiment : l'animal peut
non-seulement la remuer, la fléchir, mais il peut

la raccourcir, l'allonger, la courber, et la tourner
en tous sens; l'extrémité de la trompe est terminée par un rebord qui s'allonge par le dessus en
forme de doigt; c'est par le moyen de ce rebord et
de cette espèce de doigt que l'éléphant fait tout
ce que nous faisons avec les doigts : il ramasse
à terre les plus petites pièces de monnaie, il
cueille les herbes et les fleurs en les choisissant
une à une; il dénoue les cordes, ouvre et ferme les
portes en tournant les clefs et poussant les ver-
rous; il apprend à tracer des caractères réguliers
avec un instrument aussi petit qu'une plume. On
ne peut même disconvenir que cette main de l'é-
léphant n'ait plusieurs avantages sur la nôtre :
elle est d'abord, comme on vient de le voir, également flexible, et tout aussi adroite pour saisir,
palper en gros, et toucher en détail. Toutes ces
opérations se font par le moyen de l'appendice en
manière de doigt situé à la partie supérieure du
rebord qui environne l'extrémité de la trompe, et
laisse dans le milieu une concavité faite en forme
de tasse, au fond de laquelle se trouvent les deux
orifices des conduits communs de l'odorat et de
la respiration. L'éléphant a donc le nez dans la
main, et il est le maître de joindre la puissance
de ses poumons à l'action de ses doigts, et d'attirer par une forte succion les liquides, ou d'enlever des corps solides très-pesants en appliquant à
leur surface le rebord de sa trompe, et faisant un
vide au dedans par aspiration.

Le Cerf.

Voici l'un de ces animaux innocents, doux et tranquilles[1], qui ne semblent être faits que pour embellir, animer la solitude des forêts, et occuper loin de nous les retraites paisibles de ces jardins de la nature. Sa forme élégante et légère, sa taille aussi svelte que bien prise, ses membres flexibles et nerveux, sa tête parée plutôt qu'armée d'un bois vivant[2], et qui, comme la cime des arbres, tous les ans se renouvelle, sa grandeur, sa légèreté, sa force, le distinguent assez des autres habitants des bois; et comme il est le plus noble d'entre eux, il ne sert aussi qu'aux plaisirs des plus nobles des hommes; il a dans tous les temps occupé le loisir des héros: l'exercice de la chasse doit succéder aux travaux de la guerre, il doit même les précéder : savoir manier les chevaux et les armes, sont des talents communs au chasseur, au guerrier; l'habitude au[3] mouvement, à la fatigue, l'adresse, la légèreté du corps, si nécessaires pour soutenir et même pour seconder le courage, se

---

1. Voyez la division établie par Buffon dans les animaux sauvages (p. 126-127, chapitre des notions générales) : il va étudier la première catégorie.

2. « Le bois, dans le cerf, n'est qu'une partie accessoire ; une production qui n'est regardée comme partie animale que parce qu'elle croît sur un animal, mais qui est vraiment végétale, puisqu'elle retient les caractères du végétal dont

elle tire sa première origine, et que ce bois ressemble au bois des arbres par la manière dont il croît, dont il se développe, se ramifie, se durcit, se sèche et se sépare. » *Buffon.*

3. *Habitude à*, au lieu de *habitude de* fréquemment employé au dix-septième et au dix-huitième siècles. Voyez Corneille, *Pulchérie*, I, 1, vers 15; *Attila*, IV, 3, fin; Voltaire, *les Scythes*, III, 4.

prennent à la chasse, et se portent à la guerre ;
c'est l'école agréable d'un art nécessaire ; c'est
encore le seul amusement qui fasse diversion entière aux affaires, le seul délassement sans mollesse, le seul qui donne un plaisir vif sans langueur, sans mélange et sans satiété [1].

Que peuvent faire de mieux les hommes qui,
par état, sont sans cesse fatigués de la présence des
autres hommes ? Toujours environnés, obsédés, et
gênés pour ainsi dire par le nombre, toujours en
butte à leurs demandes, à leur empressement, forcés de s'occuper de soins étrangers et d'affaires,
agités par de grands intérêts, et d'autant plus
contraints qu'ils sont plus élevés, les grands ne
sentiraient que le poids de la grandeur, et n'exis-
teraient que pour les autres, s'ils ne se dérobaient
par instants à la foule même des flatteurs. Pour
jouir de soi-même, pour rappeler dans l'âme les
affections personnelles, les désirs secrets, ces sentiments intimes mille fois plus précieux que les
idées de la grandeur, ils ont besoin de solitude ;
et quelle solitude plus variée, plus animée que
celle de la chasse ! quel exercice plus sain pour le
corps ! quel repos plus agréable pour l'esprit [3] !

1. Il ne faut pas considérer cet
éloge de la chasse comme une
digression : il entrait dans le
plan de Buffon de traiter certaines
questions générales en parlant des
animaux qui en évoquaient le plus
naturellement le souvenir : ainsi,
à propos du *bœuf*, il a opposé la
nourriture des herbivores à celle
des carnivores ; la belle description des déserts de l'Arabie a été

glissée dans l'histoire du *chameau*, etc.

2. De l'ancien *gehenne*, la question, la torture, les souffrances
morales. Comparez dans l'*Andromaque* de Racine :

Ah ! que vous me gênez !

3. Il est utile de comparer souvent les poëtes descriptifs de la
fin du dix-huitième siècle avec

Il serait aussi pénible de toujours représenter [1] que de toujours méditer. L'homme n'est pas fait par la nature pour la contemplation des choses abstraites; et de même que s'occuper sans relâche d'études difficiles, d'affaires épineuses, mener une vie sédentaire, et faire de son cabinet le centre de son existence, est un état peu naturel, il semble que celui d'une vie tumultueuse, agitée, entraînée pour ainsi dire par le mouvement des autres hom-

mes, et où l'on est obligé de s'observer, de se contraindre, et de représenter continuellement à leurs yeux, est une situation encore plus forcée. Quelque idée que nous voulions avoir de nous-mêmes, il est aisé de sentir que représenter n'est pas être, et aussi que nous sommes moins faits pour penser que pour agir, pour raisonner que pour jouir : nos vrais plaisirs consistent dans le

Buffon. Voyez la Chasse au cerf dans le Ier chant de l'*Homme des champs*, de Delille.

1. Représenter, c'est jouer dans le monde un rôle comme sur une scène.

libre usage de nous-mêmes ; nos vrais biens sont
ceux de la nature ; c'est le ciel, c'est la terre, ce
sont ces campagnes, ces plaines, ces forêts dont
elle nous offre la jouissance, utile, inépuisable.
Aussi le goût de la chasse, de la pêche, des jardins, de l'agriculture, est un goût naturel à tous
les hommes ; et dans les sociétés plus simples que
la nôtre, il n'y a guère que deux ordres, tous deux
relatifs à ce genre de vie : les nobles, dont le métier est la chasse et les armes ; et les hommes en
sous-ordre, qui ne sont occupés qu'à la culture de
la terre.

Le cerf paraît avoir l'œil bon, l'odorat exquis et
l'oreille excellente. Lorsqu'il veut écouter, il lève
la tête, dresse les oreilles, et alors il entend de
fort loin. Lorsqu'il sort dans un petit taillis ou
dans quelque endroit à demi découvert, il s'arrête pour regarder de tous côtés, et cherche ensuite le dessous du vent pour sentir s'il n'y a pas
quelqu'un qui puisse l'inquiéter. Il est d'un naturel assez simple, et cependant il est curieux et
rusé : lorsqu'on le siffle ou qu'on l'appelle de loin,
il s'arrête tout court et regarde fixement et avec
une espèce d'admiration les voitures, le bétail, les
hommes ; et, s'ils n'ont ni arme ni chiens, il continue à marcher d'assurance[1], et passe son chemin fièrement et sans fuir. Il paraît aussi écouter
avec autant de tranquillité que de plaisir le cha-
lumeau ou le flageolet des bergers, et les veneurs
se servent quelquefois de cet artifice pour le
rassurer. En général, il craint beaucoup moins

---

1. Terme technique employé par les chasseurs : « C'est lorsque le cerf va d'un pas réglé et tranquille. » *Note de Buffon*.

l'homme que les chiens, et ne prend de la défiance et de la ruse qu'à mesure et qu'autant qu'il
aura été inquiété. Il mange lentement, il choisit
sa nourriture ; et lorsqu'il a viandé[1], il cherche à
se reposer pour ruminer à loisir.... Il ne boit
guère en hiver, et encore moins au printemps :
l'herbe tendre et chargée de rosée lui suffit ; mais,
dans les chaleurs et les sécheresses de l'été, il va
boire aux ruisseaux, aux mares, aux fontaines.
Leur nourriture est différente suivant les différentes saisons : en automne, ils cherchent les boutons des arbustes verts, les fleurs de bruyères,
les feuilles de ronces, etc.; en hiver, lorsqu'il
neige, ils pèlent les arbres et se nourrissent d'é-
corces, de mousse, etc., et lorsqu'il fait un temps
doux, ils vont viander dans les blés. Au commencement du printemps, ils cherchent les cha-
tons des trembles, des marsaules[2], des coudriers,
les fleurs et les boutons du cornouiller, etc. En
été, ils ont de quoi choisir, mais ils préfèrent les
seigles à tous les autres grains et la bourgène[3] à
tous les autres bois.

1. Pâturé. — *Viande*, venant du bas-latin *vivenda*, a désigné autrefois toute espèce de nourri-ture. Encore employé au com-mencement du dix-septième siè-cle.

Celui n'est délaissé qui a Dieu
[pour son père :
Il ouvre à tous la main ; il nourrit
[les corbeaux,

Il donne la *viande* aux petits
[passereaux.
(Nérée, *Triomphe de la Ligue*, II, 1.)

(Aux petits des oiseaux il donne
[leur *pâture*.)

2. Saules mâles. Ordinairement *marsault*.

3. Ordinairement *bourdaine*.

Le Chevreuil.

Le cerf, comme le plus noble des habitants des bois, occupe dans les forêts les lieux ombragés par les cimes élevées des plus hautes futaies[1]: le chevreuil, comme étant d'une espèce inférieure, se contente d'habiter sous des lambris[2] plus bas, et se tient ordinairement dans le feuillage épais des plus jeunes taillis; mais s'il a moins de noblesse, moins de force, et beaucoup moins de hauteur de taille, il a plus de grâce, plus de vivacité, et même plus de courage que le cerf; il est plus gai, plus leste, plus éveillé; sa forme est plus arrondie, plus élégante, et sa figure plus agréable; ses yeux surtout sont plus beaux, plus brillants, et paraissent animés d'un sentiment plus vif; ses membres sont plus souples, ses mouvements plus prestes, et il bondit, sans effort, avec autant de force que de légèreté. Sa robe est toujours propre, son poil net et lustré; il ne se roule jamais dans la fange comme le cerf; il ne se plaît que dans les pays les plus élevés, les plus secs, où l'air est le plus pur; il est encore plus rusé, plus adroit à se dérober, plus difficile à suivre; il a plus de finesse, plus de ressources d'instinct: car, quoiqu'il ait le désavantage mortel de laisser après lui des impressions plus fortes, et qui donnent aux chiens plus d'ardeur et de

---

1. De *fustis*, bois de grands arbres. Plus bas *taillis* s'oppose à ce mot.

2. Expression prétentieuse; rem. toutefois que l'on dit *un lambris de verdure*.

véhémence d'appétit que l'odeur du cerf, il ne laisse pas de savoir se soustraire à leur poursuite par la rapidité de sa première course, et par ses détours multipliés; il n'attend pas, pour employer la ruse, que la force lui manque; dès qu'il sent, au contraire, que les premiers efforts d'une fuite rapide ont été sans succès, il revient sur ses pas, retourne, revient encore, et, lorsqu'il a con-

fondu par ses mouvements opposés la direction de l'aller avec celle du retour, lorsqu'il a mêlé les émanations présentes avec les émanations passées, il se sépare de la terre par un bond, et se jetant à côté, il se met ventre à terre, et laisse, sans bouger, passer près de lui la troupe entière de ses ennemis ameutés [1].

1. En meute : c'est le sens propre.

Il diffère du cerf et du daim par le naturel, par le tempérament, par les mœurs, et aussi par presque toutes les habitudes de nature : au lieu de se mettre en hardes [1] comme eux, et de marcher par grandes troupes, il demeure en famille ; le père, la mère et les petits vont ensemble, et on ne les voit jamais s'associer avec des étrangers.

Le Zèbre.

Le zèbre est peut-être, de tous les animaux quadrupèdes, le mieux fait et le plus élégamment vêtu : il a la figure et les grâces du cheval, la légèreté du cerf, et la robe rayée de rubans noirs et blancs, disposés alternativement avec tant de régularité et de symétrie, qu'il semble que la nature ait employé la règle et le compas pour le peindre. Ces bandes alternatives de noir et de blanc sont d'autant plus singulières, qu'elles sont étroites, parallèles, et très-exactement séparées, comme dans une étoffe rayée ; que d'ailleurs elles s'étendent non-seulement sur le corps, mais sur la tête, sur les cuisses et les jambes, et jusque sur les oreilles et la queue ; en sorte que de loin cet animal paraît comme s'il était environné partout de bandelettes qu'on aurait pris plaisir et employé beaucoup d'art à disposer régulièrement sur toutes les parties de son corps ; elles en sui-

_____

1. De l'allemand *herde*, troupeau.

vent les contours, et en marquent si avantageusement la forme, qu'elles en dessinent les muscles
en s'élargissant plus ou moins sur les parties plus
ou moins charnues et plus ou moins arrondies.
Dans la femelle, ces bandes sont alternativement
noires et blanches; dans le mâle, elles sont noires

et jaunes, mais toujours d'une nuance vive et brillante sur un poil court, fin et fourni, dont le lustre augmente encore la beauté des couleurs. Le
zèbre est en général plus petit que le cheval et
plus grand que l'âne; et quoiqu'on l'ait souvent
comparé à ces deux animaux, qu'on l'ait même
appelé *cheval sauvage* et *âne rayé*, il n'est la copie ni de l'un ni de l'autre, et serait plutôt leur

modèle, si dans la nature tout n'était pas également original, et si chaque espèce n'avait pas un droit égal à la création.

———

L'Écureuil.

L'écureuil est un joli petit animal qui n'est qu'à demi sauvage, et qui, par sa gentillesse, par sa docilité, par l'innocence même de ses mœurs, mériterait d'être épargné; il n'est ni carnassier, ni nuisible, quoiqu'il saisisse quelquefois des oiseaux; sa nourriture ordinaire sont des fruits, des amandes, des noisettes, de la faîne[1] et du gland; il est propre, leste, vif, très-alerte, très-éveillé, très-industrieux; il a les yeux pleins de feu, la physionomie fine, le corps nerveux, les membres très-dispos: sa jolie figure est encore rehaussée, parée, par une belle queue en forme de panache, qu'il relève jusque dessus sa tête, et sous laquelle il se met à l'ombre; il est, pour ainsi dire, moins quadrupède que les autres; il se tient ordinairement assis presque debout, et se sert de ses pieds de devant, comme d'une main, pour porter à sa bouche; au lieu de se cacher sous terre, il est toujours en l'air; il approche des oiseaux par sa légèreté; il demeure comme eux sur la cime des arbres, parcourt les forêts en sautant de l'un à l'autre, y fait son nid, cueille les graines, boit la

———

1. Fruit du hêtre fagus).

rosée, et ne descend à terre que quand les arbres
sont agités par la violence des vents. On ne le
trouve point dans les champs, dans les lieux dé-
couverts, dans les pays de plaine ; il n'approche
jamais des habitations, il ne reste point dans les
taillis, mais dans les bois de hauteur, sur les

vieux arbres des plus belles futaies. Il craint l'eau
plus encore que la terre, et l'on assure que, lorsqu'il faut la passer, il se sert d'une écorce pour
vaisseau, et de sa queue pour voile et pour gouvernail. Il ne s'engourdit pas comme le loir pendant l'hiver, il est en tout temps très-éveillé ; et
pour peu que l'on touche au pied de l'arbre sur
lequel il repose, il sort de sa petite bauge, fuit

sur un autre arbre, ou se cache à l'abri d'une branche. Il ramasse des noisettes pendant l'été, en remplit les troncs, les fentes d'un vieux[1] arbre, et a recours en hiver à sa provision ; il les cherche aussi sous la neige, qu'il détourne en grattant. Il a la voix éclatante et plus perçante encore que celle de la fouine ; il a de plus un murmure à bouche fermée, un petit grognement de mécontentement qu'il fait entendre toutes les fois qu'on l'irrite. Il est trop léger pour marcher ; il va ordinairement par petits sauts, et quelquefois par bonds ; il a les ongles si pointus et les mouvements si prompts, qu'il grimpe en un instant sur un hêtre dont l'écorce est fort lisse.

On entend les écureuils, pendant les belles nuits d'été, crier en courant sur les arbres les uns après les autres ; ils semblent craindre l'ardeur du soleil ; ils demeurent pendant le jour à l'abri dans leur domicile, dont ils sortent le soir pour s'exercer, jouer, courir et manger ; ce domicile est propre, chaud, et impénétrable à la pluie ; c'est ordinairement sur l'enfourchure d'un arbre qu'ils l'établissent. Ils commencent par transporter des bûchettes qu'ils mêlent, qu'ils entrelacent avec de la mousse, ils la serrent ensuite, ils la foulent, et donnent assez de capacité et de solidité à leur ouvrage, pour y être à l'aise et en sûreté avec leurs petits ; il n'y a qu'une ouverture vers le haut, juste, étroite, et qui suffit à peine pour passer ; au-dessus de l'ouverture est une espèce de couvert en cône qui met le tout à l'abri, et fait

---

1. Voyez le *Dict.* de Littré, au mot *vieil.*

que la pluie s'écoule par les côtés, et ne pénètre
pas. Ils muent au sortir de l'hiver, le poil nouveau est plus roux que celui qui tombe. Ils se
peignent, ils se polissent avec les mains et les
dents ; ils sont propres, ils n'ont aucune mauvaise
odeur ; leur chair est assez bonne à manger. Le
poil de la queue sert à faire des pinceaux ; mais
leur peau ne fait pas une bonne fourrure.

Le Rat.

L'on a compris et confondu sous ce nom géné-
rique de rat plusieurs espèces de petits animaux ;
nous ne donnerons ce nom qu'au rat commun,
qui est noirâtre et qui habite dans les maisons.
Le rat est assez connu par l'incommodité qu'il
nous cause ; il habite ordinairement les greniers
où l'on entasse le grain, où l'on serre les fruits,
et de là descend et se répand dans la maison. Il
est carnassier et même omnivore, il semble seulement préférer les choses dures aux plus tendres ; il ronge la laine, les étoffes, les meubles,
perce le bois, fait des trous dans les murs, se loge
dans l'épaisseur des planchers, dans les vides de
la charpente ou de la boiserie ; il en sort pour
chercher sa subsistance, et souvent il y transporte
tout ce qu'il peut traîner, il y fait même quelquefois magasin, surtout lorsqu'il a des petits. Il
produit plusieurs fois par an, presque toujours en
été ; les portées ordinaires sont de cinq ou six.

Il cherche les lieux chauds, et se niche en **hiver** auprès des cheminées, ou dans le foin, dans la paille. Malgré les chats, le poison, les piéges, les appâts, ces animaux pullulent si fort qu'ils causent souvent de grands dommages; c'est surtout dans les vieilles maisons à la campagne, où l'on garde du blé dans les greniers, et où le voisinage des granges et des magasins à foin facilite leur

retraite et leur multiplication, qu'ils sont en si grand nombre qu'on serait obligé de démeubler, de déserter, s'ils ne se détruisaient eux-mêmes : mais nous avons vu par expérience qu'ils se tuent, qu'ils se mangent entre eux, pour peu que la faim les presse; en sorte que quand il y a disette à cause du trop grand nombre, les plus forts se jettent sur les plus faibles, leur ouvrent la tête et mangent d'abord la cervelle, et ensuite le reste du cadavre; le lendemain la guerre recommence, et dure ainsi jusqu'à la destruction du plus grand nombre ; c'est par cette raison qu'il arrive ordinairement qu'après avoir été infesté de ces animaux pendant un temps, ils semblent souvent disparaître tout à coup, et quelquefois pour long temps. Il en est de même des mulots, dont la pullulation prodigieuse n'est arrêtée que par les cruautés qu'ils exercent entre eux, dès que les vivres commencent à leur manquer. Aristote a attribué cette destruction subite à l'effet des pluies ; mais les rats n'y sont point exposés, et les mulots savent s'en garantir, car les trous qu'ils habitent sous terre ne sont pas même humides

Un gros rat est plus méchant et presque aussi fort qu'un jeune chat ; il a les dents de devant longues et fortes ; le chat mord mal, et comme il ne se sert guère que de ses griffes, il faut qu'il soit non-seulement vigoureux, mais aguerri. La belette, quoique plus petite, est un ennemi plus dangereux, et que le rat redoute parce qu'elle le suit dans son trou : le combat dure quelquefois longtemps, la force est au moins égale ; mais l'emploi des armes est différent : le rat ne peut blesser qu'à plusieurs reprises et par les dents de devant, lesquelles sont plutôt faites pour ronger que pour mordre, et qui, étant posées à l'extrémité du levier de la mâchoire, ont peu de force ; tandis que la belette mord de toute la mâchoire avec acharnement, et qu'au lieu de démordre, elle suce le sang de l'endroit entamé ; aussi le rat succombe-t-il toujours

La Souris.

La souris, beaucoup plus petite que le rat, est aussi plus nombreuse, plus commune, et plus généralement répandue : elle a le même instinct, le même tempérament, le même naturel, et n'en diffère guère que par la faiblesse et par les habitudes qui l'accompagnent; timide par nature, fa-

milière par nécessité, la peur ou le besoin font tous ses mouvements; elle ne sort de son trou que pour chercher à vivre; elle ne s'en écarte guère, y rentre à la première alerte, ne va pas, comme le rat, de maisons en maisons à moins qu'elle n'y soit forcée, fait aussi beaucoup moins de dégâts, a les mœurs plus douces et s'apprivoise jusqu'à un certain point, mais sans s'attacher; comment aimer en effet ceux qui nous dressent des embûches? Plus faible, elle a plus d'ennemis auxquels elle ne peut échapper, ou plutôt se soustraire, que par son agilité, sa peti-

tesse même. Les chouettes, tous les oiseaux de
nuit, les chats, les fouines, les belettes, les rats
même lui font la guerre ; on l'attire, on la leurre
aisément par des appâts, on la détruit à milliers ;
elle ne subsiste enfin que par son immense fécondité.

Le Castor.

Autant l'homme s'est élevé au-dessus de l'état
de nature, autant les animaux se sont abaissés
au-dessous : soumis et réduits en servitude, ou
traités comme rebelles et dispersés par la force,
leurs sociétés se sont évanouies, leur industrie est
devenue stérile, leurs faibles arts ont disparu,
chaque espèce a perdu ses qualités générales, et
tous n'ont conservé que leurs propriétés individuelles, perfectionnées dans les uns par l'exemple,
l'imitation, l'éducation, et dans les autres par
la crainte et par la nécessité où ils sont de veiller
continuellement à leur sûreté. Quelles vues, quels
desseins, quels projets peuvent avoir des esclaves
sans âme, ou des relégués sans puissance? ramper
ou fuir, et toujours exister d'une manière solitaire, ne rien édifier, ne rien produire, ne rien
transmettre, et toujours languir dans la calamité,
déchoir, se perpétuer sans se multiplier, perdre
en un mot par la durée autant et plus qu'ils
n'avaient acquis par le temps.

Aussi ne reste-t-il quelques vestiges de leur
merveilleuse industrie que dans ces contrées éloi-

gnées et désertes, ignorées de l'homme pendant
une longue suite de siècles, où chaque espèce
pouvait manifester en liberté ses talents naturels,
et les perfectionner dans le repos en se réunissant
en société durable. Les castors sont peut-être le
seul exemple qui subsiste comme un ancien mo-
nument de cette espèce d'intelligence des brutes,
qui, quoique infiniment inférieure par son principe à celle de l'homme, suppose cependant des
projets communs et des vues relatives[1] ; projets
qui, ayant pour base la société, et pour objet une
digue à construire, une bourgade à élever, une
espèce de république à fonder, supposent aussi
une manière quelconque de s'entendre et d'agir
de concert.

Les castors, dira-t-on, sont parmi les quadrupèdes ce que les abeilles sont parmi les insectes.
Quelle différence! Il y a dans la nature, telle
qu'elle nous est parvenue, trois espèces de sociétés qu'on doit considérer avant de les comparer ;
la société libre de l'homme, de laquelle, après
Dieu, il tient toute sa puissance ; la société gênée
des animaux, toujours fugitive devant celle de
l'homme ; et enfin la société forcée de quelques
petites bêtes, qui, naissant toutes en même temps
dans le même lieu, sont contraintes d'y demeurer
ensemble. Un individu, pris solitairement, et au
sortir des mains de la nature, n'est qu'un être
stérile, dont l'industrie se borne au simple usage
des sens ; l'homme lui-même, dans l'état de pure
nature, dénué de lumières et de tous les secours

---

1. Comparez l'expression *Relations de la Société*.

de la société, ne produit rien, n'édifie rien. Toute
société, au contraire, devient nécessairement féconde, quelque fortuite, quelque aveugle qu'elle
puisse être, pourvu qu'elle soit composée d'êtres
de même nature : par la seule nécessité de se

chercher ou de s'éviter, il s'y formera des mouvements communs, dont le résultat sera souvent
un ouvrage qui aura l'air d'avoir été conçu, conduit, et exécuté avec intelligence. Ainsi l'ouvrage
des abeilles, qui, dans un lieu donné, tel qu'une
ruche ou le creux d'un vieux arbre, bâtissent chacune leur cellule: l'ouvrage des mouches de

Caïenne, qui non-seulement font aussi leurs cellules, mais construisent même la ruche qui les doit contenir, sont des travaux purement mécaniques qui ne supposent aucune intelligence, aucun projet concerté, aucune vue générale ; des travaux qui, n'étant que le produit d'une nécessité physique, un résultat de mouvements communs, s'exercent toujours de la même façon, dans tous les temps et dans tous les lieux, par une multitude qui ne s'est point assemblée par choix, mais qui se trouve réunie par force de nature[1]. Ce n'est donc pas la société, c'est le nombre seul qui opère ici ; c'est une puissance aveugle qu'on ne peut comparer à la lumière qui dirige toute société : je ne parle point de cette lumière pure, de ce rayon divin qui n'a été départi qu'à l'homme seul, les castors en sont assurément privés comme tous les autres animaux : mais leur société n'étant point une réunion forcée, se faisant au contraire par une espèce de choix, et supposant au moins un concours général et des vues communes dans ceux qui la composent, suppose au moins aussi une lueur d'intelligence qui, quoique très-différente de celle de l'homme par le principe, produit cependant des effets assez semblables pour qu'on puisse les comparer, non pas dans la société plénière et puissante, telle qu'elle existe parmi les peuples anciennement policés, mais dans la société naissante chez des hommes sauvages, laquelle seule peut, avec équité, être comparée à celle des animaux.

---

1. Buffon reprend ici le paradoxe déjà développé au chapitre des Abeilles. — Voyez Flourens, ouvr. cité, p. 127-29.

Voyons donc le produit de l'une et l'autre de ces sociétés ; voyons jusqu'où s'étend l'art du castor, et où se borne celui du sauvage. Rompre une branche pour s'en faire un bâton, se bâtir une hutte, la couvrir de feuillages pour se mettre à l'abri, amasser de la mousse ou du foin pour se faire un lit, sont des actes communs à l'animal et au sauvage ; les ours font des huttes, les singes ont des bâtons, plusieurs autres animaux se pratiquent un domicile propre, commode, impénétrable à l'eau. Frotter une pierre pour la rendre tranchante, et s'en faire une hache, s'en servir pour couper, pour écorcer du bois, pour aiguiser des flèches, pour creuser un vase, écorcher un animal pour se revêtir de sa peau, en prendre les nerfs pour en faire une corde d'arc, attacher ces mêmes nerfs à une épine dure, et se servir de tous deux comme de fil et d'aiguille, sont des actes purement individuels que l'homme en solitude peut tous exécuter sans être aidé des autres, des actes qui dépendent de sa seule conformation, puisqu'ils ne supposent que l'usage de la main ; mais couper et transporter un gros arbre, élever un carbet[1], construire une pirogue, sont au contraire des opérations qui supposent nécessairement un travail commun et des vues concertées. Ces ouvrages sont aussi les seuls résultats de la société naissante chez des nations sauvages, comme les ouvrages des castors sont les fruits de la société perfectionnée[2] parmi ces animaux : car il faut observer qu'ils ne songent point à bâtir, à

1. Grande case de sauvages, aux Antilles.

2. Contraire à la loi de l'instinct.

moins qu'ils n'habitent un pays libre, et qu'ils
n'y soient parfaitement tranquilles. Il y a des castors en Languedoc, dans les îles du Rhône ; il y
en a en plus grand nombre dans les provinces du
nord de l'Europe ; mais comme toutes ces contrées
sont habitées, ou du moins fort fréquentées par
les hommes, les castors y sont, comme tous les
autres animaux, dispersés, solitaires, fugitifs, ou
cachés dans un terrier : on ne les a jamais vus se
réunir, se rassembler, ni rien entreprendre, ni
rien construire [1] ; au lieu que dans ces terres désertes, où l'homme en société n'a pénétré que
bien tard, et où l'on ne voyait auparavant que
quelques vestiges de l'homme sauvage, on a
partout trouvé les castors réunis, formant des sociétés, et l'on n'a pu s'empêcher d'admirer leurs
ouvrages

. . . .

Les castors commencent par s'assembler au
mois de juin ou de juillet pour se réunir en
société ; ils arrivent en nombre et de plusieurs
côtés, et forment bientôt une troupe de deux ou
trois cents : le lieu du rendez-vous est ordinairement le lieu de l'établissement, et c'est toujours
au bord des eaux. Si ce sont des eaux plates et
qui se soutiennent à la même hauteur comme
dans un lac, ils se dispensent d'y construire une
digue : mais dans les eaux courantes, et qui sont
sujettes à hausser ou baisser, comme sur les
ruisseaux, les rivières, ils établissent une chaussée ; et par cette retenue ils forment une espèce

---

1. Voyez Toussenel, *Esprit des bêtes*, le Castor.

d'étang ou de pièce d'eau qui se soutient toujours
à la même hauteur. La chaussée traverse la rivière comme une écluse, et va d'un bord à l'autre ; elle a souvent quatre-vingts ou cent pieds
de longueur sur dix ou douze pieds d'épaisseur à
sa base. Cette construction paraît énorme pour
des animaux de cette taille[1], et suppose en effet
un travail immense : mais la solidité avec laquelle
l'ouvrage est construit étonne encore plus que sa
grandeur. L'endroit de la rivière où ils établissent cette digue est ordinairement peu profond.
S'il se trouve sur le bord un gros arbre qui puisse
tomber dans l'eau, ils commencent par l'abattre
pour en faire la pièce principale de leur construction. Cet arbre est souvent plus gros que le corps
d'un homme ; ils le scient, ils le rongent au pied ;
et sans autre instrument que leurs quatre dents
incisives, ils le coupent en assez peu de temps, et
le font tomber du côté qu'il leur plaît, c'est-à-
dire en travers sur la rivière ; ensuite ils coupent
les branches de la cime de cet arbre tombé, pour
le mettre de niveau et le faire porter partout également. Ces opérations se font en commun : plusieurs castors rongent ensemble le pied de l'arbre
pour l'abattre ; plusieurs aussi vont ensemble
pour en couper les branches lorsqu'il est abattu ;
d'autres parcourent en même temps les bords de
la rivière, et coupent de moindres arbres ; ils les
dépècent et les scient à une certaine hauteur pour
en faire des pieux : ils amènent ces pièces de
bois, d'abord par terre jusqu'au bord de la ri-

---

1. C.-à-d. faite par des animaux de cette taille : Ils pèsent cin- quante ou soixante livres, et on environ trois pieds de longueur.

vière, et ensuite par eau jusqu'au lieu de leur construction; ils en font une espèce de pilotis serré, qu'ils renforcent encore en entrelaçant des branches entre les pieux. Cette opération suppose bien des difficultés vaincues : car pour dresser ces pieux et les mettre dans une situation à peu près perpendiculaire, il faut qu'avec les dents ils élèvent le gros bout contre le bord de la rivière, ou contre l'arbre qui la traverse; que d'autres plongent en même temps jusqu'au fond de l'eau pour y creuser avec les pieds de devant un trou, dans lequel ils font entrer la pointe du pieu, afin qu'il puisse se tenir debout. A mesure que les uns plantent ainsi leurs pieux, les autres vont chercher de la terre qu'ils gâchent avec leurs pieds et battent avec leur queue; ils la portent dans leur gueule et avec les pieds de devant, et ils en transportent une si grande quantité qu'ils en remplissent tous les intervalles de leur pilotis. Ce pilotis est composé de plusieurs rangs de pieux, tous égaux en hauteur, et tous plantés les uns contre les autres; il s'étend d'un bord à l'autre de la rivière, il est rempli et maçonné partout. Les pieux sont plantés verticalement du côté de la chute de l'eau : tout l'ouvrage est au contraire en talus du côté qui en soutient la charge. Au haut de la chaussée, ils pratiquent deux ou trois ouvertures en pente, qui sont autant de décharges de superficie qu'ils élargissent ou rétrécissent selon que la rivière vient à hausser ou baisser; et lorsque par des inondations trop grandes ou trop subites il se fait quelques brèches à leur digue, ils savent les réparer, et travailler de nouveau dès que les eaux sont baissées.

. . . .

Ils mettent en œuvre différentes espèces de matériaux, des bois, des pierres et des terres sablonneuses qui ne sont point sujettes à se délayer par l'eau ; les bois qu'ils emploient sont presque tous légers et tendres : ce sont des aunes, des peupliers, des saules, qui naturellement croissent au bord des eaux et qui sont plus faciles à écorcer, à couper, à voiturer, que les arbres dont le bois serait plus pesant et plus dur. Lorsqu'ils attaquent un arbre, ils ne l'abandonnent pas qu'il ne soit abattu, dépecé, transporté ; ils le coupent toujours à un pied ou un pied et demi de hauteur de terre. Ils travaillent assis, et, outre l'avantage de cette situation commode, ils ont le plaisir de ronger continuellement de l'écorce et du bois dont le goût leur est fort agréable, car ils préfèrent l'écorce fraîche et le bois tendre à la plupart des aliments ordinaires ; ils en font ample provision pour se nourrir pendant l'hiver ; ils n'aiment pas le bois sec. C'est dans l'eau et près de leurs habitations qu'ils établissent leurs magasins ; chaque cabane a le sien proportionné au nombre de ses habitants, qui tous y ont un droit commun, et ne vont jamais piller leurs voisins. On a vu des bourgades composées de vingt ou de vingt-cinq cabanes : ces grands établissements sont rares, et cette espèce de république est ordinairement moins nombreuse ; elle n'est le plus souvent composée que de dix ou douze tribus, dont chacune a son quartier, son magasin, son habitation séparée ; ils ne souffrent pas que des étrangers viennent s'établir dans leurs enceintes. Les plus petites cabanes contiennent deux, quatre, six, et les plus grandes dix-huit, vingt, et même, dit-on, jusqu'à trente castors, presque toujours en nombre pair, autant de femelles que de mâles ; ainsi, en comptant même au rabais, on peut dire que leur société est souvent composée de cent cinquante ou deux cents ouvriers associés, qui tous ont travaillé d'abord en corps pour élever le grand ouvrage public, et ensuite par compagnie pour édifier des habitations particulières. Quelque nombreuse que soit cette société, la paix s'y maintient sans altération ; le travail commun a resserré leur union ; les commodités qu'ils se sont procurées, l'abondance des vivres qu'ils amassent et consomment ensemble, servent à l'entretenir ; des appétits modérés, des goûts simples, de l'aversion pour la chair et le sang, leur ôtent jusqu'à l'idée de rapine et de guerre : ils jouissent de tous les biens que l'homme ne sait que désirer. Amis entre eux, s'ils ont quelques ennemis au dehors, ils savent les éviter ; ils s'avertissent en frappant avec leur queue sur l'eau un coup qui retentit au loin dans toutes les voûtes des habitations : chacun prend son parti, ou de plonger dans le lac, ou de se recéler dans leurs murs, qui ne craignent que le feu du ciel ou le fer de l'homme, et qu'aucun animal n'ose entreprendre d'ouvrir ou renverser. Ces asiles sont non-seulement très-sûrs, mais encore très-propres et très-commodes ; le plancher est jonché de verdure, des rameaux de buis et de sapin leur servent de tapis, sur lequel ils ne font ni ne souffrent aucune ordure : la fenêtre qui regarde sur l'eau leur sert de balcon pour se tenir au frais et prendre le bain pendant la plus grande partie du jour ; ils s'y tiennent debout, la tête et les parties antérieures du corps élevées, et toutes les parties postérieures plongées dans l'eau. Cet élément liquide leur est si nécessaire, ou plutôt leur fait tant de plaisir, qu'ils semblent ne pouvoir s'en passer : ils vont quelquefois assez loin sous la glace ; c'est alors qu'on les prend aisément en attaquant d'un côté la cabane, et les attendant en même temps à un trou qu'on pratique dans la glace à quelque distance, et où ils sont obligés d'arriver pour respirer.

C'est au commencement de l'été que les castors se rassemblent ; ils emploient les mois de juillet et d'août à construire leur digue et leurs cabanes ; ils font leur provision d'écorce et de bois dans le mois de septembre ; ensuite ils jouissent de leurs travaux, ils goûtent les douceurs domestiques : c'est le temps du repos ; c'est mieux, c'est la saison des amours. Se connaissant, prévenus l'un pour l'autre par l'habitude, par les plaisirs et les peines d'un travail commun, chaque couple ne se forme point au hasard, ne se joint pas par pure nécessité de nature, mais s'unit par choix et s'assortit par goût : ils passent ensemble l'automne et l'hiver ; contents l'un de l'autre, ils ne se quittent guère ; à l'aise dans leur domicile, ils n'en sortent que pour faire des promenades agréables et utiles ; ils en rapportent des écorces fraîches, qu'ils préfèrent à celles qui sont sèches ou trop

imbibées d'eau. Les femelles portent, dit-on,
quatre mois; elles mettent bas sur la fin de l'hiver, et produisent ordinairement deux ou trois
petits : les mâles les quittent à peu près dans ce
temps; ils vont à la campagne jouir des douceurs
et des fruits du printemps; ils reviennent de
temps en temps à la cabane, mais ils n'y séjour-
nent plus : les mères y demeurent occupées à
allaiter, à soigner, à élever leurs petits, qui sont
en état de les suivre au bout de quelques semaines;
elles vont à leur tour se promener, se rétablir à
l'air, manger du poisson, des écrevisses, des écorces nouvelles, et passent ainsi l'été sur les eaux,
dans les bois. Ils ne se rassemblent qu'en automne, à moins que les inondations n'aient ren-
versé leur digue ou détruit leurs cabanes; car
alors ils se réunissent de bonne heure pour en réparer les brèches[1].

---

1. Rem. la belle composition de ce long morceau : 1° un préam-bule, où Buffon nous prépare, autant que sa théorie du méca-nisme animal le lui permettait, à admirer l'intelligence des castors en société; — 2° la description de leurs travaux, où il les pré-sente comme de vrais architectes et ingénieurs; — 3° le tableau du repos acheté par le travail : dans cette dernière partie, toutes les expressions sont si bien choisies que l'on peut se demander s'il s'agit d'hommes ou d'animaux : l'admiration que Buffon a ressen-tie lui-même a fait taire son pré-jugé.

Le Singe.

Le singe, quelque ressemblant qu'il soit à l'homme, a néanmoins une si forte teinture d'animalité, qu'elle se reconnaît dès le moment de la naissance. Car il est à proportion plus fort et plus formé que l'enfant; il croît beaucoup plus vite;

les secours de la mère ne lui sont nécessaires que pendant les premiers mois; il ne reçoit qu'une éducation purement individuelle[1], et par conséquent aussi stérile que celle des autres animaux.

Il est donc animal, et malgré sa ressemblance à l'homme, bien loin d'être le second dans notre espèce, il n'est pas le premier dans l'ordre des animaux, puisqu'il n'est pas le plus intelligent.

1. Voyez le début de l'article du *Perroquet.*

C'est uniquement sur ce rapport de ressemblance
corporelle qu'est appuyé le préjugé de la grande
opinion qu'on s'est formée des facultés du singe :
il nous ressemble, a-t-on dit, tant à l'extérieur qu'à
l'intérieur; il doit donc non-seulement nous imiter, mais faire encore de lui-même tout ce que
nous faisons. Mais toutes les actions qu'on doit
appeler humaines sont relatives à la société; elles
dépendent d'abord de l'âme, et ensuite de l'éducation, dont le principe physique est la nécessité
de la longue habitude des parents à l'enfant. Or,
on vient de voir que dans le singe cette habitude
est fort courte; qu'il ne reçoit, comme les autres
animaux, qu'une éducation purement individuelle,
et qu'il n'est pas même susceptible de celle de
l'espèce : par conséquent il ne peut rien faire de
tout ce que l'homme fait, puisque aucune de ses
actions n'a le même principe ni la même fin. Et
à l'égard de l'imitation, qui paraît être le caractère le plus marqué, l'attribut le plus frappant
de l'espèce du singe, et que le vulgaire lui accorde comme un talent unique, il faut, avant de
décider, examiner si cette imitation est libre ou
forcée. Le singe nous imite-t-il parce qu'il le veut,
ou bien parce que, sans le vouloir, il le peut?
J'en appelle sur cela volontiers à tous ceux qui
ont observé cet animal sans prévention, et je suis
convaincu qu'ils diront avec moi qu'il n'y a rien
de libre, rien de volontaire dans cette imitation :
le singe, ayant des bras et des mains, s'en sert
comme nous, mais sans songer à nous; la similitude des membres et des organes produit nécessairement des mouvements et quelquefois même

des suites de mouvements qui ressemblent aux nôtres : étant conformé comme l'homme, le singe ne peut que se mouvoir comme lui ; mais se mouvoir de même n'est pas agir pour imiter. Qu'on donne à deux corps bruts la même impulsion ; qu'on construise deux pendules, deux machines pareilles, elles se mouvront de même, et l'on aura tort de dire que ces corps bruts ou ces machines ne se meuvent ainsi que pour s'imiter. Il en est de même du singe, relativement au corps de l'homme : ce sont deux machines construites, organisées de même, qui, par nécessité de nature, se meuvent à très-peu près de la même façon ; néanmoins parité n'est pas imitation : l'une gît dans la matière, et l'autre n'existe que par l'esprit ; l'imitation suppose le dessein d'imiter : le singe est incapable de former ce dessein, qui demande une suite de pensées, et par cette raison l'homme peut, s'il le veut, imiter le singe, et le singe ne peut pas même vouloir imiter l'homme.

Et cette parité, qui n'est que le physique de l'imitation, n'est pas aussi complète ici que la similitude, dont cependant elle émane comme effet immédiat. Le singe ressemble plus à l'homme par le corps et les membres que par l'usage qu'il en fait : en l'observant avec quelque attention, on s'apercevra aisément que tous ses mouvements sont brusques, intermittents, précipités, et que, pour les comparer à ceux de l'homme, il faudrait leur supposer une autre échelle, ou plutôt un module différent. Toutes les actions du singe tiennent de son éducation, qui est purement animale : elles nous paraissent ridicules, inconséquentes,

extravagantes, parce que nous nous trompons
d'échelle en les rapportant à nous, et que l'unité
qui doit lui servir de mesure est très-différente
de la nôtre Comme sa nature est vive, son tempérament chaud, son naturel pétulant, qu'aucune
de ses affections n'a été mitigée par l'éducation,
toutes ses habitudes sont excessives, et ressemblent beaucoup plus aux mouvements d'un ma-
niaque qu'aux actions d'un homme ou même d'un
animal tranquille. C'est par la même raison que
nous le trouvons indocile, et qu'il reçoit difficile-
ment les habitudes qu'on voudrait lui transmettre : il est insensible aux caresses, et n'obéit qu'au
châtiment ; on peut le tenir en captivité, mais
non pas en domesticité ; toujours triste ou revêche, toujours répugnant, grimaçant, on le dompte
plutôt qu'on ne le prive. Aussi l'espèce n'a jamais
été domestique nulle part, et par ce rapport il est
plus éloigné de l'homme que la plupart des animaux ; car la docilité suppose quelque analogie
entre celui qui donne et celui qui reçoit : c'est
une qualité relative qui ne peut être exercée que
lorsqu'il se trouve des deux parts un certain
nombre de facultés communes, qui ne diffèrent
entre elles que parce qu'elles sont actives dans
le maître et passive dans le sujet. Or, le passif du
singe a moins de rapport avec l'actif de l'homme
que le passif du chien ou de l'éléphant, qu'il
suffit de bien traiter pour leur communiquer les
sentiments doux et même délicats de l'attachement
fidèle, de l'obéissance volontaire, du service gra-
tuit et du dévouement sans réserve.

Ainsi ce singe, que les philosophes, avec le

vulgaire, ont regardé comme un être difficile à définir, dont la nature était[1] au moins équivoque et moyenne entre celle de l'homme et celle des animaux, n'est dans la vérité qu'un pur animal portant à l'extérieur un masque de figure humaine, mais dénué à l'intérieur de la pensée et de tout ce qui fait l'homme; un animal au-dessous de plusieurs autres par les facultés relatives, et encore essentiellement différent de l'homme par le naturel, par le tempérament, et aussi par la mesure du temps nécessaire à l'éducation, à la gestation, à l'accroissement du corps, à la durée de la vie, c'est-à-dire par toutes les habitudes réelles qui constituent ce qu'on appelle *nature* dans un être particulier.

ANIMAUX CARNASSIERS

Notions générales.

Quoiqu'en tout, ce qui nuit paraisse plus abondant que ce qui sert, cependant tout est bien[2], parce que dans l'univers physique le mal concourt au bien, et que rien en effet ne nuit à la nature. Si nuire est détruire des êtres animés, l'homme, considéré comme faisant partie du sys-

---

1. Temps du style indirect.
2. Voyez *Optimisme* dans le *Dictionnaire des sciences philo-* *sophiques* de A. Franck, chez Hachette, 2e éd. La *Nature*, c.-à-d. le développement de l'ensemble.

tème général de ces êtres, n'est-il pas l'espèce la
plus nuisible de toutes? Lui seul immole, anéantit plus d'individus vivants que tous les animaux
carnassiers n'en dévorent. Ils ne sont donc nuisibles que parce qu'ils sont rivaux de l'homme,
parce qu'ils ont les mêmes appétits, le même goût
pour la chair, et que, pour subvenir à un besoin
de première nécessité, ils lui disputent quelquefois une proie qu'il réservait à ses excès ; car nous
sacrifions plus encore à notre intempérance que
nous ne donnons à nos besoins. Destructeurs nés
des êtres qui nous sont subordonnés, nous épui-
serions la nature, si elle n'était inépuisable, si,
par une fécondité aussi grande que notre déprédation, elle ne savait se réparer elle-même et se
renouveler. Mais il est dans l'ordre que la mort
serve à la vie, que la reproduction naisse de la
destruction ; quelque grande, quelque prématurée
que soit donc la dépense de l'homme et des animaux carnassiers, le fonds, la quantité totale de
substance vivante n'est point diminuée : et s'ils
précipitent les destructions, ils hâtent en même
temps des naissances nouvelles.

Les animaux qui, par leur grandeur, figurent
dans l'univers, ne font que la plus petite partie
des substances vivantes ; la terre fourmille de petits animaux. Chaque plante, chaque graine, chaque particule de matière organique contient des
milliers d'atomes animés. Les végétaux paraissent
être le premier fonds de la nature ; mais ce fonds
de subsistance, tout abondant, tout inépuisable
qu'il est, suffirait à peine au nombre encore plus
abondant d'insectes de toute espèce. Leur pullu-

lation, tout aussi nombreuse, et souvent plus
prompte que la reproduction des plantes, indique assez combien ils sont surabondants ; car les
plantes ne se reproduisent que tous les ans, il
faut une saison entière pour en former la graine,
au lieu que dans les insectes, et surtout dans les
plus petites espèces, comme celle des pucerons,
une seule saison suffit à plusieurs générations. Ils
multiplieraient donc plus que les plantes, s'ils
n'étaient détruits par d'autres animaux dont ils
paraissent être la pâture naturelle, comme les
herbes et les graines semblent être la nourriture
préparée pour eux-mêmes. Aussi parmi les insectes y en a-t-il beaucoup qui ne vivent que
d'autres insectes ; il y en a même quelques espèces qui, comme les araignées, dévorent indifféremment les autres espèces et la leur : tous servent
de pâture aux oiseaux, et les oiseaux domestiques
et sauvages nourrissent l'homme, ou deviennent
la proie des animaux carnassiers.

Ainsi la mort violente est un usage presque
aussi nécessaire que la loi de la mort naturelle ;
ce sont deux moyens de destruction et de renouvellement, dont l'un sert à entretenir la jeunesse
perpétuelle de la nature, et dont l'autre maintient
l'ordre de ses productions, et peut seul limiter le
nombre dans les espèces. Tous deux sont des effets
dépendants des causes générales ; chaque individu
qui naît tombe de lui-même au bout d'un temps ;
ou lorsqu'il est prématurément détruit par les autres, c'est qu'il était surabondant. Eh ! combien
n'y en a-t-il pas de supprimés d'avance ! que de
fleurs moissonnées au printemps ! que de races

éteintes au moment de leur naissance! que de germes anéantis avant leur développement! L'homme et les animaux carnassiers ne vivent que d'individus tout formés, ou d'individus prêts à l'être; la chair, les œufs, les graines, les germes de toute espèce font leur nourriture ordinaire; cela seul peut borner l'exubérance de la nature. Que l'on considère un instant quelqu'une de ces espèces inférieures qui servent de pâture aux autres, celle des harengs, par exemple; ils viennent par milliers s'offrir à nos pêcheurs, et après avoir nourri tous les monstres des mers du nord, ils fournissent encore à la subsistance de tous les peuples de l'Europe pendant une partie de l'année. Quelle pullulation prodigieuse parmi ces animaux! et s'ils n'étaient en grande partie détruits par les autres, quels seraient les effets de cette immense multiplication! eux seuls couvriraient la surface entière de la mer; mais bientôt, se nuisant par le nombre, ils se corrompraient, ils se détruiraient eux-mêmes; faute de nourriture suffisante, leur fécondité diminuerait, la contagion et la disette feraient ce que fait la consommation; le nombre de ces animaux ne serait guère augmenté, et le nombre de ceux qui s'en nourrissent serait diminué. Et comme l'on peut dire la même chose de toutes les autres espèces, il est donc nécessaire que les unes vivent sur les autres; et dès lors la mort violente des animaux est un usage légitime, innocent, puisqu'il est fondé dans la nature, et qu'ils ne naissent qu'à cette condition [1].

1. Joseph de Maistre a développé des idées analogues, avec sa violence ordinaire dans les *Soirées de Saint-Pétersbourg*,

Le Lion.

Dans l'espèce humaine, l'influence du climat ne se marque que par des variétés assez légères, parce que cette espèce est une, et qu'elle est très-distinctement séparée de toutes les autres espèces ;

l'homme, blanc en Europe, noir en Afrique, jaune en Asie, et rouge en Amérique n'est que le même homme teint de la couleur du climat[1] : comme il est fait pour régner sur la terre, que le globe entier est son domaine, il semble que sa nature se soit prêtée à toutes les situations ; sous les feux

---

VIIe Entretien.— Voyez plus haut le fragment intitulé : *Fécondité de la nature.*

1. Voyez Flourens, Histoire des travaux et des idées de Buffon, p. 174 et suivantes.

du midi, dans les glaces du nord, il vit, il multiplie, il se trouve partout si anciennement répandu,
qu'il ne paraît affecter[1] aucun climat particulier.
Dans les animaux, au contraire, l'influence du
climat est plus forte et se marque par des caractères plus sensibles, parce que les espèces sont
diverses, et que leur nature est infiniment moins
perfectionnée, moins étendue que celle de l'homme.
Non-seulement les variétés dans chaque espèce
sont plus nombreuses et plus marquées que dans
l'espèce humaine, mais les différences mêmes des
espèces semblent dépendre des différents climats ;
les unes ne peuvent se propager que dans les
pays chauds, les autres ne peuvent subsister que
dans des climats froids ; le lion n'a jamais habité
les régions du nord, le renne ne s'est jamais trouvé
dans les contrées du midi ; il n'y a peut-être aucun animal dont l'espèce soit, comme celle de
l'homme, généralement répandue sur toute la
terre ; chacun a son pays, sa patrie naturelle, dans
laquelle chacun est retenu par nécessité physique ; chacun est fils de la terre qu'il habite, et
c'est dans ce sens qu'on doit dire que tel ou tel
animal est originaire de tel ou tel climat.

Dans les pays chauds les animaux terrestres
sont plus grands et plus forts que dans les pays
froids ou tempérés ; ils sont aussi plus hardis,
plus féroces ; toutes leurs qualités naturelles semblent tenir de l'ardeur du climat. Le lion, né sous
le soleil brûlant de l'Afrique ou des Indes, est
le plus fort, le plus fier, le plus terrible de tous :

---

1. Sens propre (affectare) : affecter la tyrannie.

nos loups, nos autres animaux carnassiers, loin
d'être ses rivaux, seraient à peine dignes d'être
ses pourvoyeurs[1]. Les lions d'Amérique, s'ils méritent ce nom[2], sont, comme le climat, infiniment
plus doux que ceux de l'Afrique ; et ce qui prouve
évidemment que l'excès de leur férocité vient de
l'excès de la chaleur, c'est que dans le même pays
ceux qui habitent les hautes montagnes où l'air
est plus tempéré, sont d'un naturel différent de
ceux qui demeurent dans les plaines, où la chaleur est extrême. Les lions du mont Atlas, dont la
cime est quelquefois couverte de neige, n'ont ni
la hardiesse, ni la force, ni la férocité des lions
du Biledulgerid ou du Zaara[3], dont les plaines
sont couvertes de sables brûlants. C'est surtout
dans ces déserts ardents que se trouvent ces lions
terribles qui sont l'effroi des voyageurs et le fléau
des provinces voisines ; heureusement l'espèce
n'en est pas très-nombreuse ; il paraît même qu'elle
diminue tous les jours ; car, de l'aveu de ceux qui
ont parcouru cette partie de l'Afrique, il ne s'y
trouve pas actuellement autant de lions, à beaucoup près, qu'il y en avait autrefois. Les Romains,
dit M. Shaw, tiraient de la Libye, pour l'usage
des spectacles, cinquante fois plus de lions[4] qu'on
ne pourrait y en trouver aujourd'hui. On a remarqué de même qu'en Turquie, en Perse, et dans

---

1. « Il y a une espèce de lynx
qu'on appelle *le pourvoyeur du
lion.* » *Note de Buffon.*

2. Buffon leur a rendu leur vrai
nom de *puma.*

3. C'est-à-dire *terre des pal-*

miers, entre l'Atlas au N. et le
Sahara au S., le Maroc à l'O., et
le Fezzan et le territoire de Tri-
poli à l'E. — Zaara, pour Sahara,

4. Voyez Pline, *Hist. nat.*, l.
VIII. chap. X.

l'Inde, les lions sont maintenant beaucoup moins
communs qu'ils ne l'étaient anciennement ; et
comme ce puissant et courageux animal fait sa
proie de tous les autres animaux, et n'est lui-
même la proie d'aucun, on ne peut attribuer la
diminution de quantité dans son espèce qu'à l'augmentation du nombre dans celle de l'homme ; car
il faut avouer que la force de ce roi des animaux[1]
ne tient pas contre l'adresse d'un Hottentot, ou
d'un Nègre, qui souvent osent l'attaquer tête à
tête avec des armes assez légères. Le lion n'ayant
d'autres ennemis que l'homme, et son espèce se
trouvant aujourd'hui réduite à la cinquantième,
ou, si l'on veut, à la dixième partie de ce qu'elle
était autrefois, il en résulte que l'espèce humaine,
au lieu d'avoir souffert une diminution considérable depuis le temps des Romains (comme bien
des gens le prétendent), s'est au contraire augmentée, étendue, et plus nombreusement répandue, même dans les contrées, comme la Libye, où
la puissance de l'homme paraît avoir été plus
grande dans ce temps, qui était à peu près le
siècle de Carthage, qu'elle ne l'est dans le siècle
présent de Tunis et d'Alger.

L'industrie de l'homme augmente avec le nombre ; celle des animaux reste toujours la même :
toutes les espèces nuisibles, comme celle du lion,
paraissent être reléguées et réduites à un petit

1. En lisant ce passage à l'École
normale, en 1795, Daubenton s'ar-
rêta, et dit, aux applaudissements
de tout l'auditoire : « Le lion n'est
pas le roi des animaux : il n'y a
point de roi dans la nature. » A
la séance suivante, un auditeur
qui avait profité de la leçon ré-
clama contre la reine des abeilles
— V. *Séances des Écoles nor-
males, dans le tome premier
des Débats.*

nombre, non-seulement parce que l'homme est partout devenu plus nombreux, mais aussi parce qu'il est devenu plus habile, et qu'il a su fabriquer des armes terribles auxquelles rien ne peut résister : heureux s'il n'eût jamais combiné le fer et le feu que pour la destruction des lions ou des tigres !

Cette supériorité de nombre et d'industrie dans l'homme, qui brise la force du lion, en énerve aussi le courage : cette qualité, quoique naturelle, s'exalte ou se tempère dans l'animal suivant l'usage heureux ou malheureux qu'il a fait de sa force. Dans les vastes déserts du Zaara, dans ceux qui semblent séparer deux races d'hommes très-différentes, les Nègres et les Maures, entre le Sénégal et les extrémités de la Mauritanie, dans les terres inhabitées qui sont au-dessus du pays des Hottentots, et en général dans toutes les parties méridionales de l'Afrique et de l'Asie, où l'homme a dédaigné d'habiter, les lions sont encore en assez grand nombre, et sont tels que la nature les produit : accoutumés à mesurer leurs forces avec tous les animaux qu'ils rencontrent, l'habitude de vaincre les rend intrépides et terribles ; ne connaissant pas la puissance de l'homme, ils n'en ont nulle crainte ; n'ayant pas éprouvé la force de ses armes, ils semblent les braver ; les blessures les irritent, mais sans les effrayer ; ils ne sont pas même déconcertés à l'aspect du grand nombre ; un seul de ces lions du désert attaque souvent une caravane entière, et lorsque après un combat opiniâtre et violent il se sent affaibli, au lieu de fuir il continue de se battre en retraite[1], en faisant toujours face et sans jamais tourner le dos[2]. Les lions au contraire qui habitent aux environs des villes et des bourgades de l'Inde et de la Barbarie, ayant connu l'homme et la force de ses armes, ont perdu leur courage au point d'obéir à sa voix menaçante, de n'oser l'attaquer, de ne se jeter que sur le menu bétail, et enfin de s'enfuir en se laissant poursuivre par des femmes ou par des enfants, qui leur font, à coups de bâton, quitter prise et lâcher indignement leur proie.

Ce changement, cet adoucissement dans le naturel du lion, indique assez qu'il est susceptible des impressions qu'on lui donne, et qu'il doit avoir assez de docilité pour s'apprivoiser jusqu'à un certain point, et pour recevoir une espèce d'éducation : aussi l'histoire nous parle de lions attelés à des chars de triomphe[3], de lions conduits à la guerre ou menés à la chasse, et qui, fidèles à leur maître, ne déployaient leur force et leur courage que contre ses ennemis. Ce qu'il y a de très-sûr, c'est que le lion, pris jeune et élevé parmi les animaux domestiques, s'accoutume aisément à vivre, et même à jouer innocemment avec eux, qu'il est doux pour ses maîtres, et même caressant, surtout dans le premier âge; et que si sa férocité naturelle reparaît quelquefois, il la tourne rarement contre ceux qui lui ont fait du bien. Comme ses mouvements sont très-impétueux et ses appétits fort véhéments, on

---

1. Comp. à battre en retraite.
2. Voyez Virg., *Én.*, l. IX, v. 791-95.

3. V. Pline, l. VIII, chap. xxi; voyez aussi les chapitres précedents.

ne doit pas présumer que les impressions de l'éducation puissent toujours les balancer; aussi y aurait-il quelque danger à lui laisser souffrir trop longtemps la faim, ou à le contrarier en le tourmentant hors de propos : non-seulement il s'irrite des mauvais traitements, mais il en garde le souvenir, et paraît en méditer la vengeance, comme il conserve aussi la mémoire et la reconnaissance des bienfaits. Je pourrais citer ici un grand nombre de faits particuliers, dans lesquels j'avoue que j'ai trouvé quelque exagération, mais qui cependant sont assez fondés pour prouver au moins, par leur réunion, que sa colère est noble, son courage magnanime, son naturel sensible. On l'a vu souvent dédaigner de petits ennemis, mépriser leurs insultes, et leur pardonner des libertés offensantes; on l'a vu, réduit en captivité, s'ennuyer sans s'aigrir, prendre au contraire des habitudes douces, obéir à son maître, flatter la main qui le nourrit, donner quelquefois la vie à ceux qu'on avait dévoués à la mort en les lui jetant pour proie, et comme s'il se fût attaché par cet acte généreux, leur continuer ensuite la même protection, vivre tranquillement avec eux, leur faire part de sa subsistance, se la laisser même quelquefois enlever tout entière, et souffrir plutôt la faim que de perdre le fruit de son premier bienfait.

On pourrait dire aussi que le lion n'est pas cruel, puisqu'il ne l'est que par nécessité, qu'il ne détruit qu'autant qu'il consomme, et que dès qu'il est repu il est en pleine paix, tandis que le tigre, le loup, et tant d'autres animaux d'espèce

inférieure, tels que le renard, la fouine, le pu-
tois, le furet, etc., donnent la mort pour le seul
plaisir de la donner, et que dans leurs massacres
nombreux ils semblent plutôt vouloir assouvir
leur rage que leur faim.

L'extérieur du lion ne dément point ses grandes qualités intérieures ; il a la figure imposante,
le regard assuré, la démarche fière, la voix terrible ; sa taille n'est point excessive comme celle
de l'éléphant ou du rhinocéros ; elle n'est ni
lourde comme celle de l'hippopotame ou du bœuf,
ni trop ramassée comme celle de l'hyène ou de
l'ours, ni trop allongée ni déformée par des inégalités comme celle du chameau ; mais elle est
au contraire si bien prise et si bien proportionnée,
que le corps du lion paraît être le modèle de la
force jointe à l'agilité ; aussi solide que nerveux,
n'étant chargé ni de chair ni de graisse, et ne
contenant rien de surabondant, il est tout nerf et
muscle. Cette grande force musculaire se marque
au dehors par les sauts et les bonds prodigieux
que le lion fait aisément, par le mouvement brus-
que de sa queue, qui est assez fort pour terrasser
un homme, par la facilité avec laquelle il fait
mouvoir la peau de sa face, et surtout celle de
son front, ce qui ajoute beaucoup à sa physionomie, ou plutôt à l'expression de la fureur ; et enfin par la faculté qu'il a de remuer sa crinière,
laquelle non-seulement se hérisse, mais se meut
et s'agite en tout sens lorsqu'il est en colère.

Le lion, lorsqu'il a faim, attaque de face tous
les animaux qui se présentent ; mais comme il est
très-redouté, et que tous cherchent à éviter sa

rencontre, il est souvent obligé de se cacher et
de les attendre au passage ; il se tapit sur le
ventre dans un endroit fourré, d'où il s'élance
avec tant de force, qu'il les saisit souvent du
premier bond : dans les déserts et les forêts, sa
nourriture la plus ordinaire sont les gazelles et
les singes, quoiqu'il ne prenne ceux-ci que lorsqu'ils sont à terre, car il ne grimpe pas sur les
arbres comme le tigre ou le puma : il mange
beaucoup à la fois, et se remplit pour deux ou
trois jours ; il a les dents si fortes, qu'il brise aisément les os, et il les avale avec la chair.

Le rugissement du lion est si fort, que quand
il se fait entendre, par échos, la nuit dans les
déserts, il ressemble au bruit du tonnerre : ce
rugissement est sa voix ordinaire ; car quand il
est en colère, il a un autre cri, qui est court et
réitéré subitement ; au lieu que le rugissement
est un cri prolongé, une espèce de grondement
d'un ton grave, mêlé d'un frémissement plus aigu ;
il rugit cinq ou six fois par jour, et plus souvent
lorsqu'il doit tomber de la pluie. Le cri qu'il fait
lorsqu'il est en colère est encore plus terrible que
le rugissement : alors il se bat les flancs de sa
queue[1], il en bat la terre, il agite sa crinière, fait
mouvoir la peau de sa face, remue ses gros sour-
cils, montre des dents menaçantes, et tire une
langue armée de pointes si dures, qu'elle suffit
seule pour écorcher la peau et entamer la chair
sans le secours des dents ni des ongles, qui sont
après les dents ses armes les plus cruelles. Il est

2. Voyez la Fontaine, l. II, fab. IX.

beaucoup plus fort par la tête, les mâchoires et les jambes de devant, que par les parties postérieures du corps ; il voit la nuit comme les chats ; il ne dort pas longtemps et s'éveille aisément ; mais c'est mal à propos que l'on a prétendu qu'il dormait les yeux ouverts.

La démarche ordinaire du lion est fière, grave et lente, quoique toujours oblique ; sa course ne se fait pas par des mouvements égaux, mais par sauts et par bonds, et ses mouvements sont si brusques, qu'il ne peut s'arrêter à l'instant, et qu'il passe presque toujours son but : lorsqu'il saute sur sa proie, il fait un bond de douze ou quinze pieds, tombe dessus, la saisit avec les pattes de devant, la déchire avec les ongles, et ensuite la dévore avec les dents. Tant qu'il est jeune et qu'il a de la légèreté, il vit du produit de sa chasse, et quitte rarement ses déserts et ses forêts, où il trouve assez d'animaux sauvages pour subsister aisément ; mais lorsqu'il devient vieux, pesant, et moins propre à l'exercice de la chasse, il s'approche des lieux fréquentés, et devient plus dangereux pour l'homme et pour les animaux domestiques ; seulement on a remarqué que, lorsqu'il voit des hommes et des animaux ensemble, c'est toujours sur les animaux qu'il se jette, et jamais sur les hommes, à moins qu'ils ne le frappent ; car alors il reconnaît à merveille celui qui vient de l'offenser, et il quitte sa proie pour se venger. On prétend qu'il préfère la chair du chameau à celle de tous les autres animaux ; il aime aussi beaucoup celle des jeunes éléphants ; ils ne peuvent lui résister lorsque leurs défenses n'ont

pas encore poussé, et il en vient aisément à bout,
à moins que la mère n'arrive à leur secours. L'éléphant, le rhinocéros, le tigre, et l'hippopotame,
sont les seuls animaux qui puissent résister au
lion.

Quelque terrible que soit cet animal, on ne
laisse pas de lui donner la chasse avec des chiens
de grande taille et bien appuyés par des hommes
à cheval ; on le déloge, on le fait retirer ; mais il
faut que les chiens, et même les chevaux, soient
aguerris auparavant, car presque tous les animaux frémissent et s'enfuient à la seule odeur
du lion. Sa peau, quoique d'un tissu ferme et
serré, ne résiste point à la balle, ni même au
javelot ; néanmoins on ne le tue presque jamais
d'un seul coup : on le prend souvent par adresse,
comme nous prenons les loups, en le faisant tomber dans une fosse profonde qu'on recouvre avec
des matières légères, au-dessus desquelles on
attache un animal vivant. Le lion devient doux
dès qu'il est pris, et si l'on profite des premiers
moments de sa surprise ou de sa honte, on peut
l'attacher, le museler, et le conduire où l'on
veut.

Dans ces animaux, toutes les passions, même
les plus douces, sont excessives, et l'amour ma-
ternel est extrême. La lionne, naturellement
moins forte, moins courageuse et plus tranquille
que le lion, devient terrible dès qu'elle a des petits ; elle se montre alors avec encore plus de
hardiesse que le lion, elle ne connaît point le
danger, elle se jette indifféremment sur les hommes et sur les animaux qu'elle rencontre, elle les

met à mort, se charge ensuite de sa proie, la porte et la partage à ses lionceaux, auxquels elle apprend de bonne heure à sucer le sang et à déchirer la chair. D'ordinaire elle met bas dans des lieux très-écartés et de difficile accès, et lorsqu'elle craint d'être découverte, elle cache ses traces en retournant plusieurs fois sur ses pas, ou bien elle les efface avec sa queue; quelquefois même, lorsque l'inquiétude est grande, elle transporte ailleurs ses petits, et quand on veut les lui enlever, elle devient furieuse, et les défend jusqu'à la dernière extrémité.

Le Tigre.

Dans la classe des animaux carnassiers, le lion est le premier, le tigre est le second; et comme le premier, même dans un mauvais genre, est toujours le plus grand et souvent le meilleur, le second est ordinairement le plus méchant de tous. A la fierté, au courage, à la force, le lion joint la noblesse, la clémence, la magnanimité; tandis que le tigre est bassement féroce, cruel sans justice, c'est-à-dire sans nécessité. Il en est de même dans tout ordre de choses où les rangs sont donnés par la force; le premier, qui peut tout, est moins tyran que l'autre, qui ne pouvant jouir de la puissance plénière, s'en venge en abusant du pouvoir qu'il a pu s'arroger. Aussi le tigre est-il plus à craindre que le lion : celui-ci

souvent oublie qu'il est le roi, c'est-à-dire le
plus fort de tous les animaux : marchant d'un pas
tranquille, il n'attaque jamais l'homme, à moins
qu'il ne soit provoqué ; il ne précipite ses pas, il
ne court, il ne chasse que quand la faim le presse.
Le tigre, au contraire, quoique rassasié de chair,
semble toujours être altéré de sang, sa fureur n'a
d'autres intervalles que ceux du temps qu'il faut

pour dresser des embûches ; il saisit et déchire
une nouvelle proie avec la même rage qu'il vient
d'exercer, et non d'assouvir, en dévorant la première ; il désole le pays qu'il habite, il ne craint
ni l'aspect ni les armes de l'homme ; il égorge, il
dévaste les troupeaux d'animaux domestiques,
met à mort toutes les bêtes sauvages, attaque les
petits éléphants, les jeunes rhinocéros, et quelquefois même ose braver le lion.

La forme du corps est ordinairement d'accord avec le naturel. Le lion a l'air noble; la hauteur de ses jambes est proportionnée à la longueur de son corps; l'épaisse et grande crinière qui couvre ses épaules et ombrage sa face, son regard assuré, sa démarche grave, tout semble annoncer sa fière et majestueuse intrépidité. Le tigre trop long de corps, trop bas sur ses jambes, la tête nue, les yeux hagards, la langue couleur de sang, toujours hors de la gueule, n'a que les caractères de la basse méchanceté et de l'insatiable cruauté; il n'a pour tout instinct qu'une rage constante, une fureur aveugle, qui ne connaît, qui ne distingue rien, et qui lui fait souvent dévorer ses propres enfants, et déchirer leur mère lorsqu'elle veut les défendre. Que ne l'eût-il à l'excès cette soif de son sang[1]! ne pût-il l'éteindre qu'en détruisant, dès leur naissance, la race entière des monstres qu'il produit!

Heureusement pour le reste de la nature, l'espèce n'en est pas nombreuse, et paraît confinée aux climats les plus chauds de l'Inde orientale. Elle se trouve au Malabar, à Siam, au Bengale[2], dans les mêmes contrées qu'habitent l'éléphant et le rhinocéros; il fréquente les bords des fleuves et des lacs; car comme le sang ne fait que l'altérer, il a souvent besoin d'eau pour tempérer l'ardeur qui le consume; et d'ailleurs il attend près des eaux les animaux qui y arrivent, et que la chaleur du climat contraint d'y venir plusieurs

1. Ellipse peu agréable et peu correcte. Rem. la part trop grande faite au sentiment dans ce passage.

2. Buffon a prévenu, au début, que le vrai tigre est celui des Indes orientales.

fois chaque jour : c'est là qu'il choisit sa proie, ou plutôt qu'il multiplie ses massacres ; car souvent il abandonne les animaux qu'il vient de mettre à mort pour en égorger d'autres ; il semble qu'il cherche à goûter de leur sang, il le savoure, il s'en enivre ; et lorsqu'il leur fend et déchire le corps, c'est pour y plonger la tête et pour sucer à longs traits le sang dont il vient d'ouvrir la source, qui tarit presque toujours avant que sa soif ne s'éteigne[1].

Le tigre est peut-être le seul de tous les animaux dont on ne puisse fléchir le naturel : ni la force, ni la contrainte, ni la violence ne peuvent le dompter. Il s'irrite des bons comme des mauvais traitements ; la douce habitude qui peut tout, ne peut rien sur cette nature de fer ; le temps, loin de l'amollir en tempérant les humeurs féroces, ne fait qu'aigrir le fiel de sa rage : il déchire la main qui le nourrit comme celle qui le frappe ; il rugit à la vue de tout être vivant chaque objet lui paraît une nouvelle proie, qu'il dévore d'avance de ses regards avides, qu'il menace par des frémissements affreux mêlés d'un grincement de dents, et vers lequel il s'élance souvent, malgré les chaînes et les grilles qui brisent sa fureur sans pouvoir la calmer.

---

1. « Le tigre déchire sa proie, t dort ; l'homme devient homi-cide, et veille. »

(Chateaubriand.)

La Panthère.

La panthère a l'air féroce, l'œil inquiet, le regard cruel, les mouvements brusques, et le cri semblable à celui d'un dogue en colère ; elle a même la voix plus forte et plus rauque que le chien irrité. Elle a la langue rude et très-rouge, les dents fortes et pointues, les ongles aigus et durs ; la peau belle, d'un fauve plus ou moins foncé, semée de taches noires arrondies en anneaux ou réunies en forme de roses ; le poil court ; la queue marquée de grandes taches noires au-dessus, et d'anneaux noirs et blancs vers l'extrémité. La panthère est de la taille et de la tournure d'un dogue de forte race, mais moins haute de jambes.

On la dompte plutôt qu'on ne l'apprivoise ; jamais elle ne perd en entier son caractère féroce ; et lorsqu'on veut s'en servir pour la chasse, il faut beaucoup de soins pour la dresser, et encore plus de précautions pour la conduire et l'exercer. On la mène sur une charrette, enfermée dans une cage dont on lui ouvre la porte lorsque le gibier paraît : elle s'élance vers la bête, l'atteint ordinairement en trois ou quatre sauts, la terrasse et l'étrangle ; mais si elle manque son coup, elle devient furieuse, et se jette quelquefois sur son maître, qui d'ordinaire prévient ce danger en portant avec lui des morceaux de viande ou des animaux vivants, comme des agneaux, des chevreaux, dont il lui en jette un pour calmer sa fureur.

Ces animaux en général se plaisent dans les forêts touffues, et fréquentent souvent les bords des fleuves et les environs des habitations isolées, où ils cherchent à surprendre les animaux domestiques et les bêtes sauvages qui viennent chercher les eaux. Ils se jettent rarement sur les hommes, quand même ils seraient provoqués. Ils grimpent aisément sur les arbres, où ils suivent les chats sauvages et les autres animaux qui ne peuvent

leur échapper. Quoiqu'ils ne vivent que de proie et qu'ils soient ordinairement fort maigres, les voyageurs prétendent que leur chair n'est pas mauvaise à manger ; les Indiens et les Nègres la trouvent bonne : mais il est vrai qu'ils trouvent celle du chien encore meilleure, et qu'ils s'en régalent comme si c'était un mets délicieux. A l'égard de leurs peaux, elles sont précieuses et font de très-belles fourrures.

Le Loup.

Le loup est l'un de ces animaux dont l'appétit pour la chair est le plus véhément ; et quoique avec ce goût il ait reçu de la nature les moyens de le satisfaire, qu'elle lui ait donné des armes, de la ruse, de l'agilité, de la force, tout ce qui est nécessaire en un mot pour trouver, attaquer, vaincre, saisir et dévorer sa proie, cependant il meurt souvent de faim, parce que l'homme lui ayant déclaré la guerre, l'ayant même proscrit en mettant sa tête à prix, le force à fuir, à demeurer dans les bois, où il ne trouve que quelques animaux sauvages qui lui échappent par la vitesse de leur course, et qu'il ne peut surprendre que par hasard ou par patience, en les attendant longtemps, et souvent en vain, dans les endroits où ils doivent passer. Il est naturellement grossier et poltron[1], mais il devient ingénieux par besoin, et hardi par nécessité ; pressé par la famine, il brave le danger, vient attaquer les animaux qui sont sous la garde de l'homme, ceux surtout qu'il peut emporter aisément, comme les agneaux, les petits chiens, les chevreaux ; et lorsque cette maraude lui réussit, il revient souvent à la charge, jusqu'à ce qu'ayant été blessé ou chassé, et mal-

---

1. C'est le loup de la légende du moyen âge et de la fable ; Buffon a raison d'atténuer immédiatement cette épithète. Comme plus haut à propos du tigre, comme plus loin dans l'article du vautour, Buffon se laisse trop influencer par l'impression antipathique qu'un animal lui produit à première vue.

traité par les hommes et les chiens, il se recèle
pendant le jour dans son fort, n'en sort[1] que la
nuit, parcourt la campagne, rôde autour des habitations, ravit les animaux abandonnés, vient attaquer les bergeries, gratte et creuse la terre sous
les portes, entre furieux, met tout à mort avant

de choisir et d'emporter sa proie. Lorsque ces
courses ne lui produisent rien, il retourne au fond
des bois, se met en quête, cherche, suit à la piste,
chasse, poursuit les animaux sauvages, dans l'es-

1. Rem. cet indicatif très-rare après *Jusqu'à ce que....* « Le sang enivre le soldat : jusqu'à ce que le grand prince, qui ne put voir égorger ces lions comme de timides brebis, *calma* les courages émus.... » (Bossuet, *Orais. fun. de Condé.*)

pérance qu'un autre loup pourra les arrêter, les saisir dans leur fuite, et qu'ils en partageront la dépouille. Enfin, lorsque le besoin est extrême, il s'expose à tout, attaque les femmes et les enfants, se jette même quelquefois sur les hommes, devient furieux par ces excès, qui finissent ordinairement par la rage et la mort.

Le loup, tant à l'extérieur qu'à l'intérieur, ressemble si fort au chien, qu'il paraît être modelé sur la même forme ; cependant il n'offre tout au plus que le revers de l'empreinte, et ne présente les mêmes caractères que sous une face entièrement opposée : si la forme est semblable, ce qui en résulte est bien contraire ; le naturel est si différent, que non-seulement ils sont incompatibles, mais antipathiques par nature, ennemis par instinct. Un jeune chien frissonne au premier aspect du loup ; il fuit à l'odeur seule, qui, quoique nouvelle, inconnue, lui répugne si fort, qu'il vient en tremblant se ranger entre les jambes de son maître : un mâtin qui connaît ses forces se hérisse, s'indigne, l'attaque avec courage, tâche de le mettre en fuite, et fait tous ses efforts pour se délivrer d'une présence qui lui est odieuse ; jamais ils ne se rencontrent sans se fuir ou sans combattre, et combattre à outrance jusqu'à ce que la mort suive. Si le loup est le plus fort, il déchire, il dévore sa proie ; le chien, au contraire, plus généreux, se contente de la victoire, et ne trouve pas *que le corps d'un ennemi sente bon*[1], il l'abandonne pour servir de pâture aux

---

1. Mot attribué à Charles IX et à Vitellius.

corbeaux, et même aux autres loups ; car ils s'entre-dévorent[1] ; et lorsqu'un loup est grièvement blessé, les autres le suivent au sang et s'attroupent pour l'achever.

Le chien, même sauvage, n'est pas d'un naturel farouche ; il s'apprivoise aisément, s'attache, et demeure fidèle à son maître. Le loup pris jeune se prive, mais ne s'attache point, la nature est plus forte que l'éducation ; il reprend avec l'âge son caractère féroce, et retourne, dès qu'il le peut, à son état sauvage. Les chiens, même les plus grossiers, cherchent la compagnie des autres animaux ; ils sont naturellement portés à les suivre, à les accompagner, et c'est par instinct seul, et non par éducation, qu'ils savent conduire et garder les troupeaux. Le loup est au contraire l'ennemi de toute société ; il ne fait pas même compagnie à ceux de son espèce : lorsqu'on les voit plusieurs ensemble, ce n'est point une société de paix, c'est un attroupement de guerre, qui se fait à grand bruit avec des hurlements affreux, et qui dénote un projet d'attaquer quelque gros animal, comme un cerf, un bœuf, ou de se défaire de quelque redoutable mâtin. Dès que leur expédition militaire est consommée, ils se séparent et retournent en silence à leur solitude.

Le loup a beaucoup de force, surtout dans les parties antérieures du corps, dans les muscles du col et de la mâchoire. Il porte avec sa gueule un mouton, sans le laisser toucher à terre, et court

1. Rare ; le proverbe a généralement raison.

en même temps plus vite que les bergers, en
sorte qu'il n'y a que les chiens qui puissent l'atteindre et lui faire lâcher prise. Il mord cruelle-
ment, et toujours avec d'autant plus d'acharnement qu'on lui résiste moins ; car il prend des
précautions avec les animaux qui peuvent se défendre. Il craint pour lui, et ne se bat que par
nécessité, et jamais par un mouvement de courage : lorsqu'on le tire et que la balle lui casse
quelque membre, il crie ; et cependant, lorsqu'on
l'achève à coups de bâton, il ne se plaint pas
comme le chien ; il est plus dur, moins sensible,
plus robuste : il marche, court, rôde des jours entiers et des nuits ; il est infatigable, et c'est peut-
être de tous les animaux le plus difficile à forcer
à la course[1]. Le chien est doux et courageux ; le
loup, quoique féroce, est timide. Lorsqu'il tombe
dans un piége, il est si fort et si longtemps épou-
vanté, qu'on peut ou le tuer sans qu'il se dé-
fende, ou le prendre vivant sans qu'il résiste ; on
peut lui mettre un collier, l'enchaîner, le museler, le conduire ensuite partout où l'on veut, sans
qu'il ose donner le moindre signe de colère, ou
même de mécontentement. Le loup a les sens
très-bons, l'œil, l'oreille, et surtout l'odorat ; il
sent souvent de plus loin qu'il ne voit ; l'odeur
du carnage l'attire de plus d'une lieue ; il sent
aussi de loin les animaux vivants, il les chasse
même assez longtemps en les suivant aux portées[2]. Lorsqu'il veut sortir du bois, jamais il ne
manque de prendre le vent ; il s'arrête sur la li-

---

1. Voyez Toussenel, *Esprit des bêtes*.

2. Branches brisées par l'animal qui fuit, et plus particu-

sière, évente de tous côtés, et reçoit ainsi les émanations des corps morts ou vivants que le vent lui apporte de loin. Il préfère la chair vivante à la chair morte, et cependant il dévore les voiries [1] les plus infectes. Il aime la chair humaine, et peut-être, s'il était le plus fort, n'en mangerait-il pas d'autre. On a vu des loups suivre les armées, arriver en nombre à des champs de bataille où l'on n'avait enterré que négligemment les corps, les découvrir, les dévorer avec une insatiable avidité ; et ces mêmes loups, accoutumés à la chair humaine, se jeter ensuite sur les hommes, attaquer le berger plutôt que le troupeau, dévorer des femmes, emporter des enfants, etc. L'on a appelé ces mauvais loups *loups garoux*[2], c'est-à-dire loups dont il faut se garer.

Désagréable en tout, la mine basse, l'aspect sauvage, la voix effrayante, l'odeur insupportable, le naturel pervers, les mœurs féroces, le loup est odieux, nuisible de son vivant, inutile après sa mort.

lièrement par la tête du cerf.

1. Ce mot, employé d'ordinaire pour désigner les dépôts des débris des villes, signifie aussi quelquefois, comme ici, débris d'animaux morts.

2. L'étymologie de Buffon ferait sourire aujourd'hui. « *Loup-garou*, dans la mythologie du moyen âge, homme qui erre la nuit transformé en loup : *ga-rou*, qui est dans notre ancienne langue *garoul*, vient de *gerulphus* (bas-lat.). *Gerulphus* est d'origine germanique et représente le suédois *varulf*, lequel est composé de *var* (homme) et *ulf* (loup), et signifie proprement homme-loup. » (Brachet, *Dictionnaire étymologique de la langue française*.) — Aujourd'hui on écrit *loups-garous*.

Le Renard.

Le renard[1] est fameux par ses ruses, et mérite en partie sa réputation ; ce que le loup ne fait que par la force, il le fait par adresse, et réussit plus souvent. Sans chercher à combattre les chiens ni les bergers, sans attaquer les troupeaux, sans traîner les cadavres, il est plus sûr de vivre. Il emploie plus d'esprit que de mouvement ; ses ressources semblent être en lui-même : ce sont, comme l'on sait, celles qui manquent le moins. Fin autant que circonspect, ingénieux et prudent, même jusqu'à la patience, il varie sa conduite ; il a des moyens de réserve qu'il sait n'employer qu'à propos. Il veille de près à sa conservation ; quoique aussi infatigable, et même plus léger que le loup, il ne se fie pas entièrement à la vitesse de sa course, il sait se mettre en sûreté en se pratiquant un asile où il se retire dans les dangers pressants, où il s'établit, où il élève ses petits : il n'est point animal vagabond, mais animal domicilié.

Cette différence, qui se fait sentir même parmi les hommes, a de bien plus grands effets, et suppose de bien plus grandes causes parmi les animaux. L'idée seule du domicile présuppose une attention singulière sur soi-même ; ensuite le choix du lieu, l'art de faire son manoir, de le rendre commode, d'en dérober l'entrée, sont au-

1. Regnard, surnom du Goupil (vulpeculus) dans le roman de | Renard, vient d'un mot germanique, qui signifie *rusé et cruel.*

tant d'indices d'un sentiment[1] supérieur. Le renard en est doué, et tourne tout à son profit ; il se loge au bord des bois, à portée des hameaux ; il écoute le chant des coqs et le cri des volailles ; il les savoure de loin, il prend habilement son temps, cache son dessein et sa marche, se glisse, se traîne, arrive, et fait rarement des tentatives inutiles. S'il peut franchir les clôtures, ou passer

par-dessous, il ne perd pas un instant, il ravage la basse-cour, il y met tout à mort, se retire ensuite lestement en emportant sa proie, qu'il cache sous la mousse ou porte à son terrier ; il revient quelques moments après en chercher une autre, qu'il emporte et cache de même, mais dans un autre endroit, ensuite une troisième, une quatrième, etc , jusqu'à ce que le jour ou le mouvement dans la maison l'avertisse qu'il faut se retirer et ne plus revenir. Il fait la même manœuvre

1. Instinct.

dans les pipées[1] et dans les boqueteaux[2] où l'on prend les grives et les bécasses au lacet ; il devance le pipeur, va de très-grand matin, et souvent plus d'une fois par jour, visiter les lacets, les gluaux, emporte successivement les oiseaux qui se sont empêtrés, les dépose tous en différents endroits, surtout au bord des chemins, dans les ornières, sous de la mousse, sous un genièvre, les y laisse quelquefois deux ou trois jours, et sait parfaitement les retrouver au besoin. Il chasse les jeunes levrauts en plaine, saisit quelquefois les lièvres au gîte, ne les manque jamais lorsqu'ils sont blessés, déterre les lapereaux dans les garennes, découvre les nids de perdrix, de cailles, prend la mère sur les œufs, et détruit une quantité prodigieuse de gibier. Le loup nuit plus au paysan, le renard nuit plus au gentilhomme[3]

La chasse du renard demande moins d'appareil que celle du loup ; elle est plus facile et plus amusante. Tous les chiens ont de la répugnance pour le loup, tous les chiens au contraire chassent le renard volontiers, et même avec plaisir : car quoiqu'il ait l'odeur très-forte, ils le préfèrent souvent au cerf, au chevreuil et au lièvre.

Pour détruire les renards, il est encore plus commode de tendre des piéges, où l'on met de la chair pour appât, un pigeon, une volaille vivante, etc. Je fis un jour suspendre à neuf pieds de hauteur, sur un arbre, les débris d'une halte

---

1. Branches enduites de glu pour prendre les oiseaux.

2. Diminutif de *bosquel.*—*Boquillon* (la Font., V, 1), mot picard pour *bûcheron*, a pour racine première *bois*, comme *bosquet.*

3. Voyez la chasse, p. 143-146.

de chasse, de la viande, du pain, des os ; dès la première nuit les renards s'étaient si fort exercés à sauter, que le terrain autour de l'arbre était battu comme une aire de grange. Le renard est aussi vorace que carnassier ; il mange de tout avec une égale avidité, des œufs, du lait, du fromage, des fruits, et surtout des raisins [1] : lorsque les levrauts et les perdrix lui manquent, il se rabat sur les rats, les mulots, les serpents, les lézards, les crapauds, etc.; il en détruit un grand nombre ; c'est là le seul bien qu'il procure. Il est très-avide de miel : il attaque les abeilles sauvages, les guêpes, les frelons, qui d'abord tâchent de le mettre en fuite, en le perçant de mille coups d'aiguillon ; il se retire en effet, mais c'est en se roulant pour les écraser, et il revient si souvent à la charge, qu'il les oblige à abandonner le guêpier ; alors il le déterre, et en mange et le miel et la cire. Il prend aussi les hérissons, les roule avec ses pieds, et les force à s'étendre. Enfin il mange du poisson, des écrevisses, des hannetons, des sauterelles, etc....

Le renard a les sens aussi bons que le loup, le sentiment plus fin, et l'organe de la voix plus souple et plus parfait. Le loup ne se fait entendre que par des hurlements affreux ; le renard glapit, aboie, et pousse un son triste, semblable au cri du paon ; il a des tons différents selon les sentiments différents dont il est affecté ; il a la voix de la chasse, l'accent du désir, le son du murmure, le ton plaintif de la tristesse, le cri de la

---

1. Douteux, malgré la Fontaine.

douleur, qu'il ne fait jamais entendre qu'au moment où il reçoit un coup de feu qui lui casse quelque membre ; car il ne crie point pour toute autre blessure, et il se laisse tuer à coups de bâton, comme le loup, sans se plaindre, mais toujours en se défendant avec courage. Il mord dangereusement, opiniâtrément, et l'on est obligé de se servir d'un ferrement ou d'un bâton pour le faire démordre. Son glapissement est une espèce d'aboiement qui se fait par des sons semblables et très-précipités. C'est ordinairement à la fin du glapissement qu'il donne un coup de voix plus fort, plus élevé, et semblable au cri du paon. En hiver, surtout pendant la neige et la gelée, il ne cesse de donner de la voix, et il est au contraire presque muet en été. C'est dans cette saison que son poil tombe et se renouvelle. L'on fait peu de cas de la peau des jeunes renards, ou des renards pris en été[1]. La chair du renard est moins mauvaise que celle du loup ; les chiens, et même les hommes en mangent en automne, surtout lorsqu'il s'est nourri et engraissé de raisins, et sa peau d'hiver fait de bonnes fourrures. Il a le sommeil profond, on l'approche aisément sans l'éveiller : lorsqu'il dort, il se met en rond comme les chiens ; mais lorsqu'il ne fait que se reposer, il étend les jambes de derrière, et demeure étendu sur le ventre : c'est dans cette posture qu'il épie les oiseaux le long des haies. Ils ont pour lui une si grande antipathie, que dès qu'ils l'aperçoivent ils font un petit cri d'avertissement ;

---

1. Il en est généralement ainsi de tous les animaux qui ont une fourrure, parce que leurs poils tombent en partie en été.

les geais, les merles surtout, le conduisent du haut des arbres, répètent souvent le petit cri d'avis, et le suivent quelquefois à plus de deux ou trois cents pas.

L'Ours.

L'ours est non-seulement sauvage, mais solitaire; il fuit par instinct toute société; il s'éloi-

gne des lieux où les hommes ont accès; il ne se trouve à son aise que dans les endroits qui appartiennent encore à la vieille nature : une caverne antique dans des rochers inaccessibles, une grotte formée par le temps dans le tronc d'un vieux arbre, au milieu d'une épaisse forêt, lui servent de domicile; il s'y retire seul, y passe une partie de l'hiver sans provisions, sans en sortir pendant plusieurs semaines. Cependant il n'est point engourdi ni privé de sentiment, comme le loir ou la marmotte; mais comme il est naturellement gras, et qu'il l'est excessivement sur la fin de l'automne, temps auquel il se recèle, cette abondance de graisse lui fait supporter l'abstinence, et il ne sort de sa bauge que lorsqu'il se sent affamé.

La voix de l'ours est un grondement, un gros murmure, souvent mêlé d'un frémissement de dents qu'il fait surtout entendre lorsqu'on l'irrite; il est très-susceptible de colère, et sa colère tient toujours de la fureur, et souvent du caprice : quoiqu'il paraisse doux pour son maître, et même obéissant lorsqu'il est apprivoisé, il faut toujours s'en défier, et le traiter avec circonspection, surtout ne le pas frapper au bout du nez. On lui apprend à se tenir debout, à gesticuler, à danser; il semble même écouter le son des instruments, et suivre grossièrement la mesure; mais pour lui donner cette espèce d'éducation, il faut le prendre jeune, et le contraindre pendant toute sa vie. L'ours qui a de l'âge ne s'apprivoise ni ne se contraint plus : il est naturellement intrépide, ou tout au moins indifférent au danger. L'ours sauvage ne se détourne pas de son chemin, ne fuit pas à l'aspect de l'homme; cependant on prétend que par un coup de sifflet on le surprend, on l'étonne au point qu'il s'arrête et se lève sur ses pieds de derrière : c'est le temps qu'il faut prendre pour le tirer, et tâcher de le tuer; car s'il n'est que blessé, il vient de furie se jeter sur le tireur, et l'embrassant des pattes de devant, il l'étoufferait s'il n'était secouru.

L'Hippopotame.

Avec de puissantes armes et une force prodigieuse de corps, l'hippopotame pourrait se rendre
redoutable à tous les animaux; mais il est naturellement doux : il est d'ailleurs si pesant et si
lent à la course, qu'il ne pourrait attraper aucun
des quadrupèdes. Il nage plus vite qu'il ne court;

il chasse le poisson et en fait sa proie; il se plaît
dans l'eau, et y séjourne aussi volontiers que sur
la terre. Cependant il n'a pas, comme le castor ou
la loutre, des membranes entre les doigts des
pieds, et il paraît qu'il ne nage aisément que par
la grande capacité de son ventre, qui fait que,
volume pour volume, il est à peu près d'un poids
égal à l'eau; d'ailleurs il se tient au fond de l'eau
et y marche comme en plein air, et, lorsqu'il en
sort pour paître, il mange des cannes de sucre,
des joncs, du millet, du riz, des racines, etc. Il
en consomme et détruit une grande quantité, et

il fait beaucoup de dommage dans les terres cultivées; mais, comme il est plus timide sur la terre que dans l'eau, on vient aisément à bout de l'écarter. Il a les jambes si courtes, qu'il ne pourrait échapper par la fuite, s'il s'éloignait du bord des eaux; sa ressource, lorsqu'il est en danger, est de se jeter à l'eau, de s'y plonger, et de faire un grand trajet avant de reparaître. Il fuit ordinairement lorsqu'on le chasse; mais si l'on vient à le blesser, il s'irrite, et, se retournant avec fureur, se lance contre les barques, les saisit avec les dents, en enlève souvent des pièces et quelquefois les submerge. Cet animal n'est en grand nombre que dans quelques endroits; il paraît même que l'espèce en est confinée à des climats particuliers, et qu'elle ne se trouve guère que dans les fleuves de l'Afrique. Le climat que l'hippopotame habite ne s'étend guère que du Sénégal à l'Éthiopie, et de là jusqu'au cap de Bonne-Espérance.

L'Unau et l'Aï.

Autant la nature nous a paru vive, agissante, exaltée dans les singes, autant elle est lente, contrainte et resserrée dans ces paresseux; et c'est moins paresse que misère; c'est défaut, c'est dénûment, c'est vice dans la conformation : point de dents incisives ni canines, les yeux obscurs et couverts, la mâchoire aussi lourde qu'épaisse, le poil plat et semblable à de l'herbe

séchée, les cuisses mal emboîtées et presque hors
des hanches, les jambes trop courtes, mal tour-
nées, et encore plus mal terminées; point d'as-
siette de pied, point de pouces, point de doigts
séparément mobiles; mais deux ou trois ongles
excessivement longs, recourbés en dessous, qui
ne peuvent se mouvoir qu'ensemble, et nuisent
plus à marcher qu'ils ne servent à grimper : la

lenteur, la stupidité, l'abandon de son être, et
même la douleur habituelle, résultant de cette
conformation bizarre et négligée; point d'armes
pour attaquer ou se défendre; nul moyen de sécurité, pas même en grattant la terre; nulle ressource de salut dans la fuite; confinés, je ne dis
pas au pays, mais à la motte de terre, à l'arbre
sous lequel ils sont nés; prisonniers au milieu de

l'espace, ne pouvant parcourir qu'une toise en
une heure ; grimpant avec peine, se traînant avec
douleur, une voix plaintive et par accents entre-
coupés qu'ils n'osent élever que la nuit : tout'annonce leur misère, tout nous rappelle ces monstres
par défaut, ces ébauches imparfaites mille fois
projetées, exécutées par la nature, qui, ayant à
peine la faculté d'exister, n'ont dû subsister
qu'un temps, et ont été depuis effacées de la liste
des êtres ; et en effet, si les terres qu'habitent et
l'unau et l'aï n'étaient pas des déserts, si les
hommes et les animaux puissants s'y fussent anciennement multipliés, ces espèces ne seraient
pas parvenues jusqu'à nous, elles eussent été
détruites par les autres, comme elles le seront un
jour. Nous avons dit qu'il semble que tout ce qui
peut être, est ; ceci paraît en être un indice frappant ; ces paresseux font le dernier terme de
l'existence dans l'ordre des animaux qui ont de
la chair et du sang ; une défectuosité de plus les
aurait empêchés de subsister....

Ces pauvres animaux, réduits à vivre de feuilles
et de fruits sauvages, consument du temps à se
traîner au pied d'un arbre ; il leur en faut encore
beaucoup pour grimper jusqu'aux branches ; et
pendant ce lent et triste exercice, qui dure quelquefois plusieurs jours, ils sont obligés de supporter la faim, et peut-être de souffrir le plus
pressant besoin : arrivés sur leur arbre, ils n'en
descendent plus, ils s'accrochent aux branches,
ils le dépouillent par parties, mangent successivement les feuilles de chaque rameau, passent
ainsi plusieurs semaines sans pouvoir délayer par

aucune boisson cette nourriture aride ; et lorsqu'ils ont ruiné leur fonds, et que l'arbre est
entièrement nu, ils y restent encore retenus par
l'impossibilité d'en descendre ; enfin, quand le
besoin se fait de nouveau sentir, qu'il presse et
qu'il devient plus vif que la crainte du danger
de la mort, ne pouvant descendre, ils se laissent
tomber, et tombent très-lourdement comme un
bloc, une masse sans ressort ; car leurs jambes
raides et paresseuses n'ont pas le temps de s'é-
tendre pour rompre le coup.

La Chauve-Souris.

Quoique tout soit également parfait en soi,
puisque tout est sorti des mains du Créateur, il
est cependant, relativement à nous, des êtres accomplis, et d'autres qui semblent être imparfaits
ou difformes. Les premiers sont ceux dont la
figure nous paraît agréable et complète, parce que
toutes les parties sont bien ensemble, que le corps
et les membres sont proportionnés, les mouvements assortis, toutes les fonctions faciles et
naturelles. Les autres, qui nous paraissent hideux,
sont ceux dont les qualités nous sont nuisibles,
ceux dont la nature s'éloigne de la nature commune, et dont la forme est trop différente des
formes ordinaires desquelles nous avons reçu les
premières sensations, et tiré les idées qui nous
servent de modèles pour juger. Une tête humaine

sur un cou de cheval, le corps couvert de plumes et terminé par une queue de poisson [1], n'offrent un tableau d'une énorme [2] difformité que parce qu'on y réunit ce que la nature a de plus éloigné. Un animal qui, comme la chauve-souris, est à demi quadrupède, à demi volatile [3], et qui n'est en tout ni l'un ni l'autre, est, pour ainsi dire, un être monstre, en ce que, réunissant les attributs de deux genres si différents, il ne ressemble à aucun des modèles que nous offrent les classes de la nature : il n'est qu'imparfaitement quadrupède, et il est encore plus imparfaitement oiseau. Un quadrupède doit avoir quatre pieds, un oiseau a des plumes et des ailes; dans la chauve-souris les pieds de devant ne sont ni des pieds ni des ailes, quoiqu'elle s'en serve pour voler, et qu'elle puisse aussi s'en servir pour se traîner : ce sont en effet des extrémités difformes, dont les os sont monstrueusement allongés, et réunis par une membrane qui n'est couverte ni de plumes, ni même de poils, comme le reste du corps : ce sont des espèces d'ailerons, ou, si l'on veut, des pattes ailées, où l'on ne voit que l'ongle d'un pouce court, et dont les quatre autres doigts très-longs ne peuvent agir qu'ensemble, et n'ont point de mouvements propres, ni de fonctions séparées; ce sont des espèces de mains dix fois plus grandes que les pieds, et en tout quatre fois plus longues que le corps entier de l'animal; ce sont, en un

1. Traduction libre des quatre premiers vers de l'*Art poétique*, d'Horace.

2. Dans le sens étymologique, *e norma*.

3. Je suis oiseau : voyez mes
[ailes...
Je suis souris : vivent les
[rats!
(La Fontaine, II, f. v.)

mot, des parties qui ont plutôt l'air d'un caprice que d'une production régulière. Cette membrane couvre les bras, forme les ailes ou les mains de l'animal, se réunit à la peau de son corps, et enveloppe en même temps ses jambes, et même sa queue, qui, par cette jonction bizarre, devient, pour ainsi dire, l'un de ses doigts. Ajoutez à ces disparates et à ces disproportions du corps et des

membres, les difformités de la tête, qui souvent sont encore plus grandes; car, dans quelques espèces, le nez est à peine visible, les yeux sont enfoncés tout près de la conque de l'oreille, et se confondent avec les joues; dans d'autres, les oreilles sont aussi longues que le corps, ou bien la face est tortillée en forme de fer à cheval, et le nez recouvert par une espèce de crête : la plupart ont la tête surmontée par quatre oreillons; toutes ont les yeux petits, obscurs et couverts, le nez ou

plutôt les naseaux informes, la gueule fendue de
l'une à l'autre oreille; toutes aussi cherchent à se
cacher, fuient la lumière, n'habitent que les lieux
ténébreux, n'en sortent que la nuit, y rentrent
au point du jour pour y demeurer collées contre
les murs. Leur mouvement dans l'air est moins
un vol qu'une espèce de voltigement incertain,
qu'elles semblent n'exécuter que par effort et
d'une manière gauche : elles s'élèvent de terre
avec peine; elles ne volent jamais à une grande
hauteur; elles ne peuvent qu'imparfaitement précipiter, ralentir, ou même diriger leur vol : il
n'est ni très-rapide ni bien direct; il se fait par
des vibrations brusques dans une direction
oblique et tortueuse : elles ne laissent pas de
saisir en passant les moucherons, les cousins, et
surtout les papillons phalènes qui ne volent que
la nuit; elles les avalent, pour ainsi dire, tout
entiers.

OISEAUX DE PROIE

Notions générales.

On pourrait dire, absolument parlant, que
presque tous les oiseaux vivent de proie, puisque presque tous recherchent et prennent les
insectes, les vers et les autres petits animaux
vivants : mais je n'entends ici par oiseaux de proie
que ceux qui se nourrissent de chair et font la

guerre aux autres oiseaux, et en les comparant
aux quadrupèdes carnassiers, je trouve qu'il y en
a proportionnellement beaucoup moins. Et encore
y en a-t-il plusieurs, tels que les milans, les
buses et les corbeaux, qui se nourrissent plus
volontiers de cadavres que d'animaux vivants ; en
sorte qu'il n'y a pas une quinzième partie du
nombre total des oiseaux qui soient carnassiers,
tandis que dans les quadrupèdes il y en a plus du
tiers.

Ces oiseaux ont tous pour habitude naturelle et
commune le goût de la chasse et l'appétit de la
proie, le vol très-élevé, l'aile et la jambe fortes,
la vue très-perçante, la tête grosse, la langue
charnue, l'estomac simple et membraneux, les intestins moins amples et plus courts que les autres
oiseaux ; ils habitent de préférence les lieux solitaires, les montagnes désertes, et font communément leur nid dans les trous des rochers ou sur
les plus hauts arbres ; l'on en trouve plusieurs
espèces dans les deux continents, quelques-uns
même ne paraissent pas avoir de climat fixe et
bien déterminé ; enfin ils ont encore pour caractères généraux et communs le bec crochu, les
quatre doigts à chaque pied, tous quatre bien séparés ; mais on distinguera toujours un aigle
d'un vautour par un caractère évident ; l'aigle a la
tête couverte de plumes, au lieu que le vautour
l'a nue et garnie d'un simple duvet ; et on les distinguera tous deux des éperviers, buses, milans et
faucons par un autre caractère qui n'est pas difficile à saisir, c'est que le bec de ces derniers
oiseaux commence à se courber dès son insertion,

tandis que le bec des aigles et des vautours commence par une partie droite, et ne prend de la courbure qu'à quelque distance de son origine.

Tous les oiseaux de proie ont plus de dureté dans le naturel et plus de férocité que les autres oiseaux; non-seulement ils sont les plus difficiles de tous à priver, mais ils ont encore presque tous, plus ou moins, l'habitude dénaturée de chasser leurs petits hors du nid bien plus tôt que les autres, et dans le temps qu'ils leur devraient encore des soins et des secours pour leur subsistance. Cette cruauté, comme toutes les autres duretés naturelles, n'est produite que par un sentiment encore plus dur, qui est le besoin pour soi-même et la nécessité. Tous les animaux qui, par la conformation de leur estomac et de leurs intestins, sont forcés de se nourrir de chair et de vivre de proie, quand même ils seraient nés doux, deviennent bientôt offensifs et méchants par le seul usage de leurs armes, et prennent ensuite de la férocité dans l'habitude des combats; comme ce n'est qu'en détruisant les autres qu'ils peuvent satisfaire à leurs besoins, et qu'ils ne peuvent les détruire qu'en leur faisant continuellement la guerre, ils portent une âme de colère qui influe sur toutes leurs actions, détruit tous les sentiments doux, et affaiblit même la tendresse maternelle; trop pressé de son propre besoin, l'oiseau de proie n'entend qu'impatiemment et sans pitié les cris de ses petits, d'autant plus affamés qu'ils deviennent plus grands; si la chasse se trouve difficile, et que la proie vienne à manquer, il les expulse, les frappe, et quelquefois les tue dans un accès de fureur causée par la misère.

Un autre effet de cette dureté naturelle et acquise est l'insociabilité : les oiseaux de proie, ainsi que les quadrupèdes carnassiers, ne se réunissent jamais les uns avec les autres, ils mènent, comme les voleurs, une vie errante et solitaire. On trouve presque toujours une paire de ces oiseaux dans le même lieu ; mais presque jamais on ne les voit s'attrouper ni même se réunir en famille ; et ceux qui, comme les aigles, sont les plus grands, et ont par cette raison besoin de plus de subsistance, ne souffrent pas même que leurs petits, devenus leurs rivaux, viennent occuper les lieux voisins de ceux qu'ils habitent, tandis que tous les oiseaux et tous les quadrupèdes, qui n'ont besoin pour se nourrir que des fruits de la terre, vivent en famille, cherchent la société de leurs semblables, se mettent en bandes et en troupes nombreuses, et n'ont d'autre querelle, d'autre cause de guerre que celles de l'amour ou de l'attachement pour leurs petits ; car, dans presque tous les animaux, même les plus doux, les femelles prennent de la férocité pour la défense de leurs petits.

L'Aigle.

L'aigle a plusieurs convenances [1] physiques et morales avec le lion : la force, et par conséquent l'empire sur les autres oiseaux, comme le lion sur les quadrupèdes : la magnanimité ; ils dédaignent également les petits animaux et méprisent leurs insultes ; ce n'est qu'après avoir été longtemps provoqué par les cris importuns de la corneille ou de la pie que l'aigle se détermine à les punir de mort ; d'ailleurs il ne veut d'autre bien que celui qu'il conquiert, d'autre proie que celle qu'il prend lui-même : la tempérance ; il ne mange presque jamais son gibier en entier, et il laisse, comme le lion, les débris et les restes aux autres animaux. Quelque affamé qu'il soit, il ne se jette jamais sur les cadavres. Il est encore solitaire comme le lion, habitant d'un désert dont il défend l'entrée et l'usage de la chasse à tous les autres oiseaux ; car il est peut-être plus rare de voir deux paires d'aigles dans la même portion de montagne, que deux familles de lions dans la même partie de forêt ; ils se tiennent assez loin les uns des autres pour que l'espace qu'ils se sont départi leur fournisse une ample subsistance ; ils ne comptent la valeur et l'étendue de leur royaume que par le produit de la chasse. L'aigle a de plus les yeux étincelants et à peu près de la même couleur que ceux du lion, les ongles de la

---

1. C'est le sens propre : *conformité, rapports.*

même forme, l'haleine tout aussi forte, le cri également effrayant. Nés tous deux pour le combat et la proie, ils sont également ennemis de toute société, également féroces, également fiers et difficiles à réduire ; on ne peut les apprivoiser qu'en les prenant tout petits. Ce n'est qu'avec beaucoup de patience et d'art qu'on peut dresser à la chasse

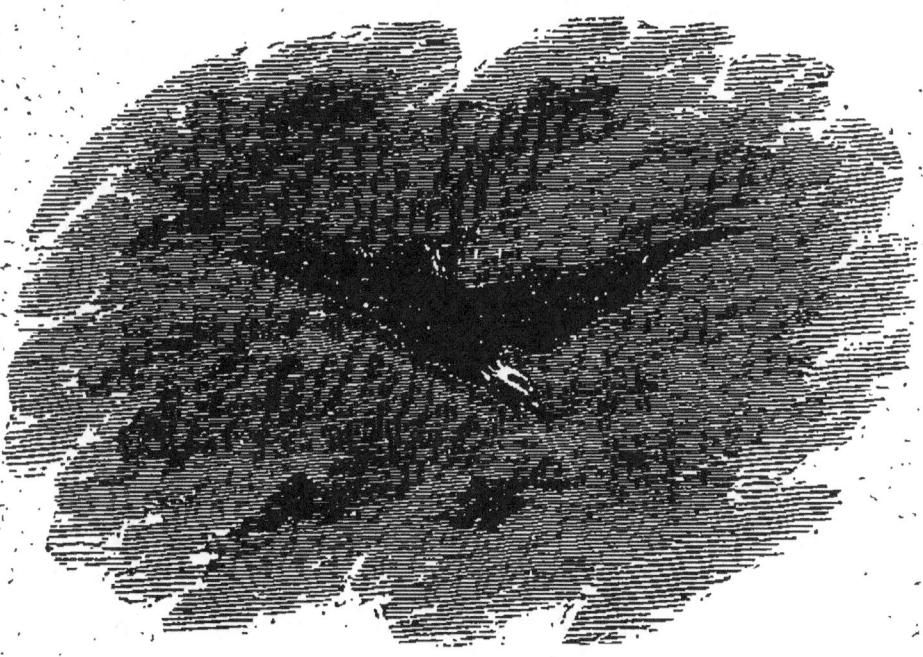

un jeune aigle de cette espèce ; il devient même dangereux pour son maître dès qu'il a pris de la force et de l'âge.

C'est de tous les oiseaux celui qui s'élève le plus haut, et c'est par cette raison que les anciens ont appelé l'aigle *l'oiseau céleste*, et qu'ils le regardaient dans les augures [1] comme le messager de Jupiter.

1. Dans les augures, le vol de l'aigle était regardé comme le

Le Vautour.

L'on a donné aux aigles le premier rang parmi les oiseaux de proie, non parce qu'ils sont plus forts et plus grands que les vautours, mais parce qu'ils sont plus généreux, c'est-à-dire moins bassement cruels ; leurs mœurs sont plus fières, leurs démarches plus hardies, leur courage plus noble, ayant au moins autant de goût pour la guerre que d'appétit pour la proie ; les vautours, au contraire, n'ont que l'instinct de la basse gourmandise et de la voracité ; ils ne combattent guère les vivants que quand ils ne peuvent s'assouvir sur les morts. L'aigle attaque ses ennemis ou ses victimes corps à corps ; seul il les poursuit, les combat, les saisit ; les vautours, au contraire, pour peu qu'ils prévoient de résistance, se réunissent en troupes comme de lâches assassins, et sont plutôt des voleurs que des guerriers, des oiseaux de carnage que des oiseaux de proie ; car, dans ce genre, il n'y a qu'eux qui se mettent en nombre, et plusieurs contre un ; il n'y a qu'eux qui s'acharnent sur les cadavres au point de les déchiqueter jusqu'aux os ; la corruption, l'infection les attire au lieu de les repousser : les éperviers, les faucons et jusqu'aux plus petits oiseaux, montrent plus de courage, car ils chassent seuls, et presque tous dédaignent la chair morte, et refusent celle qui est corrompue : dans les oiseaux

plus favorable ; et c'est pour cela, paraît-il, que les Romains avaient | choisi cet oiseau pour leurs enseignes.

comparés aux quadrupèdes, le vautour semble
réunir la force et la cruauté du tigre, avec la lâcheté et la gourmandise du chacal, qui se met

également en troupes pour dévorer les charognes
et déterrer les cadavres ; tandis que l'aigle a,
comme nous l'avons dit, le courage, la noblesse,
la magnanimité, et la munificence du lion [1].

1. « Nous avons comparé l'aigle au lion, et le vautour au tigre :

Le Faucon.

Le faucon est peut-être l'oiseau dont le **courage** est le plus franc, le plus grand, relativement à

ses forces : il fond sans détour et perpendiculairement sur sa proie; au lieu que l'autour et la

or l'on sait que le lion a la tête et le cou couverts d'une belle crinière, et que le tigre les a, pour ainsi dire, nus en comparaison du lion : il en est de même du vautour; il a la tête et le cou dénués de plumes, tandis que l'aigle les a bien garnis. » *Note de Buffon.* — Voyez la note à l'article du loup, page 196.

plupart des autres arrivent de côté ; aussi prend-
on l'autour avec des filets dans lesquels le faucon
ne s'empêtre jamais ; il tombe à plomb sur l'oiseau victime, exposé au milieu de l'enceinte des
filets, le tue, le mange sur le lieu s'il est gros,
ou l'emporte s'il n'est pas trop lourd, en se relevant à plomb : s'il y a quelque faisanderie dans
son voisinage, il choisit cette proie de préférence ;
on le voit tout à coup fondre sur un troupeau de
faisans, comme s'il tombait des nues, parce qu'il
arrive de si haut, et en si peu de temps, que son
apparition est toujours imprévue et souvent inopinée [1] : on le voit fréquemment attaquer le milan,
soit pour exercer son courage, soit pour lui enlever une proie ; mais il lui fait plutôt la honte
que la guerre, il le traite comme un lâche, le
chasse, le frappe avec dédain, et ne le met point
à mort, parce que le milan se défend mal, et que
probablement sa chair répugne au faucon encore
plus que sa lâcheté ne lui déplaît.

Les Pies-Grièches.

Ces oiseaux, quoique petits, quoique délicats
de corps et de membres, doivent néanmoins par
leur courage, par leur large bec, fort et crochu,
et par leur appétit pour la chair, être mis au rang
des oiseaux de proie, même des plus fiers et des

---

[1] « La mort, qui s'avançait pas à pas, arrive imprévue et inopinée. » (Bossuet, *Exorde* du sermon sur *l'impénitence finale*.) C.-à-d. sans qu'on l'ait *vue* et sans qu'on y ait *pensé d'avance*.

plus sanguinaires ; on est toujours étonné de voir
l'intrépidité avec laquelle une petite pie-grièche
combat contre les pies, les corneilles, les créce-
relles, tous oiseaux beaucoup plus grands et plus
forts qu'elle ; non-seulement elle combat pour se
défendre, mais souvent elle attaque, et toujours
avec avantage, surtout lorsque le couple se réunit

pour éloigner de leurs petits les oiseaux de rapine ; elles n'attendent pas qu'ils approchent, il
suffit qu'ils passent à leur portée pour qu'elles
aillent au-devant ; elles les attaquent à grands
cris, leur font des blessures cruelles, et les chassent
avec tant de fureur, qu'ils fuient souvent sans
oser revenir ; et dans ce combat inégal contre
d'aussi grands ennemis, il est rare de les voir

succomber sous la force, ou se laisser emporter ; il arrive seulement qu'elles tombent quelquefois avec l'oiseau contre lequel elles se sont accrochées avec tant d'acharnement, que le combat ne finit que par la chute et la mort de tous deux : aussi les oiseaux de proie les plus braves les respectent : les milans, les buses, les corbeaux paraissent les craindre et les fuir plutôt que les chercher ; rien dans la nature ne peint mieux la puissance et les droits du courage que de voir ce petit oiseau, qui n'est guère plus gros qu'une alouette, voler de pair avec les éperviers, les faucons et tous les autres tyrans de l'air, sans les redouter, et chasser dans leur domaine, sans crainte d'en être puni ; car, quoique les pies-grièches se nourrissent communément d'insectes, elles aiment la chair de préférence : elles poursuivent au vol tous les petits oiseaux ; on en a vu prendre des perdreaux et de jeunes levrauts ; les grives, les merles, et les autres oiseaux pris au lacet ou au piége, deviennent leur proie la plus ordinaire ; elles les saisissent avec les ongles, leur crèvent la tête avec le bec, leur serrent et déchiquètent le cou, et, après les avoir étranglés ou tués, elles les plument pour les manger, les dépecer à leur aise, et en emporter dans leur nid les débris en lambeaux.

Les Pics.

Les animaux qui vivent des fruits de la terre sont les seuls qui entrent en société : l'abondance

est la base de l'instinct social, de cette douceur
de mœurs et de cette vie paisible qui n'appartient
qu'à ceux qui n'ont aucun motif de se rien disputer. Ils jouissent sans trouble du riche fonds
de subsistance qui les environne; et dans ce grand
banquet de la nature l'abondance du lendemain
est égale à la profusion de la veille. Les autres
animaux, sans cesse occupés à pourchasser une
proie qui les fuit toujours, pressés par le besoin,
retenus par le danger, sans provisions, sans
moyens que leur industrie, sans aucune ressource
que leur activité, ont à peine le temps de se pourvoir, et n'ont guère celui d'aimer. Telle est la
condition de tous les animaux chasseurs; et, à
l'exception de quelques lâches qui s'acharnent
sur une proie morte, et s'attroupent plutôt en
brigands qu'ils ne se rassemblent en amis, tous
les autres se tiennent isolés et vivent solitaires;
chacun est tout à soi; nul n'a de biens ni de sentiments à partager.

Et de tous les oiseaux que la nature force à
vivre de la grande et de la petite chasse, il n'en
est aucun dont elle ait rendu la vie plus labo-
rieuse, plus dure que celle du pic. Elle l'a con-
damné au travail, et pour ainsi dire, à la galère
perpétuelle; tandis que les autres ont pour moyens
la course, le vol, l'embuscade, l'attaque, exercices
libres, où prévalent le courage et l'adresse. Le
pic, assujetti à une tâche pénible, ne peut trouver
sa nourriture qu'en perçant l'écorce et la fibre
dure des arbres qui la recèlent; occupé sans relâche à ce travail de nécessité, il ne connaît ni
délassement ni repos; souvent même il dort et

passe la nuit dans l'attitude contrainte de la besogne du jour ; il ne partage pas les doux ébats des autres habitants de l'air, il n'entre point dans leurs concerts, et n'a que des cris sauvages, dont l'accent plaintif, en troublant le silence des bois, semble exprimer ses efforts et sa peine. Ses mouvements sont brusques, il a l'air inquiet ; les traits et la physionomie rudes, le naturel sauvage et fa-

rouche ; il fuit toute société, même celle de son semblable.

Tel est l'instinct étroit et grossier d'un oiseau borné à une vie triste et chétive. Il a reçu de la nature des organes et des instruments appropriés à cette destinée, ou plutôt il tient cette destinée même des organes avec lesquels il est né. Quatre doigts épais, nerveux, armés de gros ongles arqués, implantés sur un pied très-court et puissamment musclé, lui servent à s'attacher forte-

ment et grimper en tous sens autour du tronc des
arbres. Son bec tranchant, droit, en forme de
coin, carré à sa base, cannelé dans sa longueur,
aplati et taillé verticalement à sa pointe, comme
un ciseau, est l'instrument avec lequel il perce l'é-
corce et entame profondément le bois des arbres
où les insectes ont déposé leurs œufs : ce bec,
d'une substance solide et dure, sort d'un crâne
épais. De forts muscles, dans un cou raccourci,
portent et dirigent les coups réitérés que le pic
frappe incessamment pour percer le bois et s'ouvrir un accès jusqu'au cœur des arbres ; il y darde
une longue langue effilée, arrondie, semblable à
un ver de terre, armée d'une pointe dure, os-
seuse, comme d'un aiguillon dont il perce dans
leurs trous les vers qui sont sa seule nourriture.
Sa queue, composée de dix pennes raides, fléchies
en dedans, tronquées à la pointe, garnies de soies
rudes, lui sert de point d'appui dans l'attitude
souvent renversée qu'il est forcé de prendre pour
grimper et frapper avec avantage. Il niche dans
les cavités qu'il a en partie creusées lui-même; et
c'est du sein des arbres que sort cette progéniture
qui, quoique ailée, est destinée à ramper alentour,
à y rentrer de nouveau pour se reproduire, et à
ne s'en séparer jamais.....

Les oiseaux de proie nocturnes.

Les yeux de ces oiseaux sont d'une sensibilité
si grande, qu'ils paraissent être éblouis par la

clarté du jour, et entièrement offusqués par les
rayons du soleil[1] : il leur faut une lumière plus
douce, telle que celle de l'aurore naissante ou du
crépuscule tombant ; c'est alors qu'ils sortent de
leurs retraites pour chasser, ou plutôt pour chercher leur proie, et ils font cette quête avec grand
avantage ; car ils trouvent dans ce temps les autres oiseaux et les petits animaux endormis ou
prêts à l'être : les nuits où la lune brille sont pour
eux les beaux jours, les jours de plaisir, les jours
d'abondance, pendant lesquels ils chassent plusieurs heures de suite, et se pourvoient d'amples
provisions : les nuits où la lune fait défaut sont
beaucoup moins heureuses ; ils n'ont guère qu'une
heure le soir et une heure le matin pour chercher leur subsistance ; car il ne faut pas croire
que la vue de ces oiseaux, qui s'exerce si parfaitement à une faible lumière, puisse se passer de
toute lumière, et qu'elle perce en effet dans l'obscurité la plus profonde ; dès que la nuit est bien
close, ils cessent de voir, et ne diffèrent pas à cet
égard des autres animaux, tels que les lièvres, les
loups, les cerfs, qui sortent le soir des bois pour
repaître ou chasser pendant la nuit : seulement
ces animaux voient encore mieux le jour que la
nuit ; au lieu que la vue des oiseaux nocturnes est
si fort offusquée pendant le jour, qu'ils sont obligés de se tenir dans le même lieu sans bouger,
et que, quand on les force à en sortir, ils ne peu-

---

1. Étymologie, *offuscare*, de
ob et *fuscus*. « Nous ne pouvons
un moment arrêter les yeux sur la
gloire de la princesse, sans que la
mort ne s'y mêle aussitôt pour
tout offusquer de son ombre. »
(Bossuet, *Orais. fun. de la duchesse d'Orléans*.)

vent faire que de très-petites courses, des vols courts et lents, de peur de se heurter ; les autres oiseaux qui s'aperçoivent de leur crainte ou de la gêne de leur situation, viennent à l'envi les insulter : les mésanges, les pinsons, les rouges-gorges, les merles, les geais, les grives, etc., arrivent à la file : l'oiseau de nuit perché sur une branche, immobile, étonné, entend leurs mouvements, leurs cris qui redoublent sans cesse, parce qu'il n'y répond que par des gestes bas, en tournant sa tête, ses yeux et son corps d'un air ridicule ; il se laisse même assaillir et frapper sans se défendre ; les plus petits, les plus faibles de ses ennemis, sont les plus ardents à le tourmenter, les plus opiniâtres à le huer

---

OISEAUX IMITATEURS

Le Perroquet.

Les animaux que l'homme a le plus admirés sont ceux qui lui ont paru participer à sa nature ; il s'est émerveillé toutes les fois qu'il en a vu quelques-uns faire ou contrefaire des actions humaines : le singe par la ressemblance des formes extérieures, et le perroquet par l'imitation de la parole, lui ont paru des êtres privilégiés, intermédiaires entre l'homme et la brute ; faux jugement produit par la première apparence, mais bientôt détruit par l'examen et la réflexion. Les sauvages, très-insensibles au grand spectacle de la nature, très-indifférents pour toutes ses merveilles, n'ont été saisis d'étonnement qu'à la vue des perroquets et des singes ; ce sont les seuls animaux qui aient fixé leur stupide attention. Ils arrêtent leurs canots pendant des heures entières pour considérer les cabrioles des sapajous, et les perroquets sont

les seuls oiseaux qu'ils se fassent un plaisir de nourrir, d'élever, et qu'ils aient pris la peine de chercher à perfectionner ; car ils ont trouvé le petit art, encore inconnu parmi nous, de varier et de rendre plus riches les belles couleurs qui parent le plumage de ces oiseaux[1].

1. Ils leur donnent, dit-on, ces couleurs artificielles, en versant

L'usage de la main, la marche à deux pieds, la ressemblance, quoique grossière, de la face, etc., ont fait donner au singe le nom d'*homme sauvage* par des hommes à la vérité qui l'étaient à demi, et qui ne savaient comparer que les rapports extérieurs. Que serait-ce si, par une combinaison de nature aussi possible que toute autre, le singe eût eu la voix du perroquet, et, comme lui, la faculté de la parole! le singe parlant eût rendu muette d'étonnement l'espèce humaine entière, et l'aurait séduite au point que le philosophe aurait eu grande peine à démontrer qu'avec tous ces beaux attributs humains, le singe n'en était pas moins une bête. Il est donc heureux pour notre intelligence, que la nature ait séparé et placé dans deux espèces très-différentes l'imitation de la parole et celle de nos gestes, et qu'ayant doué tous les animaux des mêmes sens, et quelques-uns d'entre eux de membres et d'organes semblables à ceux de l'homme, elle lui ait réservé la faculté de se perfectionner; caractère unique et glorieux qui seul fait notre prééminence, et constitue l'empire de l'homme sur tous les autres êtres : car il faut distinguer deux genres de perfectibilité; l'un stérile et qui se borne à l'éducation de l'individu; et l'autre fécond, qui se répand sur toute l'espèce, et qui s'étend autant qu'on le cultive par les institutions de la société. Aucun des animaux n'est susceptible de cette perfectibilité d'espèce; ils ne sont aujourd'hui que ce qu'ils ont été, que ce qu'ils se-

---

certaines drogues dans de petites plaies qu'ils font aux jeunes perroquets en leur arrachant des plumes : celles qui renaissent changent de couleur.

1. Pages 60-63, 67-71.

ront toujours, et jamais rien de plus, parce que leur éducation étant purement individuelle, ils ne peuvent transmettre à leurs petits que ce qu'ils ont eux-mêmes reçu de leur père et mère, au lieu que l'homme reçoit l'éducation de tous les siècles, recueille toutes les institutions des autres hommes, et peut, par un sage emploi du temps, profiter de tous les instants de la durée de son espèce pour la perfectionner toujours de plus en plus[1]. Aussi quel regret ne devons-nous pas avoir à ces âges funestes où la barbarie a non-seulement arrêté nos progrès, mais nous a fait reculer au point d'imperfection d'où nous étions partis! Sans ces malheureuses vicissitudes, l'espèce humaine eût marché et marcherait encore constamment vers cette perfection glorieuse, qui est le plus beau titre de sa supériorité, et qui seule peut faire son bonheur.

La faculté de l'imitation de la parole ou de nos gestes ne donne aucune prééminence aux animaux qui sont doués de cette apparence de talent naturel. Le singe qui gesticule, le perroquet qui répète nos mots, n'en sont pas plus en état de croître en intelligence et de perfectionner leur espèce : ce talent se borne, dans le perroquet, à le rendre plus intéressant pour nous, mais ne suppose en

---

1. Voilà la dernière forme et la plus juste, sous laquelle Buffon a exprimé la grande différence qui sépare l'homme des animaux. Il était lui-même fort content de ces belles pages : « Vous ne me marquez pas (écrit-il à l'abbé Bexon, le 30 mars 1778) si le préambule des perroquets vous a fait plaisir ; il me semble que la métaphysique de la parole y est assez bien jasée. » — Il faut remarquer d'ailleurs que tout ce début rappelle la belle page de Pascal dans la Préface pour un Traité du vide. — Ce Traité de Pascal fut publié pour la première fois par Bossut (1779).

lui aucune supériorité sur les autres oiseaux, sinon qu'ayant plus éminemment qu'aucun d'eux cette facilité d'imiter la parole, il doit avoir le sens de l'ouïe et les organes de la voix plus analogues à ceux de l'homme ; et ce rapport de conformité, qui dans le perroquet est au plus haut degré, se trouve à quelques nuances près dans plusieurs autres oiseaux dont la langue est épaisse, arrondie, et de la même forme à peu près que celle du perroquet : les sansonnets, les merles, les geais, les choucas, etc., peuvent imiter la parole. Ceux qui ont la langue fourchue, et ce sont presque tous nos petits oiseaux, sifflent plus aisément qu'ils ne jasent. Enfin ceux dans lesquels cette organisation propre à siffler se trouve réunie avec la sensibilité de l'oreille et la réminiscence des sensations reçues par cet organe, apprennent aisément à répéter des airs, c'est-à-dire à siffler en musique : le serin, la linotte, le tarin, le bouvreuil, semblent être naturellement musiciens. Le perroquet, soit par imperfection d'organes ou défaut de mémoire, ne fait entendre que des cris ou des phrases très-courtes, et ne peut ni chanter ni répéter des airs modulés : néanmoins il imite tous les bruits qu'il entend, le miaulement du chat, l'aboiement du chien et les cris des oiseaux, aussi facilement qu'il contrefait la parole. Il peut donc exprimer et même articuler les sons, mais non les moduler ni les soutenir par des expressions cadencées; ce qui prouve qu'il a moins de mémoire, moins de flexibilité dans les organes, et le gosier aussi sec, aussi agreste, que les oiseaux chanteurs l'ont moelleux et tendre.

D'ailleurs il faut distinguer aussi deux sortes d'imitation : l'une réfléchie ou sentie, et l'autre machinale et sans intention ; la première acquise, et la seconde pour ainsi dire innée. L'une n'est que le résultat de l'instinct commun répandu dans l'espèce entière, et ne consiste que dans la similitude des mouvements et des opérations de chaque individu, qui tous semblent être induits ou contraints à faire les mêmes choses ; plus ils sont stupides, plus cette imitation tracée dans l'espèce est parfaite : un mouton ne fait et ne fera jamais que ce qu'ont fait et font tous les autres moutons ; la première cellule d'une abeille ressemble à a dernière. L'espèce entière n'a pas plus d'intelligence qu'un seul individu, et c'est en cela que consiste la différence de l'esprit à l'instinct : ainsi l'imitation naturelle n'est dans chaque espèce qu'un résultat de similitude, une nécessité d'autant moins intelligente et plus aveugle, qu'elle est plus également répartie. L'autre imitation, qu'on doit regarder comme artificielle, ne peut ni se répartir ni se communiquer à l'espèce ; elle n'appartient qu'à l'individu qui la reçoit, qui la possède sans pouvoir la donner : le perroquet le mieux instruit ne transmettra pas la parole à ses petits. Toute imitation communiquée aux animaux par l'art et par les soins de l'homme reste dans l'individu qui en a reçu l'empreinte ; et quoique cette imitation soit, comme la première, entièrement dépendante de l'organisation, cependant elle suppose des facultés particulières qui semblent tenir à l'intelligence, telles que la sensibilité, l'attention, la mémoire ; en sorte que les ani-

maux qui sont capables de cette imitation, et qui
peuvent recevoir des impressions durables et quelques traits d'éducation de la part de l'homme,
sont des espèces distinguées dans l'ordre des êtres
organisés ; et si cette éducation est facile, et que
l'homme puisse la donner aisément à tous les individus, l'espèce, comme celle du chien, devient
réellement supérieure aux autres espèces d'animaux, tant qu'elle conserve ses relations avec
l'homme ; car le chien abandonné à sa seule nature retombe au niveau du renard ou du loup, et
ne peut de lui-même s'élever au-dessus.

Nous pouvons donc ennoblir tous les êtres en
nous approchant d'eux ; mais nous n'apprendrons
jamais aux animaux à se perfectionner d'eux-mêmes. Chaque individu peut emprunter de nous
sans que l'espèce en profite, et c'est toujours faute
d'intelligence entre eux ; aucun ne peut communiquer aux autres ce qu'il a reçu de nous : mais
tous sont à peu près également susceptibles d'é-
ducation individuelle ; car, quoique les oiseaux,
par les proportions du corps et par la forme de
leurs membres, soient très-différents des animaux
quadrupèdes, nous verrons néanmoins que, comme
ils ont les mêmes sens, ils sont susceptibles du
même degré d'éducation. On apprend aux *aga-*
mis [1] à faire à peu près tout ce que font nos chiens :
un serin bien élevé marque son affection par des
caresses aussi vives, plus innocentes et moins
fausses que celles du chat. Nous avons des exemples frappants de ce que peut l'éducation sur les

---

1. Ils gardent et conduisent les poules et même les moutons.

oiseaux de proie, qui de tous paraissent être les plus farouches et les plus difficiles à dompter. On connaît en Asie le petit art d'instruire le pigeon à porter et rapporter des billets à cent lieues de distance. L'art plus grand et mieux connu de la fauconnerie nous démontre qu'en dirigeant l'instinct naturel des oiseaux, on peut le perfectionner autant que celui des autres animaux. Tout me semble prouver que, si l'homme voulait donner autant de temps et de soins à l'éducation d'un oiseau, ou de tout autre animal qu'on en donne à celle d'un enfant, ils feraient par imitation tout ce que celui-ci fait par intelligence ; la seule différence serait dans le produit : l'intelligence, toujours féconde, se communique et s'étend à l'espèce entière, toujours en augmentant, au lieu que l'imitation, nécessairement stérile, ne peut ni s'étendre, ni même se transmettre par ceux qui l'ont reçue.

Et cette éducation par laquelle nous rendons les animaux, les oiseaux, plus utiles ou plus aimables pour nous, semble les rendre odieux à tous les autres, et surtout à ceux de leur espèce. Dès que l'oiseau privé prend son essor et va dans la forêt, les autres s'assemblent d'abord pour l'admirer, et bientôt ils le maltraitent et le poursuivent comme s'il était d'une espèce ennemie. Je l'ai vu sur la pie, sur le geai : lorsqu'on leur donne la liberté, les sauvages de leur espèce se réunissent pour les assaillir et les chasser ; ils ne les admettent dans leur compagnie que quand ces oiseaux privés ont perdu tous les signes de leur affection pour nous, et tous les caractères qui les rendaient différents de leurs frères sauvages,

comme si ces mêmes caractères rappelaient à
ceux-ci le sentiment de la crainte qu'ils ont de
l'homme leur tyran, et la haine que méritent ses
suppôts ou ses esclaves.

Au reste, les oiseaux sont de tous les êtres de
la nature les plus indépendants et les plus fiers
de leur liberté, parce qu'elle est plus entière et
plus étendue que celle de tous les autres animaux.
Comme il ne faut qu'un instant à l'oiseau pour
franchir tout obstacle et s'élever au-dessus de ses
ennemis, qu'il leur est supérieur par la vitesse
du mouvement et par l'avantage de sa position
dans un élément où ils ne peuvent atteindre, il
voit tous les animaux terrestres [1] comme des êtres
lourds et rampants, attachés à la terre ; il n'aurait même nulle crainte de l'homme, si la balle
et la flèche ne leur avaient appris que, sans sortir de sa place, il peut atteindre, frapper, et porter la mort au loin. La nature, en donnant des
ailes aux oiseaux, leur a départi les attributs de
l'indépendance et les instruments de la haute liberté : aussi n'ont-ils de patrie que le ciel qui leur
convient ; ils en prévoient les vicissitudes et changent de climat en devançant les saisons ; ils ne s'y
établissent qu'après en avoir pressenti la température ; la plupart n'arrivent que quand la douce
haleine du printemps a tapissé les forêts de verdure, quand elle fait éclore les germes qui doivent les nourrir, quand ils peuvent s'établir, se
gîter, se cacher sous l'ombrage, quand enfin le
ciel et la terre semblent réunir leurs bienfaits

---

1. Voyez Michelet l'*Oiseau* : l'aile.

pour combler leur bonheur. Cependant cette saison de plaisir devient bientôt un temps d'inquiétude ; tout à l'heure ils auront à craindre ces mêmes ennemis au-dessus desquels ils planaient avec mépris : le chat sauvage, la marte, la belette, chercheront à dévorer ce qu'ils ont de plus cher ; la couleuvre rampante gravira pour avaler leurs œufs et détruire leur progéniture : quelque élevé, quelque caché que puisse être leur nid, ils sauront le dévaster ; et les enfants, cette aimable portion du genre humain, mais toujours malfaisante par désœuvrement, violeront sans raison ces dépôts sacrés du produit de l'amour : souvent la tendre mère se sacrifie dans l'espérance de sauver ses petits, elle se laisse prendre plutôt que de les abandonner ; elle préfère de partager et de subir le malheur de leur sort à celui d'aller seule l'annoncer par ses cris à son amant, qui néanmoins pourrait seul la consoler en partageant sa douleur. L'affection maternelle est donc un sentiment plus fort que celui de l'amour, puisqu'ici cette affection l'emporte sur les deux dans le cœur d'une mère, et lui fait oublier son amour, sa liberté, sa vie.

Pourquoi le temps des grands plaisirs est-il aussi celui des grandes sollicitudes ? pourquoi les jouissances les plus délicieuses sont-elles toujours accompagnées d'inquiétudes cruelles, même dans les êtres les plus libres et les plus innocents ? N'est-ce pas un reproche qu'on peut faire à la Nature, cette mère commune de tous les êtres ? sa bienfaisance n'est jamais pure ni de longue durée. Ce couple heureux qui s'est réuni par choix, qui a établi de concert et construit en commun son domicile d'amour, et prodigué les soins les plus tendres à sa famille naissante, craint à chaque instant qu'on ne la lui ravisse ; et s'il parvient à l'élever, c'est alors que des ennemis encore plus redoutables viennent l'assaillir avec plus d'avantage ; l'oiseau de proie arrive comme la foudre et fond sur la famille entière, le père et la mère sont souvent ses premières victimes, et les petits dont les ailes ne sont pas encore assez exercées ne peuvent lui échapper. Ces oiseaux de carnage frappent tous les autres oiseaux d'une frayeur si vive, qu'on les voit frémir à leur aspect ; ceux mêmes qui sont en sûreté dans nos basses-cours, quelque éloigné que soit l'ennemi, tremblent au moment qu'ils l'aperçoivent, et ceux de la campagne, saisis du même effroi, le marquent par des cris et par leur fuite précipitée vers les lieux où ils peuvent se cacher. L'état le plus libre de la nature a donc aussi ses tyrans, et malheureusement c'est à eux seuls qu'appartient cette suprême liberté dont ils abusent, et cette indépendance absolue qui les rend les plus fiers de tous les animaux ; l'aigle méprise le lion et lui enlève impunément sa proie ; il tyrannise également les habitants de l'air et ceux de la terre, et il aurait peut-être envahi l'empire d'une grande portion de la nature, si les armes de l'homme ne l'eussent relégué sur le sommet des montagnes et repoussé jusqu'aux lieux inaccessibles, où il jouit encore sans trouble et sans rivalité de tous les avantages de sa domination tyrannique.

Le coup d'œil que nous venons de jeter rapidement sur les facultés des oiseaux suffit pour nous démontrer que, dans la chaîne du grand ordre des êtres, ils doivent être après l'homme placés au premier rang. La Nature a rassemblé, concentré dans le petit volume de leur corps plus de force qu'elle n'en a départi aux grandes masses des animaux les plus puissants ; elle leur a donné plus de légèreté sans rien ôter à la solidité de leur organisation ; elle leur a cédé un empire plus étendu sur les habitants de l'air, de la terre et des eaux ; elle leur a livré les pouvoirs d'une domination exclusive sur le genre entier des insectes, qui ne semblent tenir d'elle leur existence que pour maintenir et fortifier celle de leurs destructeurs auxquels ils servent de pâture ; ils dominent de même sur les reptiles, dont ils purgent la terre sans redouter leur venin, sur les poissons qu'ils enlèvent hors de leur élément pour les dévorer ; enfin sur les animaux quadrupèdes dont ils font également des victimes : on a vu la buse assaillir le renard, le faucon arrêter la gazelle, l'aigle enlever la brebis, attaquer le chien comme le lièvre, les mettre à mort et les emporter dans son aire ; et si nous ajoutons à toutes ces prééminences de force et de vitesse, celles qui rapprochent les oiseaux de la nature de l'homme, la marche à deux pieds, l'imitation de la parole, la mémoire musicale, nous les verrons plus près de nous que leur forme extérieure ne paraît l'indiquer ; en même temps que par la prérogative unique de l'attribut des ailes et par la prééminence du vol sur la course, nous reconnaîtrons leur supériorité sur tous les animaux terrestres.

L'espèce de société que le perroquet contracte avec nous, par le langage, est plus étroite et plus douce que celle à laquelle le singe peut prétendre par son imitation capricieuse de nos mouvements et de nos gestes. Si celle du chien, du cheval, ou de l'éléphant sont plus intéressantes par le sentiment et par l'utilité, la société de l'oiseau parleur est quelquefois plus attachante par l'agrément : il récrée, il distrait, il amuse ; dans la solitude il est compagnie, dans la conversation il est interlocuteur, il répond, il appelle, il accueille, il jette l'éclat des ris, il exprime l'accent de l'affection, il joue la gravité de la sentence ; ses petits mots tombés au hasard égayent par les disparates, ou quelquefois surprennent par la justesse. Ce jeu d'un langage sans idée a je ne sais quoi de bizarre et de grotesque, et, sans être plus vide que tant d'autres propos, il est toujours plus amusant. Avec cette imitation de nos paroles, le perroquet semble prendre quelque chose de nos inclinations et de nos mœurs : il aime et il hait ; il a des attachements, des jalousies, des préférences, des caprices ; il s'admire, s'applaudit, s'encourage, il se réjouit et s'attriste ; il semble s'émouvoir et s'attendrir aux caresses ; il donne des baisers affectueux ; dans une maison de deuil il apprend à gémir ; et souvent, accoutumé à répéter le nom chéri d'une personne regrettée, il rappelle à des cœurs sensibles et leurs plaisirs et leurs chagrins.

Le Geai.

Les geais sont fort pétulants de leur nature : ils ont les sensations vives, les mouvements brusques, et, dans leurs fréquents accès de colère, ils s'emportent et oublient le soin de leur propre

conservation, au point de se prendre quelquefois la tête entre deux branches, et ils meurent ainsi suspendus en l'air. Leur agitation perpétuelle prend encore un nouveau degré de violence lorsqu'ils se sentent gênés; et c'est la raison pourquoi[1] ils deviennent tout à fait méconnaissables en cage, ne pouvant y conserver la beauté de

1. *Pour laquelle.* Encore très-usité au dix-huitième siècle.

leurs plumes, qui sont bientôt cassées, usées, déchirées, flétries par un frottement continuel.

Leur cri ordinaire est très-désagréable, et ils le font entendre souvent ; ils ont aussi de la disposition à contrefaire celui de plusieurs oiseaux qui ne chantent pas mieux, tels que la crécerelle, le chat-huant, etc. S'ils aperçoivent dans le bois un renard, ou quelque autre animal de rapine, ils jettent un cri très-perçant, comme pour s'appeler les uns les autres, et on les voit en peu de temps rassemblés en force, et se croyant en état d'imposer par le nombre ou au moins par le bruit. Cet instinct qu'ont les geais de se rappeler, de se réunir à la voix de l'un d'eux, et leur violente antipathie contre la chouette, offre plus d'un moyen pour les attirer dans les piéges ; il ne se passe guère de pipée sans qu'on n'en prenne plusieurs ; car, étant plus pétulants que la pie, il s'en faut bien qu'ils soient aussi défiants et aussi rusés : ils n'ont pas non plus le cri naturel si varié, quoiqu'ils paraissent n'avoir pas moins de flexibilité dans le gosier, ni moins de disposition à imiter tous les sons, tous les bruits, tous les cris d'animaux qu'ils entendent habituellement, et même la parole humaine. Le mot *richard* est celui, dit-on, qu'ils articulent le plus facilement. Ils ont aussi, comme la pie et toute la famille des choucas, des corneilles et des corbeaux, l'habitude d'enfouir leurs provisions superflues, et celle de dérober tout ce qu'ils peuvent emporter [1] : mais ils ne se souviennent pas toujours de l'endroit où

---

1. La *Gazza ladra.*

ils ont enterré leur trésor ; ou bien, selon l'instinct commun à tous les avares, ils sentent plus la crainte de le diminuer que le désir d'en faire usage ; en sorte qu'au printemps suivant, les glands et les noisettes qu'ils avaient cachés et peut-être oubliés, venant à germer en terre, et à pousser des feuilles au dehors, décèlent les amas inutiles, et les indiquent, quoiqu'un peu tard, à qui en saura mieux jouir. (G. de Montbeillard.)

Le Moqueur.

Nous trouvons dans cet oiseau singulier une exception frappante à une observation générale faite sur les oiseaux du Nouveau-Monde. Presque tous les voyageurs s'accordent à dire qu'autant les couleurs de leur plumage sont vives, riches, éclatantes, autant le son de leur voix est aigre, rauque, monotone, en un mot désagréable. Celui-ci est au contraire, si l'on en croit Fernandez, Nieremberg et les Américains, le chantre le plus excellent parmi tous les volatiles de l'univers, sans même en excepter le rossignol : car il charme, comme lui par les accents flatteurs de son ramage, et de plus il amuse par le talent inné qu'il a de contrefaire le chant ou plutôt le cri des autres oiseaux ; et c'est de là sans doute que lui est venu le nom de *moqueur*. Cependant loin de rendre ridicules ces chants étrangers qu'il répète, il paraît ne les imiter que pour les embellir; on croirait qu'en s'appropriant ainsi tous les sons qui frappent ses oreilles, il ne cherche qu'à enrichir et perfectionner son propre chant, et qu'à exercer de toutes les manières possibles son infatigable gosier.

Non-seulement le moqueur chante bien et avec goût, mais il chante avec action, avec âme, ou

plutôt son chant n'est que l'expression de ses affections intérieures; il s'anime à sa propre voix, et l'accompagne par des mouvements cadencés, toujours assortis à l'inépuisable variété de ses phrases naturelles et acquises. Son prélude ordinaire est de s'élever d'abord peu à peu les ailes étendues, de retomber ainsi la tête en bas, au même point d'où il était parti ; et ce n'est qu'après avoir continué quelque temps ce bizarre exercice que commence l'accord de ses mouvements divers, ou si l'on veut de sa danse[1], avec les différents caractères de son chant : exécute-t-il avec sa voix des roulements vifs et légers, son vol décrit en même temps dans l'air une multitude de cercles qui se croisent ; on le voit suivre en serpentant les tours et retours d'une ligne tortueuse sur laquelle il monte, descend et remonte sans cesse. Son gosier forme-t-il une cadence brillante et bien battue, il l'accompagne d'un battement d'ailes également vif et précipité. Se livre-t-il à la volubilité des harpéges[2] et des batteries[3], il les exécute une seconde fois par des bonds multipliés d'un vol inégal et sautillant. Donne-t-il essor à sa voix dans ces tenues[4] si expressives où les sons d'abord pleins et éclatants, se dégradent ensuite par nuances, et semblent enfin s'éteindre tout à fait et se perdre dans un silence qui a son charme comme la plus belle mélodie ; on le voit en même temps planer moelleusement au-dessus de son arbre, ralentir encore

---

1. Voyez la demoiselle de Numidie, pages 288-291.

2. Ou plutôt arpége : « arpeggio, de arpeggiare, jouer de la harpe : groupe de notes formant accord, que l'on fait entendre successivement et avec une certaine rapidité sur quelques instruments à cordes, tels que la harpe, la guitare, le violon, etc. » (Dictionnaire de musique de Ch. Soullier.)

3. « La batterie diffère de l'arpége en ce que celui-ci n'est ordinairement composé que de notes prises dans l'accord qu'il a à parcourir, au lieu que celle-là peut employer, parmi les sept notes de la gamme, même celles qui sont étrangères à l'harmonie. » (Ibid.)

4. « La tenue est la continuation du même son soutenu durant plusieurs mesures, en liant les notes entre elles. » (Ibid.)

par degrés les ondulations imperceptibles de ses ailes, et rester enfin immobile et comme suspendu au milieu des airs. (G. de Montbeillard.)

L'Alouette.

Lorsque l'alouette est libre, elle commence à chanter dès les premiers jours du printemps, qui sont pour elle le temps de l'amour, et elle continue pendant toute la belle saison; le matin et le soir sont les temps de la journée où elle se fait le plus entendre, et le milieu du jour, celui où on l'entend le moins. Elle est du petit nombre des oiseaux qui chantent en volant; plus elle s'élève, plus elle force la voix, et souvent elle la force à un tel point, que quoiqu'elle se soutienne au haut des airs et à perte de vue, on l'entend encore assez distinctement, soit que ce chant ne soit qu'un simple accent d'amour ou de gaieté, soit que ces petits oiseaux ne chantent ainsi en volant que par une sorte d'émulation et pour se rappeler entre eux. Un oiseau de proie qui compte sur sa force et médite le carnage, doit aller seul, et garder dans sa marche un silence farouche, de peur que le moindre cri ne fût pour ses pareils un avertissement de venir partager sa proie, et pour les oiseaux faibles un signal de se tenir sur leurs gardes; c'est à ceux-ci à se rassembler, à s'avertir, à s'appuyer les uns les autres, et à se rendre, ou du moins à se croire forts par leur réunion. Au reste, l'alouette chante rarement à terre, où néanmoins elle se tient toujours lorsqu'elle ne vole point ; car elle ne se perche jamais sur les arbres, et on doit la compter parmi les oiseaux pulvérateurs [1] ; aussi ceux qui la tiennent en cage ont-ils grand soin

d'y mettre dans un coin une couche assez épaisse de sablon où elle puisse se poudrer à son aise ; ils y ajoutent du gazon frais souvent renouvelé, et ils ont l'attention que la cage soit un peu spacieuse. (G. de Montbeillard).

1. Qui ont l'habitude de se rouler dans la poussière

Le Rossignol[1].

Il n'est point d'homme bien organisé à qui ce
nom ne rappelle quelqu'une de ces belles nuits de
printemps où le ciel étant serein, l'air calme, toute
la nature en silence, et pour ainsi dire attentive,
il a écouté avec ravissement le ramage de ce chantre des forêts. On pourrait citer quelques autres
oiseaux chanteurs dont la voix le dispute, à certains égards, à celle du rossignol. Les alouettes,
le serin, le pinson, les fauvettes, la linotte, le
chardonneret, le merle commun, le merle solitaire, le moqueur d'Amérique, se font écouter avec
plaisir lorsque le rossignol se tait : les uns ont
d'aussi beaux sons, les autres ont le timbre aussi
pur et plus doux, d'autres ont des tours de gosier
aussi flatteurs; mais il n'en est pas un seul que le
rossignol n'efface par la réunion complète de ces
talents divers, et par la prodigieuse variété de son
ramage[2]; en sorte que la chanson de chacun de
ces oiseaux, prise dans toute son étendue, n'est
qu'un couplet de celle du rossignol : le rossignol
charme toujours, et ne répète jamais, du moins
jamais servilement; s'il redit quelque passage, ce
passage est animé d'un accent nouveau, embelli
par de nouveaux agréments; il réussit dans tous
les genres, il rend toutes les expressions, il saisit
tous les caractères, et de plus il sait augmenter
l'effet par les contrastes. Ce coryphée[3] du prin-

1. Voyez Michelet, *l'Oiseau*, p.
303-326.

2. Primitivement on a dit *chant*

ramage, c'est-à-dire dans les
branches (rameaux).

3. V. Michelet, *l'Oiseau*, p. 296,

temps se prépare-t-il à chanter l'hymne de la nature, il commence par un prélude timide, par des
tons faibles, presque indécis, comme s'il voulait
essayer son instrument et intéresser ceux qui l'é-
coutent ; mais ensuite prenant de l'assurance, il
s'anime par degrés, il s'échauffe, et bientôt il déploie dans leur plénitude toutes les ressources de
son incomparable organe : coups de gosier éclatants ; batteries vives et légères ; fusées[1] de chant,

où la netteté est égale à la volubilité ; murmure
intérieur et sourd qui n'est point appréciable à
l'oreille, mais très-propre à augmenter l'éclat des
tons appréciables ; roulades précipitées, brillantes
et rapides, articulées avec force et même avec une
dureté de bon goût ; accents plaintifs, cadencés

le Rossignol professeur. Pline
avait déjà signalé le rôle de ce
chef de chœur. (L.X, chap. xxxxiii.)
1. Notes liées, en gamme ascen-
dante ou descendante, d'un mouvement rapide. — Gueneau était
musicien : il le montre. Voyez
le Moqueur.

avec mollesse ; sons filés sans art, mais enflés avec
âme ; sons enchanteurs et pénétrants ; vrais sou-
pirs d'amour et de volupté qui semblent sortir
du cœur et font palpiter tous les cœurs, qui causent à tout ce qui est sensible une émotion si
douce, une langueur si touchante : c'est dans ces
tons passionnés que l'on reconnaît le langage du
sentiment qu'un époux heureux adresse à une
compagne chérie, et qu'elle seule peut lui inspi-
rer, tandis que dans d'autres phrases plus éton-
nantes peut-être, mais moins expressives, on reconnaît le simple projet de l'amuser et de lui
plaire, ou bien de disputer devant elle le prix du
chant à des rivaux jaloux de sa gloire et de son
bonheur [1].

Ces différentes phrases sont entremêlées de silences, de ces silences qui dans tout genre de
mélodies, concourent si puissamment aux grands
effets ; on jouit des beaux sons que l'on vient d'entendre, et qui retentissent encore dans l'oreille ;
on en jouit mieux, parce que la jouissance est plus
intime, plus recueillie, et n'est point troublée par
des sensations nouvelles ; bientôt on attend, on
désire une autre reprise : on espère que ce sera
celle qui plaît ; si l'on est trompé, la beauté du
morceau que l'on entend ne permet pas de re-
gretter celui qui n'est que différé, et l'on conserve
l'intérêt de l'espérance pour les reprises qui sui-
vront. Au reste, une des raisons pourquoi le chant
du rossignol est plus remarqué et produit plus

---

1. « Certant inter se, palam- | prius deficiente quam cantu. »
que animosa contentio est : victa | Pline, *ibid.*) Remarquez la grâce
morte finit sæpe vitam, spiritu | précieuse et affectée de Gueneau.

d'effet, c'est, comme dit très-bien M. Barrington, parce que chantant la nuit, qui est le temps le plus favorable, et chantant seul, sa voix a tout son éclat, et n'est offusquée par aucune autre voix : il efface tous les autres oiseaux, par ses sons moelleux et flûtés, et par la durée non interrompue de son ramage, qu'il soutient quelquefois pendant vingt secondes. Le même observateur a compté dans ce ramage seize reprises différentes, bien déterminées par leurs premières et dernières notes, et dont l'oiseau sait varier avec goût les notes intermédiaires : enfin il s'est assuré que la sphère que remplit la voix d'un rossignol n'a pas moins d'un mille de diamètre, surtout lorsque l'air est calme ; ce qui égale au moins la portée de la voix humaine. (G. de Montbeillard.)

Le Serin des Canaries.

Si le rossignol est le chantre des bois, le serin est le musicien de la chambre : le premier tient tout de la nature, le second participe à nos arts. Avec moins de force d'organe, moins d'étendue dans la voix, moins de variété dans les sons, le serin a plus d'oreille, plus de facilité d'imitation [1],

---

1. « Un serin, placé encore jeune fort près de mon bureau, y avait pris un singulier ramage : il contrefaisait le bruit que l'on fait en comptant des écus. » (*Note communiquée à Buffon par M. Hébert, receveur général à Dijon.*)

plus de mémoire. Et comme la différence du caractère (surtout dans les animaux) tient de très-
près à celle qui se trouve entre leurs sens, le
serin, dont l'ouïe est plus attentive, plus susceptible de recevoir et de conserver les impressions
étrangères, devient aussi plus sociable, plus doux,
plus familier : il est capable de reconnaissance,
et même d'attachement ; ses caresses sont aima-

bles, ses petits dépits innocents, et sa colère ne
blesse ni n'offense. Ses habitudes naturelles le
rapprochent encore de nous. Il se nourrit de graines, comme nos autres oiseaux domestiques ; on
l'élève plus aisément que le rossignol, qui ne vit
que de chair ou d'insectes, et qu'on ne peut nourrir que de mets préparés. Son éducation, plus facile, est aussi plus heureuse : on l'élève avec
plaisir, parce qu'on l'instruit avec succès ; il quitte

la mélodie de son chant naturel pour se prêter à l'harmonie de nos voix et de nos instruments; il applaudit, il accompagne, et nous rend au delà de ce qu'on peut lui donner. Le rossignol, plus fier de son talent, semble vouloir le conserver dans toute sa pureté : au moins paraît-il faire assez peu de cas des nôtres; ce n'est qu'avec peine qu'on lui apprend à répéter quelques-unes de nos chansons. Le serin peut parler et siffler; le rossignol méprise la parole autant que le sifflet, et revient sans cesse à son brillant ramage. Son gosier, toujours nouveau, est un chef-d'œuvre de la nature, auquel l'art humain ne peut rien changer, rien ajouter; celui du serin est un modèle de grâces d'une trempe moins ferme, que nous pouvons modifier. L'un a donc bien plus de part que l'autre aux agréments de la société. Le serin chante en tout temps; il nous récrée dans les jours les plus sombres; il contribue même à notre bonheur : car il fait l'amusement de toutes les jeunes personnes, les délices des recluses; il charme au moins les ennuis du cloître [1], et porte de la gaieté dans les âmes innocentes et captives.

La Linotte.

Il est peu d'oiseaux aussi communs que la linotte, mais il en est encore moins qui réunissent

---

1. Voyez le *Vert-Vert*, de Gresset.

autant de qualités : ramage agréable, couleurs
distinguées, naturel docile et susceptible d'attachement, tout lui a été donné, tout ce qui peut
attirer l'attention de l'homme et contribuer à ses
plaisirs. Il était difficile avec cela que cet oiseau
conservât sa liberté ; mais il était encore plus difficile qu'au sein de la servitude où nous l'avons
réduit, il conservât ses avantages naturels dans
toute leur pureté. En effet, la belle couleur rouge
dont la nature a décoré sa tête et sa poitrine, et

qui, dans l'état de liberté, brille d'un éclat durable, s'efface par degrés et s'éteint bientôt dans
nos cages et nos volières : il en reste à peine
quelques vestiges obscurs après la première mue.
· A l'égard de son chant, nous le dénaturons :
nous substituons aux modulations libres et variées que lui inspire le printemps les phrases
contraintes d'un chant apprêté qu'il ne répète
qu'imparfaitement, et où l'on ne retrouve ni les
agréments de l'art ni le charme de la nature. On

est parvenu aussi à lui apprendre à parler différentes langues, c'est-à-dire à siffler quelques mots
italiens, français, anglais, etc., quelquefois même
à les prononcer assez franchement. Ceci prouve
assez l'opinion que les oiseaux n'ont point de
chant inné, et que le ramage propre aux diverses
espèces d'oiseaux et ses variétés ont eu à peu près
la même origine que les langues des différents
peuples et leurs dialectes divers. (G. de Montbeillard.)

Le Pinson.

Le pinson est un oiseau très-vif : on le voit
toujours en mouvement ; et cela, joint à la gaieté
de son chant, a donné lieu sans doute à la façon
de parler proverbiale, *gai comme un pinson*. Il
commence à chanter de fort bonne heure au printemps, et plusieurs jours avant le rossignol : il
finit vers le solstice d'été. Son chant a paru
assez intéressant pour qu'on l'analysât ; on y a
distingué un prélude, un roulement, une finale :
on a donné des noms particuliers à chaque reprise, on les a presque notées ; et les plus grands
connaisseurs de ces petites choses s'accordent à
dire que la dernière reprise est la plus agréable.
Quelques personnes trouvent son ramage trop
fort, trop mordant ; mais il n'est trop fort que
parce que nos organes sont trop faibles, ou plutôt
parce que nous l'entendons de trop près, et dans
des appartements trop résonnants, où le son di-

rect est exagéré, gâté par les sons réfléchis : la
nature a fait les pinsons pour être les chantres
des bois ; allons donc dans les bois pour juger
leur chant, et surtout pour en jouir.

Si l'on met un jeune pinson, pris au nid, sous
la leçon d'un serin, d'un rossignol, etc., il se

rendra propre le chant de ses maîtres. Mais on
n'a point vu d'oiseaux de cette espèce qui eussent
appris à siffler des airs de notre musique ; ils ne
savent pas s'éloigner de la nature jusqu'à ce point.
(G. de Montbeillard)

Le Bouvreuil.

La nature a bien traité cet oiseau, car elle lui a donné un beau plumage et une belle voix. Le plumage a toute sa beauté d'abord après la première mue ; mais la voix a besoin des secours de l'art pour acquérir sa perfection. Un bouvreuil qui n'a point eu de leçons, n'a que trois cris, tous fort peu agréables : le premier, je veux dire celui par lequel il débute ordinairement, est une

espèce de coup de sifflet ; il n'en fait d'abord entendre qu'un seul, puis deux de suite, puis trois et quatre, etc. Le son du sifflet est pur ; et, quand l'oiseau s'anime, il semble articuler cette syllabe répétée, *tui, tui, tui*, et ses sons ont plus de force. Ensuite il fait entendre un ramage plus suivi, mais plus grave, presque enroué, et dégénérant en fausset. Enfin dans les intervalles il a un petit

cri intérieur, sec et coupé, fort aigu, mais en
même temps fort doux, et si doux qu'à peine on
l'entend. Il exécute ce son, fort ressemblant à
celui d'un ventriloque, sans aucun mouvement
apparent du bec ni du gosier, mais seulement
avec un mouvement sensible dans les muscles de
l'abdomen. Tel est le chant du bouvreuil de la
nature, c'est-à-dire du bouvreuil sauvage abandonné à lui-même, et n'ayant eu d'autre modèle
que ses père et mère, aussi sauvages que lui;
mais lorsque l'homme daigne se charger de son
éducation, lorsqu'il veut lui donner des leçons de
goût, lui faire entendre avec méthode des sons
plus beaux, plus moelleux, mieux filés, l'oiseau
docile, soit mâle, soit femelle, non-seulement les
imite avec justesse, mais quelquefois les perfectionne et surpasse son maître, sans oublier pour
cela son ramage naturel. Il apprend aussi à parler
sans beaucoup de peine, et à donner à ses petites
phrases un accent pénétrant, une expression inté-
ressante qui ferait presque soupçonner en lui une
âme sensible, et qui peut bien nous tromper dans
le disciple, puisqu'elle nous trompe si souvent
dans l'instituteur. Au reste le bouvreuil est très-
capable d'attachement personnel, et même d'un
attachement très-fort et très-durable : on en a vu
d'apprivoisés s'échapper de la volière, vivre en liberté dans les bois pendant l'espace d'une année,
et au bout de ce temps reconnaître la voix de la
personne qui les avait élevés, revenir à elle pour
ne plus l'abandonner. On en a vu d'autres qui,
ayant été forcés de quitter leur premier maître,
se sont laissés mourir de regret. Ces oiseaux se

souviennent fort bien, et quelquefois trop bien de ce qui leur a nui : un d'eux ayant été jeté par terre avec sa cage par des gens de la plus vile populace, n'en parut pas fort incommodé d'abord ; mais dans la suite on s'aperçut qu'il tombait en convulsion toutes les fois qu'il voyait des gens mal vêtus, et il mourut dans un de ces accès, huit mois après le premier événement. (G. de Montbeillard.)

La Fauvette [1].

Le triste hiver, saison de mort, est le temps du sommeil, ou plutôt de la torpeur de la nature : les insectes sans vie, les reptiles sans mouvement, les végétaux sans verdure et sans accroissement, tous les habitants de l'air détruits ou relégués, ceux des eaux renfermés dans des prisons de glace, et la plupart des animaux terrestres confinés dans les cavernes, les antres et les terriers; tout nous présente les images de la langueur et de la dépopulation. Mais le retour des oiseaux au printemps est le premier signal et la douce annonce du réveil de la nature vivante; et les feuillages renaissants, et les bocages revêtus de leur nouvelle parure, sembleraient moins frais et moins touchants sans les nouveaux hôtes qui viennent les animer.

De ces hôtes des bois, les fauvettes sont les plus nombreuses, comme les plus aimables :

1. Voyez Michelet, *l'Oiseau*, p. 304-305.

vives, agiles, légères, et sans cesse remuées, tous
leurs mouvements ont l'air du sentiment, et tous
leurs accents, le ton de la joie. Ces jolis oiseaux
arrivent au moment où les arbres développent
leurs feuilles et commencent à laisser épanouir
leurs fleurs; ils se dispersent dans toute l'étendue
de nos campagnes : les uns viennent habiter nos
jardins, d'autres préfèrent les avenues et les bos-
quets; plusieurs espèces s'enfoncent dans les
grands bois, et quelques-unes se cachent au mi-

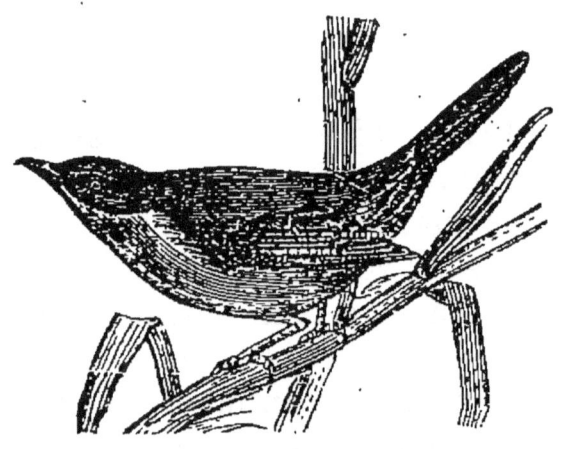

lieu des roseaux. Aussi les fauvettes remplissent
tous les lieux de la terre, et les animent par les
mouvements et les accents de leur tendre gaieté.

A ce mérite des grâces naturelles nous vou-
drions réunir celui de la beauté; mais en leur
donnant tant de qualités aimables, la nature
semble avoir oublié de parer leur plumage. Il est
obscur et terne : excepté deux ou trois espèces
qui sont légèrement tachetées, toutes les autres
n'ont que des teintes plus ou moins sombres de
blanchâtre, de gris et de roussâtre....

La fauvette à tête noire est de toutes les fauvettes celle qui a le chant le plus agréable et le
plus continu : il tient un peu de celui du rossignol, et l'on en jouit bien plus longtemps ; car
plusieurs semaines après que ce chantre du printemps s'est tu, l'on entend les bois résonner partout du chant de ces fauvettes ; leur voix est facile,
pure et légère, et leur chant s'exprime par une
suite de modulations peu étendues, mais agréables, flexibles et nuancées. Ce chant semble tenir
de la fraîcheur des lieux où il se fait entendre ;
il en peint la tranquillité, il en exprime même le
bonheur ; car les cœurs sensibles[1] n'entendent
pas sans une douce émotion les accents inspirés
par la nature aux êtres qu'elle rend heureux.

Le Rouge-Gorge.

Le départ n'étant point indiqué, et pour ainsi
dire proclamé parmi les rouges-gorges comme
parmi les autres oiseaux alors attroupés[1], il en
reste plusieurs en arrière, soit des jeunes que
l'expérience n'a pas encore instruits du besoin de
changer de climat, soit de ceux à qui suffisent
les petites ressources qu'ils ont su trouver au milieu de nos hivers. C'est alors qu'on les voit s'approcher des habitations et chercher les exposi-

1. On sait quel abus le dix-
huitième siècle a fait de cette

expression.
1. A la fin de septembre.

tions les plus chaudes; s'il en est quelqu'un qui
soit resté au bois dans cette rude saison, il y
devient compagnon du bûcheron, il s'approche
pour se chauffer à son feu, il becquette dans son
pain et voltige toute la journée autour de lui
en faisant entendre son petit cri; mais lorsque le
froid augmente, et qu'une neige épaisse couvre
la terre, il vient jusque dans nos maisons, frappe

du bec aux vitres comme pour demander un asile
qu'on lui donne volontiers, et qu'il paye par la
plus aimable familiarité, venant amasser les miet-
tes de la table, paraissant reconnaître et affec-
tionner les personnes de la maison, et prenant
un ramage moins éclatant, mais encore plus délicat que celui du printemps, et qu'il soutient
pendant tous les frimas, comme pour saluer chaque jour la bienfaisance de ses hôtes et la douceur de sa retraite. Il y reste avec tranquillité jus-

qu'à ce que le printemps de retour lui annonçant
de nouveaux besoins et de nouveaux plaisirs, l'a
gite et lui fait demander sa liberté.

La Bergeronnette.

L'espèce d'affection que les bergeronnettes
marquent pour les troupeaux : leur habitude à
les suivre dans la prairie; leur manière de volti-
ger, de se promener au milieu du bétail paissant,

de s'y mêler sans crainte, jusqu'à se poser quelquefois sur le dos des vaches et des moutons·
leur air de familiarité avec le berger qu'elles pré-
cèdent, qu'elles accompagnent sans défiance et
sans danger, qu'elles avertissent même de l'approche du loup ou de l'oiseau de proie, leur ont
fait donner un nom approprié, pour ainsi dire, à
cette vie pastorale. Compagne d'hommes innocents et paisibles, la bergeronnette semble avoir
pour notre espèce ce penchant qui rapprocherait

de nous la plupart des animaux s'ils n'étaient re-
poussés par notre barbarie [1], et écartés par la
crainte de devenir nos victimes. Dans la bergeronnette l'affection est plus forte que la peur ; il
n'est point d'oiseau libre dans les champs qui se
montre aussi privé, qui fuie moins et moins loin,
qui soit aussi confiant, qui se laisse approcher de
plus près, qui revienne plus tôt à portée des armes du chasseur qu'elle n'a pas l'air de redouter,
puisqu'elle ne sait pas même fuir.

Les mouches sont sa pâture pendant la belle
saison ; mais quand les frimas ont abattu les insectes volants et renfermé les troupeaux dans l'é-
table, elle se retire sur les ruisseaux, et y passe
presque toute la mauvaise saison.

La bergeronnette si volontiers amie de l'homme,
ne se plie point à devenir son esclave ; elle meurt
dans la prison de la cage ; elle aime la société et
craint l'étroite captivité ; mais laissée libre dans
un appartement en hiver, elle y vit, donnant la
chasse aux mouches et ramassant les mies de pain
qu'on lui jette. Quelquefois les navigateurs la
voient arriver sur leur bord, entrer dans le vaisseau, se familiariser, les suivre dans leur voyage
et ne les quitter qu'au débarquement ; si pourtant ces faits ne doivent pas plutôt s'attribuer à
la lavandière [2], plus grande voyageuse que la bergeronnette, et sujette dans ses traversées à s'é-
garer sur les mers

---

1. Voyez Toussenel et Michelet, ouvr. cit., *passim.*

2. C'est une espèce voisine de celle des bergeronnettes.

Le Roitelet.

C'est ici le vrai roitelet; on aurait toujours dû l'appeler ainsi, et c'est par une espèce d'usurpation, fort ancienne à la vérité, que le troglodyte s'était approprié ce nom; mais enfin nous le ré-

tablissons aujourd'hui dans ses droits : son titre est évident; il est roi puisque la nature lui a donné une couronne, et le diminutif ne convient à aucun autre de nos oiseaux d'Europe autant qu'à celui-ci, puisqu'il est le plus petit de tous. Le roitelet est si petit qu'il passe à travers les mailles des filets ordinaires, qu'il s'échappe facilement de toutes les cages, et que lorsqu'on le lâche dans une chambre bien fermée, il disparaît au bout d'un certain temps, et se fond en quelque sorte, sans qu'on en puisse trouver la moindre trace; il ne faut, pour le laisser passer, qu'une issue presque invisible. Lorsqu'il vient dans nos jardins, il se glisse subitement dans les charmilles : et comment ne le perdrait-on pas bientôt de vue? la plus petite feuille suffit pour le cacher. Si l'on veut se donner le plaisir de le tirer, le plomb le plus menu serait trop fort, on ne doit employer que du sable très-fin, surtout si l'on se propose d'avoir sa dépouille bien conservée. Lorsqu'on est parvenu à le prendre, soit aux gluaux, soit avec le trébuchet des mésanges, ou bien avec un filet assez fin, on craint de trop presser dans ses doigts un oiseau si délicat; mais comme il n'est pas moins vif, il est déjà loin qu'on croit le tenir encore. Son cri aigu et perçant est celui de la sauterelle, qu'il ne surpasse pas beaucoup en grosseur. Aristote dit qu'il chante agréablement; mais il y a toute apparence que ceux qui lui avaient fourni ce fait avaient confondu notre roitelet avec le troglodyte, d'autant plus que de son aveu il y avait dès lors confusion de noms entre ces deux espèces. La femelle pond six ou sept œufs, qui ne sont guère plus gros que des pois, dans un petit nid fait en boule creuse, tissu solidement de mousse et de toile d'araignée, garni en dedans du duvet le plus doux, et dont l'ouverture est dans le flanc; elle l'établit le plus souvent dans les forêts, et quelquefois dans les ifs et les charmilles de nos jardins, ou sur des pins à portée de nos maisons.

Les plus petits insectes font la nourriture ordinaire de ces très-petits oiseaux : l'été ils les attrapent lestement en volant; l'hiver, ils les cherchent dans leurs retraites, où ils sont engourdis, demi-

morts et quelquefois morts tout à fait. Ils s'accom-
modent aussi de leurs larves, et de toutes sortes
de vermisseaux : ils sont si habiles à trouver et
à saisir cette proie, et ils en sont si friands,
qu'ils s'en gorgent quelquefois jusqu'à étouffer.
Ils mangent pendant l'été de petites baies, de petites graines, telles que celles du fenouil; enfin
on les voit aussi fouiller le terreau qui se trouve
dans les vieux saules, et d'où ils savent apparemment tirer quelque parcelle de nourriture.
(G. de Montbeillard)

L'Oiseau-Mouche.

De tous les êtres animés, voici le plus élégant
pour la forme, et le plus brillant pour les couleurs. Les pierres et les métaux polis par notre
art ne sont pas comparables à ce bijou de la nature; elle l'a placé dans l'ordre des oiseaux au
dernier degré de grandeur, *maxime miranda in
minimis* [1]; son chef-d'œuvre est le petit oiseau-
mouche; elle l'a comblé de tous les dons qu'elle
n'a fait que partager aux autres oiseaux; légèreté,
rapidité, prestesse, grâce et riche parure, tout appartient à ce petit favori. L'émeraude, le rubis,
la topaze brillent sur ses habits [2], il ne les souille

[1]. Voyez Pline, l. XI, chap. i.
[2]. Michelet appelle les oiseaux des tropiques *fleurs animées. topazes et saphirs ailés.* Voyez dans l'Oiseau le chapitre du Combat.

jamais de la poussière de la terre, et, dans sa vie
tout aérienne, on le voit à peine toucher le gazon par instants ; il est toujours en l'air, volant
de fleurs en fleurs ; il a leur fraîcheur comme il
a leur éclat : il vit de leur nectar et n'habite que

les climats où sans cesse elles se renouvellent.
    C'est dans les contrées les plus chaudes du
Nouveau-Monde que se trouvent toutes les espèces d'oiseaux-mouches ; elles sont assez nombreuses et paraissent confinées entre les deux
tropiques, car ceux qui s'avancent en été dans les

zones tempérées n'y font qu'un court séjour ; ils semblent suivre le soleil, s'avancer, se retirer avec lui, et voler sur l'aile des zéphyrs à la suite d'un printemps éternel.

Pour le volume les petites espèces de ces oiseaux sont au-dessous de la grande mouche asile (*le taon*) pour la grandeur, et du bourdon pour la grosseur. Leur bec est une aiguille fine, et leur langue un fil délié ; leurs petits yeux noirs ne paraissent que deux points brillants ; les plumes de leurs ailes sont si délicates qu'elles en paraissent transparentes ; à peine aperçoit-on leurs pieds, tant ils sont courts et menus ; ils en font peu d'usage, ils ne se posent que pour passer la nuit, et se laissent pendant le jour emporter dans les airs ; leur vol est continu, bourdonnant et rapide. Marcgrave compare le bruit de leurs ailes à celui d'un rouet, et l'exprime par les syllabes *hour, hour, hour*. Leur battement est si vif, que l'oiseau s'arrêtant dans les airs paraît non-seulement immobile, mais tout à fait sans action ; on le voit s'arrêter ainsi quelques instants devant une fleur, et partir comme un trait pour aller à une autre ; il les visite toutes, plongeant sa petite langue dans leur sein, les flattant de ses ailes, sans jamais s'y fixer, mais aussi sans les quitter jamais ; il ne presse ses inconstances que pour mieux suivre ses amours[1] et multiplier ses jouissances innocentes, car cet amant léger des fleurs vit à leurs dépens sans les flétrir ; il ne fait que pomper leur miel, et c'est à

---

1. V. Hugo, *Chants du crépuscule*, XXVII, la Fleur et le Papillon.

cet usage que sa langue paraît uniquement destinée.

Rien n'égale la vivacité de ces petits oiseaux, si ce n'est leur courage, ou plutôt leur audace : on les voit poursuivre avec furie des oiseaux vingt fois plus gros qu'eux, s'attacher à leur corps, et se laissant emporter par leur vol, le becqueter à coups redoublés, jusqu'à ce qu'ils aient assouvi leur petite colère. Quelquefois même ils se livrent entre eux de très-vifs combats; l'impatience paraît être leur âme : s'ils s'approchent d'une fleur, et qu'ils la trouvent fanée, ils lui arrachent les pétales avec une précipitation qui marque leur dépit [1]. Ils n'ont point d'autre voix qu'un petit cri, *screp*, *screp*, fréquent et répété; ils le font entendre dans les bois dès l'aurore, jusqu'à ce qu'aux premiers rayons du soleil, tous prennent l'essor et se dispersent dans les campagnes.

Le Colibri.

La nature, en prodiguant tant de beautés à l'oiseau-mouche, n'a pas oublié le colibri, son voisin et son proche parent; elle l'a produit dans le même climat et formé sur le même modèle : aussi brillant, aussi léger que l'oiseau-mouche, et vivant comme lui sur les fleurs, le colibri est paré de même de tout ce que les plus riches couleurs

---

[1]. **Voyez** dans *l'Oiseau*, p. 144-145, l'imitation de Michelet.

ont d'éclatant, de moelleux, de suave; et ce que nous avons dit de la beauté de l'oiseau-mouche de sa vivacité, de son vol bourdonnant et rapide, de sa constance à visiter les fleurs, de sa manière de nicher et de vivre, doit s'appliquer également au colibri : un même instinct anime ces deux charmants oiseaux, et comme ils se ressemblent

presque en tout, souvent on les a confondus sous un même nom [1].

[1].
Enfin pour achever ces nombreux parallèles,
Avec la lourde autruche et ses mesquines ailes
Comparez cet oiseau qui, moins vu qu'entendu.
Ainsi qu'un trait agile à nos yeux est perdu;
Du peuple ailé des airs brillante miniature,
Où le ciel des couleurs épuisa la parure;
Et, pour tout dire enfin, le charmant colibri
Qui, de fleurs, de rosée et de vapeurs nourri,
Jamais sur une tige un instant ne demeure,
Glisse et ne pose pas, suce moins qu'il n'effleure :
Phénomène léger, chef-d'œuvre aérien,
De qui la grâce est tout, et le corps presque rien;
Vif, prompt, gai, de la vie aimable et frêle esquisse,
Et des dieux, s'ils en ont, le plus charmant caprice.
(Delille, *les Trois Règnes*, VII.)

Les Cotingas.

Il est peu d'oiseaux d'un aussi beau plumage
que les cotingas; tous ceux qui ont eu occasion
de les voir, naturalistes ou voyageurs, en ont été
comme éblouis, et n'en parlent qu'avec admiration. Il semble que la nature ait pris plaisir à ne
rassembler sur sa palette que des couleurs choi-

sies, pour les répandre, avec autant de goût que
de profusion, sur l'habit de fête qu'elle leur avait
destiné. On y voit briller toutes les nuances de
bleu, de violet, de rouge, d'orangé, de pourpre,
de blanc pur, de noir velouté, tantôt assorties et
rapprochées par les gradations les plus suaves,
tantôt opposées et contrastées avec une entente

admirable, mais presque toujours multipliées par des reflets sans nombre, qui donnent du mouvement, du jeu, de l'intérêt, en un mot, tout le charme de la peinture la plus expressive, à des tableaux muets, immobiles en apparence, et qui n'en sont que plus étonnants, puisque leur mérite est de plaire par leur beauté propre, sans rien imiter, et d'être eux-mêmes inimitables.

Toutes les espèces, ou, si l'on veut, toutes les races qui composent la famille des cotingas, appartiennent au nouveau continent. Il paraît qu'ils se plaisent dans les pays chauds : on ne les trouve guère au delà du Brésil, du côté du sud, ni au-delà du Mexique, du côté du nord.

(G. de Montbeillard.)

OISEAUX AQUATIQUES

Notions générales.

Les oiseaux d'eau sont les seuls qui réunissent à la jouissance de l'air et de la terre la possession de la mer. De nombreuses espèces, toutes très-multipliées, en peuplent les rivages et les plaines; ils voguent sur les flots avec autant d'aisance, plus de sécurité qu'ils ne volent dans leur élément naturel : partout ils y trouvent une subsistance abondante, une proie qui ne peut les fuir; et, pour la saisir, les uns fendent les ondes

et s'y plongent ; d'autres ne font que les effleu-
rer en rasant leur surface par un vol rapide ou
mesuré sur la distance et la quantité des victimes. Tous s'établissent sur cet élément mobile
comme dans un domicile fixe : ils s'y rassemblent
en grande société, et vivent tranquillement au
milieu des orages ; ils semblent même se jouer
avec les vagues, lutter contre les vents, et s'expo-
ser aux tempêtes sans les redouter, ni subir de
naufrage

Ils ne quittent qu'avec peine ce domicile de
choix, et seulement dans le temps que le soin de
leur progéniture, en les attachant au rivage, ne
leur permet plus de fréquenter la mer que par
instants. Car, dès que leurs petits sont éclos, ils
les conduisent à ce séjour chéri, que ceux-ci ché-
riront bientôt eux-mêmes comme plus convenable
à leur nature que celui de la terre. En effet, ils
peuvent y rester autant qu'il leur plaît, sans être
pénétrés de l'humidité, et sans rien perdre de
leur agilité, puisque leur corps, mollement porté,
se repose, même en nageant, et reprend bientôt
les forces épuisées par le vol. La longue obscurité
des nuits, ou la continuité des tourmentes, sont
les seules contrariétés qu'ils éprouvent, et qui
les obligent à quitter la mer par intervalles. Ils
servent alors d'avant-coureurs, ou plutôt de signaux aux voyageurs, en leur annonçant que les
terres sont prochaines. Néanmoins cet indice est
souvent incertain : plusieurs de ces oiseaux se
portent en mer quelquefois si loin, que M. Cook[1]

James Cook (1728-1779). On a la relation de ses trois voyages.

conseille de ne point regarder leur apparition
comme une indication du voisinage de la terre;
et tout ce que l'on peut conclure de l'observation
des navigateurs, c'est que la plupart de ces oiseaux ne retournent pas chaque nuit au rivage,
et que quand il leur faut, pour le trajet ou le retour, quelques points de repos, ils les trouvent
sur les écueils, ou même les prennent sur les
eaux de la mer.

La forme du corps et des membres de ces oiseaux indique assez qu'ils sont navigateurs-nés et
habitants naturels de l'élément liquide : leur
corps est arqué et bombé comme la carène d'un
vaisseau, et c'est peut-être sur cette figure que
l'homme a tracé celle de ses premiers navires;
leur cou, relevé sur une poitrine saillante, en représente assez bien la proue; leur queue courte,
et toute rassemblée en un seul faisceau, sert de
gouvernail; leurs pieds larges et palmés font
l'office de véritables rames; le duvet épais et lustré d'huile qui revêt tout leur corps est une espèce de goudron naturel qui le rend impénétrable
à l'humidité, en même temps qu'il le fait flotter
plus légèrement à la surface des eaux. Et ceci
n'est encore qu'un aperçu des facultés que la nature a données à ces oiseaux pour la navigation.
Leurs habitudes naturelles sont conformes à ces
facultés, leurs mœurs y sont assorties : ils ne se
plaisent nulle part autant que sur l'eau; ils semblent craindre de se poser à terre; la moindre as-
périté du sol blesse leurs pieds ramollis par l'habitude de ne presser qu'une surface humide; enfin
l'eau est pour eux un lieu de repos et de plaisir,

où tous leurs mouvements s'exécutent avec facilité, où toutes leurs fonctions se font avec aisance, où leurs différentes évolutions se tracent avec grâce. Voyez les cygnes nager avec mollesse, ou cingler sur l'onde avec majesté; ils s'y jouent, s'ébattent, y plongent, et reparaissent avec des mouvements agréables et les plus douces ondulations : aussi le cygne est-il l'emblème de la grâce, premier trait qui nous frappe, même avant ceux de la beauté [1].

La vie de l'oiseau aquatique est donc plus paisible et moins pénible que celle de la plupart des autres oiseaux; il emploie beaucoup moins de forces pour nager que les autres n'en dépensent pour voler; l'élément qu'il habite lui offre à chaque instant sa subsistance; il la rencontre plus qu'il ne la cherche, et souvent le mouvement de l'onde l'amène à sa portée; il la prend sans fatigue, comme il l'a trouvée sans peine ni travail, et cette vie plus douce lui donne en même temps des mœurs plus innocentes et des habitudes pacifiques. Chaque espèce se rassemble par le sentiment d'un amour mutuel. Nul de ces oiseaux n'attaque son semblable, nul ne fait sa victime d'aucun autre oiseau, et, dans cette grande et tranquille nation, on ne voit point le plus fort inquiéter le plus faible : bien différent de ces tyrans de l'air et de la terre, qui ne parcourent leur empire que pour le dévaster, et qui, toujours en guerre avec leurs semblables, ne cherchent qu'à

---

1. Et la grâce plus belle encor [que la beauté].
        (La Fontaine, poëme d'*Adonis.*)

les détruire, le peuple ailé des eaux, partout en paix avec lui-même, ne s'est jamais souillé du sang de son espèce; respectant même le genre entier des oiseaux, il se contente d'une chair moins noble, et n'emploie sa force et ses armes que contre le genre abject des reptiles et le genre muet des poissons. Néanmoins la plupart de ces oiseaux ont, avec une grande véhémence d'appétit, les moyens d'y satisfaire; plusieurs espèces, comme celles du harle, du cravan, du tadorne, etc., ont les bords intérieurs du bec armés de dentelures assez tranchantes pour que la proie saisie ne puisse s'échapper; presque tous sont plus voraces que les oiseaux terrestres, et il faut avouer qu'il y en a quelques-uns, tels que les canards, les mouettes, etc., dont le goût est si peu délicat, qu'ils dévorent avec avidité la chair morte et les entrailles de tous les animaux.

La Cigogne.

Entre les oiseaux terrestres qui peuplent les campagnes, et les oiseaux navigateurs à pieds palmés, qui reposent sur les eaux, on trouve la grande tribu des oiseaux de rivage, dont le pied, sans membranes ne pouvant avoir un appui sur les eaux, doit encore porter sur la terre, et dont le long bec, enté sur un long cou [1], s'étend en

---

1. Le héron au long bec emmanché d'un long cou.
(La Fontaine, VII, 4.)

avant pour chercher la pâture sous l'élément liquide. Dans les nombreuses familles de ce peuple amphibie des rivages de la mer et des fleuves,
celle de la cicogne, plus célèbre qu'aucune autre,

se présente la première; elle est composée de
deux espèces qui ne diffèrent que par la couleur,
car du reste il semble que sous la même forme
et d'après le même dessin, la nature ait produit
deux fois le même oiseau, l'un blanc et l'autre

noir ; cette différence, tout le reste étant semblable, pourrait être comptée pour rien, s'il n'y avait pas entre ces deux mêmes oiseaux différence d'instinct et diversité de mœurs. La cigogne noire cherche les lieux déserts, se perche dans les bois, fréquente les marécages écartés et niche dans l'épaisseur des forêts. La cigogne blanche choisit au contraire nos habitations pour domicile ; elle s'établit sur les tours, sur les cheminées et les combles des édifices ; amie de l'homme, elle en partage le séjour et même le domaine ; elle pêche dans nos rivières, chasse jusque dans nos jardins, se place au milieu des villes, sans s'effrayer de leur tumulte, et partout, hôte respecté et bienvenu, elle paye par des services le tribut qu'elle doit à la société ; plus civilisée, elle est aussi plus féconde, plus nombreuse et plus généralement répandue que la cigogne noire qui paraît confinée dans certains pays, et toujours dans les lieux solitaires.

On attribue à la cigogne des vertus morales, dont l'image est toujours respectable ; la tempérance, la fidélité conjugale, la piété filiale et paternelle. Il est vrai que la cigogne nourrit très-longtemps ses petits et ne les quitte pas qu'elle ne leur voie assez de force pour se défendre et se pourvoir d'eux-mêmes ; que quand ils commencent à voleter hors du nid et à s'essayer dans les airs, elle les porte sur ses ailes ; qu'elle les défend dans les dangers, et qu'on l'a vue, ne pouvant les sauver, préférer de périr avec eux plutôt que de les abandonner ; on l'a de même vue donner des marques d'attachement, et même de reconnaissance pour les lieux et pour les hôtes qui l'ont reçue. On assure l'avoir entendue claqueter en passant devant les portes, comme pour avertir de son retour, et faire en partant un semblable signe d'adieu; mais ces qualités morales ne sont rien en comparaison de l'affection que marquent et des tendres soins que donnent ces oiseaux à leurs parents trop faibles ou trop vieux. On a souvent vu des cigognes jeunes et vigoureuses apporter de la nourriture à d'autres, qui se tenant sur le bord du nid, paraissaient languissantes et affaiblies, soit par quelque accident passager, soit que réellement la cigogne, comme l'ont dit les anciens, ait le touchant instinct de soulager la vieillesse, et que la nature, en plaçant jusque dans les cœurs bruts ces pieux sentiments auxquels les cœurs humains ne sont que trop souvent infidèles, ait voulu nous en donner l'exemple. La loi de nourrir ses parents fut faite en leur honneur, et nommée de leur nom chez les Grecs [1] : Aristophane en fait une ironie amère contre l'homme [2].

Ælien assure que les qualités morales de la cigogne étaient la première cause du respect et du culte des Égyptiens pour elle; et c'est peut-être un reste de cette ancienne opinion qui fait aujourd'hui le préjugé du peuple qui est persuadé qu'elle apporte le bonheur à la maison où elle vient s'établir.

Chez les anciens ce fut un crime de donner la

---

1. Πελαργικοὶ νόμοι, lois d'après lesquelles les enfants doivent la nourriture à leurs vieux parents.

2. Voyez dans *les Oiseaux* (éd. Tauchniz v. 1352-1356) la réponse de Pisthétéros au parricide.

mort à une cigogne, ennemie des espèces nuisibles. En Thessalie, il y eut peine de mort pour le meurtre d'un de ces oiseaux, tant ils étaient précieux à ce pays qu'ils purgeaient des serpents. Dans le Levant, on conserve encore une partie de ce respect pour la cigogne ; on ne la mangeait pas chez les Romains ; un homme qui par un luxe bizarre s'en fit servir une, en fut puni par les railleries du peuple. Au reste, la chair n'en est pas assez bonne pour être recherchée, et cet oiseau né notre ami et presque notre domestique, n'est pas fait pour être notre victime.

La Grue.

Buffon, après avoir rapporté les récits des auteurs grecs et latins sur les combats des grues et des pygmées, ajoute : « Ces fables anciennes sont absurdes, dira-t-on, et j'en conviens : mais accoutumés à trouver dans ces fables des vérités cachées et des faits qu'on n'a pu mieux connaître, nous devons être sobres à porter ce jugement, trop facile à la vanité et trop naturel à l'ignorance ; nous aimons mieux croire que quelques particularités singulières dans l'histoire de ces oiseaux donnèrent lieu à une opinion si répandue dans une antiquité qu'après avoir si souvent taxée de mensonges, nos nouvelles découvertes nous ont forcés de reconnaître instruite avant nous. On sait que les singes, qui vont en grandes troupes dans la plupart des régions de l'Afrique et de l'Inde, font une guerre continuelle aux oiseaux : ils cherchent à surprendre leur nichée, et ne cessent de leur dresser des embûches. Les grues, à leur arrivée, trouvent ces ennemis, peut-être rassemblés en grand nombre pour attaquer cette nouvelle et riche proie avec plus d'avantage ; les grues, assez sûres de leurs propres forces, exercées même entre elles aux combats, et naturellement assez disposées à la lutte, comme il paraît par les attitudes où elles se jouent, les mouvements qu'elles affectent, et à l'ordre des batailles par celui même de leur vol et de leur départ [1], se défendent vivement; mais les singes, acharnés à enlever leurs œufs et leurs petits, reviennent sans cesse et en troupes au combat; et comme, par leurs stratagèmes, leurs mines et leurs postures, ils semblent imiter les actions humaines, ils parurent être une troupe de petits hommes à des gens peu instruits, ou qui n'aperçurent que de loin, ou qui, emportés par l'amour de l'extraordinaire, préférèrent de mettre ce merveilleux dans leurs relations. Voilà l'origine et l'histoire de ces fables. » — Nous citons cette page comme une curieuse preuve du sens divinateur de Buffon, qui essaye, par occasion, d'expliquer, comme le fait la science moderne, les mythes et les fables de l'antiquité.

Les grues portent leur vol très-haut et se mettent en ordre pour voyager; elles forment un triangle à peu près isocèle, comme pour fendre l'air plus aisément. Quand le vent se renforce et menace de les rompre, elles se resserrent en cercle; ce qu'elles font aussi quand l'aigle les attaque. Leur passage se fait le plus souvent dans la nuit; mais leur voix éclatante avertit de leur marche. Dans ce vol de nuit, le chef fait entendre fréquemment une voix de réclame [2] pour avertir de la route qu'il tient; elle est répétée par toute la troupe, où chacune répond comme pour faire connaître qu'elle suit et garde sa ligne.

Le vol de la grue est toujours soutenu, quoique marqué par diverses inflexions; ses vols diffé-

1. La forme de triangle. Voyez ci-dessous.

2. Remarquez que ce mot de *réclame* (proprement le cri par lequel on rappelle le faucon) est masculin Son étymologie est d'ailleurs la même que pour le substantif féminin.

rents ont été observés comme des présages des changements du ciel et de la température : sagacité que l'on peut bien accorder à un oiseau qui, par la hauteur où il s'élève dans la région de l'air,

est en état d'en découvrir ou sentir de plus loin que nous les mouvements et les altérations. Les cris des grues dans le jour indiquent la pluie : les clameurs plus bruyantes et comme tumultueuses annoncent la tempête. Si, le matin ou le soir, on les voit s'élever et voler paisiblement en troupes, c'est un indice de sérénité; au contraire, si elles pressentent l'orage, elles baissent leur vol et s'abattent sur terre. La grue a, comme tous les grands oiseaux excepté ceux de proie, quelque peine à prendre son essor; elle court quelques pas, ouvre les ailes, s'élève peu d'abord, jusqu'à ce que, étendant son vol, elle déploie une aile puissante et rapide.

A terre, les grues rassemblées établissent une garde pendant la nuit, et la circonspection de ces oiseaux a été consacrée dans les hiéroglyphes comme le symbole de la vigilance. La troupe dort la tête cachée sous l'aile, mais le chef veille la tête haute; et si quelque objet le frappe, il en avertit la troupe par un cri. C'est pour le départ, dit Pline, qu'elles choisissent ce chef. Mais, sans imaginer un pouvoir reçu ou donné comme dans les sociétés humaines, on ne peut refuser à ces animaux l'intelligence sociale de se rassembler, de suivre celui qui appelle, qui précède, qui dirige, pour faire le départ, le voyage, le retour, dans tout cet ordre qu'un admirable instinct leur fait suivre[1].

La Demoiselle de Numidie.

Sous un moindre module, la demoiselle de Numidie a toutes les proportions et la taille de la grue; c'est son port, et c'est aussi le même

---

1. Voyez la ballade d'Ibicus dans Schiller.

vêtement, la même distribution de couleurs sur
le plumage; le gris en est seulement plus pur et
plus perlé; deux touffes blanches de plumes effi-
lées et chevelues, tombant de chaque côté de la
tête de l'oiseau, lui forment une espèce de coif-

fure: des plumes longues, douces et soyeuses, du
plus beau noir, sont couchées sur le sommet de
la tête; de semblables plumes descendent sur le
devant du cou, et pendent avec grâce au-dessous;
entre les pennes noires des ailes, percent des

touffes flexibles, allongées et pendantes. On a
donné à ce bel oiseau le nom de *demoiselle*, à
cause de son élégance, de sa parure et des gestes *mimes*[1] qu'on lui voit affecter ; cette demoi-
selle-oiseau s'incline en effet par plusieurs révé-
rences ; elle se donne bon air en marchant avec
une sorte d'ostentation ; et souvent elle saute et
bondit par gaieté, comme si elle voulait danser.

Ce penchant, dont nous avons déjà remarqué
quelque chose dans la grue, se montre si évidemment ici, que depuis plus de deux mille ans, les
auteurs qui ont parlé de cet oiseau de Numidie,
l'ont toujours indiqué ou reconnu par cette imitation singulière des gestes mimes. Aristote l'appelle *l'acteur* ou *le comédien* ; Pline, *le danseur*
et *le baladin ;* et Plutarque fait mention de ses
jeux et de son adresse. Il paraît même que cet
instinct *scénique* s'étend jusqu'à l'imitation des
actions du moment. Xénophon, dans Athénée, en
paraît persuadé lorsqu'il rapporte la manière de
prendre ces oiseaux : « Les chasseurs, dit-il, se
frottent les yeux en leur présence avec de l'eau
qu'ils ont mise dans des vases ; ensuite ils les
remplissent de glu et s'éloignent, et l'oiseau vient
s'en frotter les yeux et les pattes à l'exemple des
chasseurs.... » Aussi Athénée, dans cet endroit,
l'appelle-t-il *le copiste de l'homme ;* et si cet oiseau a pris de ce modèle quelque faible talent, il
paraît aussi avoir pris ses défauts, car il a de la
vanité, il aime à s'étaler, il cherche à se donner
en spectacle, et se met en jeu dès qu'on le re-

---

1. L'adjectif *mimique* était déjà employé.

garde ; il semble préférer le plaisir de se montrer à celui même de manger, et suivre quand on le quitte, comme pour solliciter encore un coup d'œil.

Ce sont les remarques de MM. de l'Académie des sciences sur la demoiselle de Numidie : il y en avait plusieurs à la ménagerie de Versailles. Ils comparent leur marche, leurs postures et leurs gestes, aux *danses des Bohémiennes* ; et Aristote lui-même semble avoir voulu l'exprimer ainsi, et peindre leur manière de sauter et bondir ensemble, lorsqu'il dit *qu'on les prend quand elles dansent l'une vis-à-vis de l'autre.*

Le Kamichi.

Ce n'est point en se promenant dans nos campagnes cultivées, ni même en parcourant toutes les terres du domaine de l'homme, que l'on peut connaître les grands effets des variétés de la nature ; c'est en se transportant des sables brûlants de la torride aux glacières des pôles, c'est en descendant du sommet des montagnes au fond des mers, c'est en comparant les déserts avec les déserts, que nous la jugerons mieux et que nous l'admirerons davantage. En effet, sous le point de vue[1] de ses sublimes contrastes et de ses majes-

---

1. « Surtout gardez-vous bien de croire que quelqu'un ait écrit en français depuis le règne de Louis XIV ; la moindre femme-

tueuses oppositions, elle paraît plus grande en
se montrant telle qu'elle est. Nous avons ci-de-
vant[1] peint les déserts arides de l'Arabie pétrée,
ses solitudes nues où l'homme n'a jamais respiré
sous l'ombrage, où la terre sans verdure n'offre
aucune subsistance aux animaux, aux oiseaux,
aux insectes ; où tout paraît mort, parce que rien
ne peut naître, et que l'élément nécessaire au développement des germes de tout être vivant ou
végétant, loin d'arroser la terre par des ruisseaux
d'eau vive, ou de la pénétrer par des pluies fécondes, ne peut même l'humecter d'une simple
rosée. Opposons ce tableau d'une sécheresse absolue dans une terre trop ancienne, à celui des
vastes plaines de fange des savanes noyées du
nouveau continent, nous y verrons par excès ce
que l'autre n'offrait que par défaut ; des fleuves
d'une largeur immense, tels que l'Amazone, la
Plata, l'Orénoque, roulant à grands flots leurs
vagues écumantes, et se débordant en toute liberté, semblent menacer la terre d'un envahisse-
ment et faire effort pour l'occuper tout entière
Des eaux stagnantes et répandues près et loin de
leurs cours, couvrent le limon vaseux qu'elles ont
déposé ; et ces vastes marécages exhalant leurs
vapeurs en brouillards fétides communiqueraient
à l'air l'infection de la terre, si bientôt elles ne
retombaient en pluies précipitées par les orages

---

lette de ce temps-là vaut mieux
pour le langage que les Jean-Jac-
ques, Diderot, d'Alembert, contemporains et postérieurs ; ceux-ci
sont tous ânes bâtés, *sous le rap-*

port de la langue, pour user d'une
de leurs phrases. » (P. L. Cou-
rier, *lettre à Boissonade*, 23
mars 1812.)

1. Voyez article du Chameau

ou dispersées par les vents. Et ces plages, alternativement séchées et noyées, où la terre et l'eau semblent se disputer des possessions illimitées ;

et ces broussailles de mangles[1] jetées sur les confins indécis de ces deux éléments, ne sont peuplées que d'animaux immondes qui pullulent dans

1. Buffon emploie le nom du fruit pour le nom de l'arbre : ce dernier est appelé aujourd'hui Manglier ou Palétuvier.

ces repaires, cloaques de la nature, où tout retrace l'image des déjections monstrueuses de l'antique limon. Des énormes serpents tracent de larges sillons sur cette terre bourbeuse ; les crocodiles, les crapauds, les lézards et mille autres reptiles à larges pattes en pétrissent la fange ; des millions d'insectes enflés par la chaleur humide, en soulèvent la vase, et tout ce peuple impur rampant sur le limon ou bourdonnant dans l'air qu'il obscurcit encore, toute cette vermine dont fourmille la terre, attire de nombreuses cohortes d'oiseaux ravisseurs dont les cris confus, multipliés et mêlés aux coassements des reptiles, en troublant le silence de ces affreux déserts, semblent ajouter la crainte à l'horreur pour en écarter l'homme et en interdire l'entrée aux autres êtres sensibles ; terres d'ailleurs impraticables, encore informes, et qui ne serviraient qu'à lui rappeler l'idée de ces temps voisins du premier chaos où les éléments n'étaient pas séparés, où la terre et l'eau ne faisaient qu'une masse commune, et où les espèces vivantes n'avaient pas encore trouvé leur place dans les différents districts de la nature[1].

Au milieu de ces sons discordants d'oiseaux criards et de reptiles coassants, s'élève par intervalles une grande voix qui leur impose à tous, et dont les eaux retentissent au loin : c'est la voix du kamichi, grand oiseau noir très-remarquable par la force de son cri et par celle de ses armes ;

---

1. Comparez ce tableau à la description de la nature sau- | vage. (Empire de l'homme sur la nature, pages 30-32.)

il porte sur chaque aile deux puissants éperons, et sur la tête une corne pointue de trois ou quatre pouces de longueur sur deux ou trois lignes de diamètre à sa base ; cette corne, implantée sur le haut du front, s'élève droit, et finit en une pointe aiguë un peu courbée en avant, et vers sa base elle est revêtue d'un fourreau, semblable au tuyau d'une plume.

Avec cet appareil d'armes très-offensives, et qui le rendraient formidable au combat, le kami-chi n'attaque point les autres oiseaux, et ne fait la guerre qu'aux reptiles ; il a même les mœurs douces et le naturel profondément sensible ; car le mâle et la femelle se tiennent toujours ensemble ; fidèles jusqu'à la mort, l'amour qui les unit semble survivre à la perte que l'un ou l'autre fait de sa moitié ; celui qui reste erre sans cesse en gémissant, et se consume près des lieux où il a perdu ce qu'il aime [1].

Le Héron commun [2].

Le bonheur n'est pas également départi à tous les êtres sensibles ; celui de l'homme vient de la douceur de son âme, et du bon emploi de ses qualités morales ; le bien-être des animaux ne dépend au contraire que des facultés physiques,

1. Voyez Michelet, *l'Oiseau*, p. 146-148.

2. Voyez Michelet, *l'Oiseau*, p. 117-134.

ct de l'exercice de leurs forces corporelles : mais
si la nature s'indigne du partage injuste que la
société fait du bonheur parmi les hommes, elle-
même, dans sa marche rapide, paraît avoir négligé certains animaux, qui, par imperfection
d'organes, sont condamnés à endurer la souffrance, et destinés à éprouver la pénurie : enfants
disgraciés, nés dans le dénûment pour vivre dans
la privation, leurs jours pénibles se consument
dans les inquiétudes d'un besoin toujours renaissant ; souffrir et patienter sont souvent leurs
seules ressources, et cette peine intérieure trace
sa triste empreinte jusque sur leur figure, et ne
leur laisse aucune des grâces dont la nature
anime tous les êtres heureux. Le héron nous présente l'image de cette vie de souffrance, d'anxiété,
d'indigence ; n'ayant que l'embuscade pour tout
moyen d'industrie, il passe des heures, des jours
entiers à la même place, immobile au point de
laisser douter si c'est un être animé ; lorsqu'on
l'observe avec une lunette (car il se laisse rarement approcher), il paraît comme endormi, posé
sur une pierre, le corps presque droit et sur un
pied ; le cou replié le long de la poitrine et du
ventre ; la tête et le bec couchés entre les épaules,
qui se haussent et excèdent de beaucoup la poitrine, et s'il change d'attitude, c'est pour en prendre une encore plus contrainte en se mettant en
mouvement ; il entre dans l'eau jusqu'au-dessus
du genou, la tête entre les jambes, pour guetter
au passage une grenouille, un poisson ; mais réduit à attendre que sa proie vienne s'offrir à lui,
et n'ayant qu'un instant pour la saisir, il doit su-

bir de longs jeûnes, et quelquefois périr d'inanition; car il n'a pas l'instinct, lorsque l'eau est
couverte de glace, d'aller chercher à vivre dans
des climats plus tempérés; et c'est mal à propos

que quelques naturalistes l'ont rangé parmi les
oiseaux de passage, qui reviennent au printemps
dans les lieux qu'ils ont quittés l'hiver, puisque
nous voyons ici des hérons dans toutes les saisons, et même pendant les froids les plus rigoureux et les plus longs; forcés alors de quitter les

marais et les rivières gelées, ils se tiennent sur
les ruisseaux et près des sources chaudes; et
c'est dans ce temps qu'ils sont le plus en mouvement, et où ils font d'assez grandes traversées
pour changer de station, mais toujours dans la
même contrée; ils semblent donc se multiplier à
mesure que le froid augmente, et ils paraissent
supporter également et la faim et le froid; ils ne
résistent et ne durent qu'à force de patience et
de sobriété; mais ces froides vertus sont ordinairement accompagnées du dégoût de la vie. Lorsqu'on prend un héron, on peut le garder quinze
jours sans lui voir chercher ni prendre aucune
nourriture; il rejette même celle qu'on tente de
lui faire avaler; sa mélancolie naturelle, augmentée sans doute par la captivité, l'emporte sur
l'instinct de sa conversation, sentiment que la nature imprime le premier dans le cœur de tous les
êtres animés : l'apathique héron semble se consumer sans languir; il périt sans se plaindre et
sans apparence de regret.

Les Pluviers.

L'instinct social n'est pas donné à toutes les espèces d'oiseaux; mais dans celles où il se manifeste, il est plus grand, plus décidé que dans les
autres animaux. Non-seulement leurs attroupe-
ments sont plus nombreux et leur réunion plus
constante que celle des quadrupèdes, mais il sem-

ble que ce n'est qu'aux oiseaux seuls qu'appartient cette communauté de goûts, de projets, de
plaisirs, et cette union de volontés, qui fait le lien
de l'attachement mutuel et le motif de la liaison
générale. Cette supériorité d'instinct social dans
les oiseaux suppose d'abord une nombreuse mul-

tiplication, et vient ensuite de ce qu'ils ont plus
de moyens et de facilités de se rapprocher, de se
rejoindre, de demeurer et voyager ensemble, ce
qui les met à portée de s'entendre et de se communiquer assez d'intelligence pour connaître les
premières lois de la société, qui, dans toute espèce d'êtres, ne peut s'établir que sur un plan
dirigé par des vues concertées. C'est cette intelli-

gence qui produit entre les individus l'affection,
la confiance, et les douces habitudes de l'union,
de la paix, et de tous les biens qu'elle procure.
En effet, si nous considérons les sociétés libres et
forcées des animaux quadrupèdes, soit qu'ils se
réunissent furtivement et à l'écart dans l'état sauvage, soit qu'ils se trouvent rassemblés avec indifférence ou regret sous l'empire de l'homme, et
attroupés en domestiques ou en esclaves, nous ne
pourrons les comparer aux grandes sociétés des
oiseaux, formées par pur instinct, entretenues par
goût, par affection, sous les auspices de la pleine
liberté. Nous avons vu les pigeons chérir leur
commun domicile, et s'y plaire d'autant plus
qu'ils y sont plus nombreux; nous voyons les
cailles se rassembler, se reconnaître, donner et
suivre l'avis général du départ; nous savons que
les oiseaux gallinacés ont, même dans l'état sauvage, des habitudes sociales que la domesticité
n'a fait que seconder sans contraindre leur nature ; enfin nous voyons tous les oiseaux qui sont
écartés dans les bois , ou dispersés dans les
champs, s'attrouper à l'arrière-saison, et, après
avoir égayé de leurs jeux les derniers beaux jours
de l'automne, partir de concert pour aller chercher ensemble des climats plus heureux et des
hivers tempérés. Et tout cela s'exécute indépendamment de l'homme, quoique alentour de lui,
et sans qu'il y puisse mettre obstacle : au lieu
qu'il anéantit ou contraint toute société, toute volonté commune dans les animaux quadrupèdes.
En les désunissant, il les a dispersés : la marmotte, sociale par instinct, se trouve reléguée so-

litaire à la cime des montagnes ; le castor, encore plus aimant, plus uni et presque policé, a
été repoussé dans le fond des déserts. L'homme a
détruit ou prévenu toute société entre les animaux ; il a éteint celle du cheval, en soumettant
l'espèce entière au frein ; il a gêné celle même de
l'éléphant, malgré la puissance et la force de ce
géant des animaux. Les oiseaux seuls ont échappé
à la domination du tyran ; il n'a rien pu sur leur
société, qui est aussi libre que l'empire de l'air :
toutes ses atteintes ne peuvent porter que sur la
vie des individus ; il en diminue le nombre ; mais
l'espèce ne souffre que cet échec, et ne perd ni la
liberté, ni son instinct, ni ses mœurs. Il y a
même des oiseaux que nous ne connaissons que
par les effets de cet instinct social, et que nous ne
voyons que dans les moments de l'attroupement
général et de leur réunion en grande compagnie :
telle est, en général, la société de la plupart des
espèces d'oiseaux d'eau, et en particulier celle des
pluviers.

Ils paraissent en troupes nombreuses dans nos
provinces de France, pendant les pluies d'automne, et c'est de leur arrivée dans la saison des
pluies qu'on les a nommés *pluviers*. Ils fréquentent, comme les vanneaux, les fonds humides et
les terres limoneuses, où ils cherchent des vers et
des insectes. Ils vont à l'eau le matin pour se la-
ver le bec et les pieds, qu'ils se sont remplis de
terre en la fouillant ; et cette habitude leur est
commune avec les bécasses, les vanneaux, les
courlis et plusieurs autres oiseaux qui se nourrissent de vers. Ils frappent la terre avec leurs pieds

pour les faire sortir, et ils les saisissent souvent
même avant qu'ils soient hors de leur retraite.
Rarement ils se tiennent plus de vingt-quatre
heures dans le même lieu. Comme ils sont en
très-grand nombre, ils ont bientôt épuisé la pâture vivante qu'ils venaient y chercher : dès lors
ils sont obligés de passer à un autre terrain, et
les premières neiges les forcent de quitter nos
contrées et de gagner les climats plus tempérés.

La Frégate.

Le meilleur voilier, le plus vite de nos vaisseaux, la frégate, a donné son nom à l'oiseau qui
vole le plus rapidement et le plus constamment
sur les mers. La frégate est en effet de tous ces
navigateurs ailés celui dont le vol est le plus fier,
le plus puissant, et le plus étendu ; balancé sur
des ailes d'une prodigieuse longueur, se soutenant sans mouvement sensible, cet oiseau semble
nager paisiblement dans l'air tranquille pour attendre l'instant de fondre sur sa proie avec la rapidité d'un trait ; et lorsque les airs sont agités
par la tempête, légère comme le vent, la frégate
s'élève jusqu'aux nues, et va chercher le calme, en
s'élançant au-dessus des orages : elle voyage en
tous sens, en hauteur comme en étendue; elle se
porte au large à plusieurs centaines de lieues, et
fournit tout d'un vol ces traites immenses, auxquelles la durée du jour ne suffisant pas, elle

continue sa route dans les ténèbres de la nuit, et
ne s'arrête sur la mer que dans les lieux qui lui
offrent une pâture abondante[1].

Les poissons qui voyagent en troupes dans les
hautes mers, comme les poissons volants, fuient
par colonnes et s'élancent en l'air pour échapper
aux bonites, aux dorades qui les poursuivent,
mais n'échappent point à nos frégates; ce sont ces
mêmes poissons qui les attirent au large; elles
discernent de très-loin les endroits où passent

leurs troupes en colonnes, qui sont quelquefois
si serrées qu'elles font bruire les eaux et blanchir
la surface de la mer; les frégates fondent alors
du haut des airs, et fléchissant leur vol de manière à raser l'eau sans la toucher, elles enlèvent
en passant le poisson qu'elles saisissent avec le
bec, les griffes et souvent avec les deux à la fois,
selon qu'il se présente soit en nageant sur la surface de l'eau, ou bondissant dans l'air.

1. Voyez Michelet, *l'Oiseau*, p. 105-113, le Triomphe de l'aile.

Ce n'est qu'entre les tropiques, ou un peu au delà, que l'on rencontre la frégate dans les mers des deux mondes. Elle exerce sur les oiseaux de la zone torride une espèce d'empire; elle en force plusieurs, particulièrement les fous, à lui servir comme de pourvoyeurs, les frappant d'un coup d'aile ou les pinçant de son bec crochu, elle leur fait dégorger le poisson qu'ils avaient avalé, et s'en saisit avant qu'il ne soit tombé. Ces hostilités lui ont fait donner par les navigateurs le surnom de *guerrier*, qu'elle mérite à plus d'un titre, car son audace la porte à braver l'homme même.

Cette témérité de la frégate tient autant à la force de ses armes et à la fierté de son vol qu'à sa voracité : elle est en effet armée en guerre; des serres perçantes, un bec terminé par un croc très-aigu, les pieds courts et robustes, recouverts de plumes comme ceux des oiseaux de proie, le vol rapide, la vue perçante; tous ces attributs semblent lui donner quelque rapport avec l'aigle, et en faire de même le tyran de l'air au-dessus des mers.

Le Bec-en-Ciseaux.

Le genre de vie, les habitudes et les mœurs dans les animaux ne sont pas aussi libres qu'on pourrait l'imaginer : leur conduite n'est pas le produit d'une pure liberté de volonté, ni même un résultat de choix, mais un effet nécessaire qui dérive de la conformation, de l'organisation et de l'exercice de leurs facultés physiques. Déterminés et fixés chacun à la manière de vivre que cette nécessité leur impose et prescrit, nul ne cherche à l'enfreindre, ne peut s'en écarter : c'est par cette nécessité, tout aussi variée que leurs formes, que se sont trouvés peuplés tous les districts de

la nature. L'aigle ne quitte point ses rochers, ni le héron ses rivages : l'un fond du haut des airs sur l'agneau, qu'il enlève ou déchire par le seul droit que lui donne la force de ses armes, et par l'usage qu'il fait de ses serres cruelles ; l'autre, le pied dans la fange, attend, à l'ordre du besoin, le passage de la proie fugitive. Le pic n'abandonne jamais la tige des arbres, alentour de la-

quelle il lui est ordonné de ramper ; la barge
doit rester dans ses marais, l'alouette dans ses
sillons, la fauvette dans ses bocages ; et ne voyons-
nous pas tous les oiseaux granivores chercher
les pays habités et suivre nos cultures, tandis
que ceux qui préfèrent à nos grains les fruits
sauvages et les baies, constants à nous fuir, ne
quittent pas les bois et les lieux escarpés des
montagnes, où ils vivent loin de nous, et seuls
avec la Nature, qui d'avance leur a dicté ses lois
et donné les moyens de les exécuter. Elle retient
la gélinotte sous l'ombre épaisse des sapins ; le
merle solitaire sur son rocher ; le loriot dans les
forêts, dont il fait retentir les échos, tandis que
l'outarde va chercher les friches arides, et le râle
les humides prairies. Ces lois de la nature sont
des décrets éternels, immuables, aussi constants
que la forme des êtres ; ce sont ses grandes et
vraies propriétés, qu'elle n'abandonne ni ne cède
jamais, même dans les choses que nous croyons
nous être appropriées ; car, de quelque manière
que nous les ayons acquises, elles n'en restent
pas moins sous son empire : et n'est-ce pas pour
le démontrer qu'elle nous a chargés de loger des
hôtes importuns et nuisibles, les rats dans nos
maisons, l'hirondelle sous nos fenêtres, le moineau sur nos toits ? Et lorsqu'elle amène la cigogne au haut de nos vieilles tours en ruine, où
s'est déjà cachée la triste famille des oiseaux de
nuit, ne semble-t-elle pas se hâter de reprendre
sur nous des possessions usurpées pour un temps,
mais qu'elle a chargé la main sûre des siècles de
lui rendre ?

Ainsi les espèces nombreuses et diverses des oiseaux, portées par leur instinct, et fixées par leurs besoins dans les différents districts de la nature, se partagent, pour ainsi dire, les airs, la terre et les eaux; chacune y tient sa place, et y jouit de son petit domaine et des moyens de subsistance que l'étendue ou le défaut de ses facultés restreint ou multiplie. Et comme tous les degrés de l'échelle des êtres, tous les points de l'existence possible doivent être remplis, quelques espèces, bornées à une seule manière de vivre, réduites à un seul moyen de subsister, ne peuvent varier l'usage des instruments imparfaits qu'ils tiennent de la nature : c'est ainsi que les cuillers arrondies du bec de la spatule paraissent uniquement propres à ramasser les coquillages; que la petite lanière flexible et l'arc rebroussé du bec de l'avocette, la réduisent à vivre d'un aliment aussi mou que le frai des poissons; que l'huîtrier n'a son bec en hache que pour ouvrir les écailles, d'entre lesquelles il tire sa pâture; et que le bec-croisé pourrait à peine se servir de sa pince brisée, s'il ne savait l'appliquer pour soulever l'enveloppe en écaille qui recèle la graine des sapins; enfin, que l'oiseau nommé *bec-en-ciseaux* ne peut ni mordre de côté, ni ramasser devant soi, ni becqueter en avant, son bec étant composé de deux pièces excessivement inégales, dont la mandibule inférieure, allongée et avancée hors de toute proportion, dépasse de beaucoup la supérieure, qui ne fait que tomber sur celle-ci, comme un rasoir sur son manche.

Le Cygne.

Dans toute société, soit des animaux, soit des hommes, la violence fit les tyrans ; la douce autorité fait les rois. Le lion et le tigre sur la terre, l'aigle et le vautour dans les airs, ne règnent que par la guerre, ne dominent que par l'abus de la force et par la cruauté, au lieu que le cygne règne sur les eaux à tous les titres qui fondent un empire de paix, la grandeur, la majesté, la douceur ; avec des puissances, des forces, du courage, et la volonté de n'en pas abuser et de ne les employer que pour la défense, il sait combattre et vaincre sans jamais attaquer : roi paisible des oiseaux d'eau, il brave les tyrans de l'air ; il attend l'aigle sans le provoquer, sans le craindre ; il repousse ses assauts en opposant à ses armes la résistance de ses plumes et les coups précipités d'une aile vigoureuse qui lui sert d'égide ; et souvent la victoire couronne ses efforts. Au reste, il n'a que ce fier ennemi ; tous les autres oiseaux de guerre le respectent, et il est en paix avec toute la nature : il vit en ami plutôt qu'en roi au milieu des nombreuses peuplades des oiseaux aquatiques, qui toutes semblent se ranger sous sa loi ; il n'est que le chef, le premier habitant d'une république tranquille, où les citoyens n'ont rien à craindre d'un maître qui ne demande qu'autant qu'il leur accorde, et ne veut que calme et liberté.

Les grâces de la figure, la beauté de la forme,

répondent dans le cygne à la douceur du naturel; il plaît à tous les yeux; il décore, embellit tous les lieux qu'il fréquente; on l'aime, on l'applaudit, on l'admire. Nulle espèce ne le mérite mieux: la nature en effet n'a répandu sur aucune autant de ces grâces nobles et douces qui nous rappel-

lent l'idée de ses plus charmants ouvrages : coupe de corps élégante, formes arrondies, gracieux contours, blancheur éclatante et pure, mouvements flexibles et ressentis [1], attitudes tantôt

1. « Terme d'art : il se dit des formes, des traits que l'artiste a rendus avec force et caractère. » (*Dict. de Littré.*)

animées, tantôt laissées dans un mol abandon ;
tout dans le cygne respire la volupté, l'enchante-
ment que nous font éprouver les grâces et la
beauté, tout nous l'annonce, tout le peint comme
l'oiseau de l'amour, tout justifie la spirituelle et
riante mythologie d'avoir donné ce charmant oiseau pour père à la plus belle des mortelles.

A sa noble aisance, à la facilité, la liberté de
ses mouvements sur l'eau, on doit le reconnaître
non-seulement comme le premier des navigateurs
ailés, mais comme le plus beau modèle que la
nature nous ait offert pour l'art de la navigation [1]
Son cou élevé et sa poitrine relevée et arrondie
semblent en effet figurer la proue du navire fen-
dant l'onde, son large estomac en représente la
carène, son corps penché en avant pour cingler,
se redresse à l'arrière, et se relève en poupe ; la
queue est un vrai gouvernail ; les pieds sont de
larges rames, et ses grandes ailes demi-ouvertes
au vent et doucement enflées, sont les voiles qui
poussent le vaisseau vivant, navire et pilote à la
fois.

Fier de sa noblesse, jaloux de sa beauté, le
cygne semble faire parade de tous ses avantages ;
il a l'air de chercher à recueillir des suffrages, à
captiver les regards ; et il les captive en effet,
soit que voguant en troupe on voie de loin, au
milieu des grandes eaux, cingler la flotte ailée,
soit que, s'en détachant et s'approchant du rivage
aux signaux qui l'appellent, il vienne se faire

« Nulle figure plus fréquente
sur les navires des anciens que la
figure des cygnes ; elle paraissait
à la proue, et les nautoniers en
tiraient un augure favorable. »
Note de Buffon.

admirer de plus près en étalant ses beautés, et développant ses grâces par mille mouvements doux, ondulants et suaves[1].

Aux avantages de la nature le cygne réunit ceux de la liberté ; il n'est pas du nombre de ces esclaves que nous puissions contraindre ou renfermer ; libre sur nos eaux, il n'y séjourne, ne s'établit qu'en y jouissant d'assez d'indépendance pour exclure tout sentiment de servitude et de captivité ; il veut à son gré parcourir les eaux, débarquer au rivage, s'éloigner au large ou venir, longeant la rive, s'abriter sous les bords, se cacher dans les joncs, s'enfoncer dans les anses les plus écartées, puis quittant sa solitude, revenir à la société et jouir du plaisir qu'il paraît prendre et goûter en s'approchant de l'homme, pourvu qu'il trouve en nous ses hôtes et ses amis, et non ses maîtres et ses tyrans.

Les anciens ne s'étaient pas contentés de faire du cygne un chantre merveilleux : seul entre tous les êtres qui frémissent à l'approche de leur destruction, il chantait encore au moment de son agonie, et préludait par des sons harmonieux à

1. Le fragment suivant montrera comment les poètes descriptifs ont pris à tâche de traduire Buffon :

Le cygne toujours beau, soit qu'il
[vienne au rivage,
Certain de ses attraits, s'offrir à
[notre hommage,
Soit que, de nos vaisseaux le mo-
[dèle achevé,
Se rabaissant en proue, en poupe
[relevé,

L'estomac pour carène, et de sa
[queue agile
Mouvant le gouvernail en timo-
[nier habile,
Les pieds pour avirons, pour flotte
[ces oiseaux
Qui se pressent en foule autour du
[roi des eaux,
Pour voile enfin son aile au gré
[des vents enflée,
Fier, il vole au milieu de son es-
[cadre ailée.
(Delille, les Trois Règnes, VIII.)

son dernier soupir : c'était, disaient-ils, près d'expirer, et faisant à la vie un adieu triste et tendre [1], que le cygne rendait ces accents si doux et si touchants, et qui, pareils à un léger et douloureux murmure, d'une voix basse, plaintive et lugubre, formaient son chant funèbre ; on entendait ce chant lorsqu'au lever de l'aurore les vents et les flots étaient calmés, on avait même vu des cygnes expirant en musique, et chantant leurs hymnes funéraires. Nulle fiction en histoire naturelle, nulle fable chez les anciens, n'a été plus célébrée, plus répétée, plus accréditée ; elle s'était emparée de l'imagination vive et sensible des Grecs; poëtes, orateurs, philosophes [2] même l'ont adoptée comme une vérité trop agréable pour vouloir en douter. Il faut bien leur pardonner leurs fables ; elles étaient aimables et touchantes; elles valaient bien de tristes, d'arides vérités, c'étaient de doux emblèmes pour les âmes sensibles. Les cygnes, sans doute, ne chantent point leur mort; mais toujours, en parlant du dernier essor et des derniers élans d'un beau génie prêt à s'éteindre, on rappellera avec sentiment cette expression touchante : *c'est le chant du cygne !*

---

1. Mais telle qu'à sa mort, pour
[la dernière fois
Un beau cygne soupire, et de sa
[douce voix,
De sa **voix** qui bientôt lui doit être
[ravie,
Chante, avant de partir, ses adieux
[à la vie :

Ainsi, les yeux remplis de langueur et de mort,
[gueur et de mort,
Pâle, elle ouvrit sa bouche en un
[dernier effort.
(A. Chénier, *Idylles*, Néère.)
2. V. Platon, *Phédon*, édit. Tauchniz, chap. xxxv; Cicéron, *De Oratore*, III, 2; Pline, X, 23.

L'Oie.

Dans chaque genre, les espèces premières ont emporté tous nos éloges, et n'ont laissé aux espèces secondes que le mépris tiré de leur comparaison. L'oie, par rapport au cygne est dans le

même cas que l'âne vis-à-vis du cheval, tous deux ne sont pas prisés à leur juste valeur; le premier degré d'infériorité paraissant être une vraie dégradation, et rappelant en même temps l'idée d'un modèle plus parfait, n'offre au lieu des attributs réels de l'espèce secondaire, que ses contrastes désavantageux avec l'espèce première : éloignant donc pour un moment la trop noble image du cygne, nous trouverons que l'oie est encore dans le peuple de la basse-cour un habitant de distinction ; sa corpulence, son corps droit, sa démarche grave, son plumage net et lustré, et son naturel social qui la rend susceptible d'un fort attachement et d'une longue reconnaissance ; enfin sa vigilance[1] très-anciennement célébrée, tout concourt à nous présenter l'oie comme l'un des plus intéressants et même des plus utiles de nos oiseaux domestiques ; car indépendamment de la bonne qualité de sa chair et de sa graisse, dont aucun autre oiseau n'est plus abondamment pourvu, l'oie nous fournit cette plume délicate sur laquelle la mollesse se plaît à reposer, et cette autre plume, instrument de nos pensées et avec laquelle nous écrivons ici son éloge[2].

---

1. ... Humanum longe præsentit
[odorem,
Romulidarum arcis servator, can-
[didus anser.
(Lucr., *De Rer. nat.*, IV, 686-687.)

2. « Quand on est obligé de dire une chose commune, il faut tâcher d'y jeter toujours un peu d'intérêt. C'est ainsi que M. de Buffon, dans son histoire de l'oie, ne nous a pas appris platement qu'elle donne les meilleures plumes ; mais il dit : « cette plume avec laquelle j'écris son histoire. » (Mme Necker, *Mélanges*, t. II, p. 342.) — En réalité ce trait spirituel n'appartient pas tout à fait à Buffon.

Lorsqu'il eut publié ses premiers volumes sur les animaux, Sedaine écrivit une lettre assez plaisante et qui eut un grand succès dans la société du temps. Le cadre était ingénieux ; c'était une lettre adressée par les animaux de la forêt de Montbard au sculpteur Pajou, pour le remercier d'avoir fait la statue de leur ami Buffon ; ils le complimentent sur la ressemblance de la figure, et ajoutent : « Tu as donné une idée de son intelligence aussi parfaitement qu'il a rendu la nôtre, avec sa réflexion et *la plume d'un de nos camarades.* »

OISEAUX DOMESTIQUES

La Poule.

Cette mère qui a montré tant d'ardeur pour couver, qui a couvé avec tant d'assiduité, qui a soigné avec tant d'intérêt des embryons qui n'existaient point encore pour elle, ne se refroidit pas

lorsque les poussins sont éclos; son attachement, fortifié par la vue de ces petits êtres qui lui doivent la naissance, s'accroît encore tous les jours par les nouveaux soins qu'exige leur faiblesse : sans cesse occupée d'eux, elle ne cherche de la nourriture que pour eux; si elle n'en trouve point, elle gratte la terre avec ses ongles pour lui arracher les aliments qu'elle recèle dans son sein, et elle s'en prive en leur faveur ; elle les rappelle lorsqu'ils s'égarent, les met sous ses ailes à l'abri des intempéries, et les couve une seconde fois ; elle se livre à ces tendres soins avec tant d'ardeur et de souci, que sa constitution en est sensiblement altérée, et qu'il est facile de distinguer de toute autre poule une mère qui mène ses petits, soit à ses plumes hérissées et à ses ailes traînantes, soit au son enroué de sa voix, et à ses différentes inflexions toutes expressives, et ayant toutes une forte empreinte de sollicitude et d'affection maternelle.

Mais si elle s'oublie elle-même pour conserver ses petits, elle s'expose à tout pour les défendre : paraît-il un épervier dans l'air, cette mère si faible, si timide, et qui en toute autre circonstance chercherait son salut dans la fuite, devient intrépide par tendresse[1] ; elle s'élance au-devant de la serre redoutable, et, par ses cris redoublés, ses battements d'ailes et son audace, elle en impose souvent à l'oiseau carnassier, qui, rebuté d'une résistance imprévue, s'éloigne et va chercher une proie plus facile. Elle paraît avoir toutes les qualités du bon cœur ; mais ce qui ne fait pas autant d'honneur au surplus de son instinct, c'est que, si par hasard on lui a donné à couver des œufs de cane ou de tout autre oiseau de rivière, son affection n'est pas moindre pour ces étrangers qu'elle le serait pour ses propres poussins : elle ne voit pas qu'elle n'est que leur nourrice ou leur *bonne*, et non pas leur mère ; et lorsqu'ils vont, guidés

---

1. Comparez le passage célèbre de la 2ᵉ partie de l'oraison fun. de la princesse palatine sur la poule devenue mère.

par la nature, s'ébattre ou se plonger dans la rivière voisine, c'est un spectacle singulier de voir la surprise, les inquiétudes, les transes de cette pauvre nourrice, qui se croit encore mère, et qui, pressée du désir de les suivre au milieu des eaux, mais retenue par une répugnance invincible pour cet élément, s'agite, incertaine sur le rivage, tremble et se désole, voyant toute sa couvée dans un péril évident, sans oser lui donner de secours. (G. de Montbeillard.)

Le Paon[1].

Si l'empire appartenait à la beauté, et non à la force, le paon serait sans contredit le roi des oiseaux. Il n'en est point sur qui la nature ait versé ses trésors avec plus de profusion : la taille grande, le port imposant, la démarche fière, la figure noble, les proportions élégantes et sveltes, tout ce qui annonce un être de distinction lui a été donné.

1. Buffon nous apprend la collaboration de Guéneau de Montbeillard en termes élogieux pour son ami : « C'est, dit-il, l'homme dont la façon d'écrire a le plus de rapport avec la mienne : ayant voulu se faire juger du public sans se faire connaître, il a imprimé sous mon nom tous les chapitres de sa composition, depuis l'autruche jusqu'à la caille, sans que le public ait paru s'apercevoir du changement de main. » Puis Buffon signale la description du paon comme le chef-d'œuvre de Guéneau. — Néanmoins, en lisant ce morceau, il convient de se souvenir aussi du mot si juste d'une amie de Buffon, Mme Necker : « M. Guéneau, a-t-elle dit avec finesse, prononçait trop tout ce qu'il écrivait. »

Une aigrette mobile et légère, peinte des plus riches couleurs, orne sa tête et l'élève sans la charger ; son incomparable plumage semble réunir tout ce qui flatte nos yeux dans le coloris tendre et frais des plus belles fleurs, tout ce qui les éblouit dans les reflets pétillants des pierreries, tout ce qui les étonne dans l'éclat majestueux de l'arc-en-ciel. Non-seulement la nature a réuni sur le plumage du paon toutes les couleurs du ciel et de la terre pour en faire le chef-d'œuvre de sa magnificence : elle les a encore mêlées, assorties, nuancées, fondues de son inimitable pinceau, et en fait un tableau unique, où elles tirent de leur mélange avec des nuances plus sombres, et de leurs oppositions entre elles, un nouveau lustre et des effets de lumière si sublimes, que notre art ne peut ni les imiter ni les décrire.

Tel paraît à nos yeux le plumage du paon, lorsqu'il se promène paisible et seul dans un beau jour du printemps ; mais, s'il éprouve quelque vive émotion, toutes ses beautés se multiplient, ses yeux s'animent et prennent de l'expression, son aigrette s'agite sur sa tête, les longues plumes de sa queue déploient, en se relevant, leurs richesses éblouissantes ; sa tête et son cou, se renversant noblement en arrière, se dessinent avec grâce sur ce fond radieux, où la lumière du soleil se joue en mille manières, se perd et se reproduit sans cesse, et semble prendre un nouvel éclat plus doux et plus moelleux, de nouvelles couleurs plus variées et plus harmonieuses ; chaque mouvement de l'oiseau produit des milliers de nuances nouvelles, des gerbes de reflets ondoyants et fugitifs sans cesse remplacés par d'autres reflets et d'autres nuances toujours diverses et toujours admirables.

Mais ces plumes brillantes qui surpassent en

éclat les plus belles fleurs se flétrissent aussi comme elles et tombent chaque année. Le paon, comme s'il sentait la honte de sa perte, craint de se faire voir dans cet état humiliant, et cherche les retraites les plus sombres pour s'y cacher à tous les yeux, jusqu'à ce qu'un nouveau prin-

temps, lui rendant sa parure accoutumée, le ra-
mène sur la scène pour y jouir des hommages dus
à sa beauté : car on prétend qu'il en jouit en effet ;
qu'il est sensible à l'admiration ; que le vrai moyen
de l'engager à étaler ses belles plumes, c'est de
lui donner des regards d'attention et des louan-
ges, et qu'au contraire, lorsqu'on paraît le regarder froidement et sans beaucoup d'intérêt, il re-
plie tous ses trésors, et les cache à qui ne sait
point les admirer[1]. (G. de Montbeillard.)

Le Moineau.

Dans quelque contrée que le moineau habite,
on ne le trouve jamais dans les lieux déserts, ni
même dans ceux qui sont éloignés du séjour de
l'homme : les moineaux sont, comme les rats,
attachés à nos habitations ; ils ne se plaisent ni
dans les bois ni dans les vastes campagnes ; on a
même remarqué qu'il y en a plus dans les villes
que dans les villages, et qu'on n'en voit point
dans les hameaux et dans les fermes qui sont au
milieu des forêts : ils suivent la société pour vivre
à ses dépens ; comme ils sont paresseux et gour-
mands, c'est sur des provisions toutes faites,
c'est-à-dire sur le bien d'autrui qu'ils prennent
leur subsistance ; nos granges et nos greniers,
nos basses-cours, nos colombiers, tous les lieux,
en un mot, où nous rassemblons ou distribuons

1. Voyez Pline, *Hist. nat.*, l. X.

des grains, sont les lieux qu'ils fréquentent de préférence ; et comme ils sont aussi voraces que nombreux, ils ne laissent pas de faire plus de tort que leur espèce ne vaut ; car leur plume ne sert à rien, leur chair n'est pas bonne à manger, leur voix blesse l'oreille, leur familiarité est incommode, leur pétulance grossière est à charge ; ce sont de ces gens que l'on trouve partout et dont on n'a que faire, si propres à donner de l'humeur,

que dans certains endroits on les a frappés de proscription en mettant à prix leur vie.

Et ce qui les rendra éternellement incommodes, c'est non-seulement leur très-nombreuse multiplication, mais encore leur défiance, leur finesse, leurs ruses, leur opiniâtreté à ne pas désemparer les lieux qui leur conviennent. Ils sont fins, peu craintifs, difficiles à tromper ; ils reconnaissent aisément les piéges qu'on leur tend : ils impatientent ceux qui veulent se donner la peine de les prendre. Il faut pour cela tendre un filet d'avance, et attendre plusieurs heures, souvent en vain, et il n'y a guère que dans les saisons de

disette et dans les temps de neige où cette chasse
puisse avoir du succès ; ce qui néanmoins ne peut
faire une diminution sensible sur une espèce qui
se multiplie trois fois par an. Leur nid est composé de foin au dehors, et de plumes en dedans. Si
vous le détruisez, en vingt-quatre heures ils en
font un autre ; si vous jetez leurs œufs, qui sont
communément au nombre de cinq ou six, et souvent davantage, huit ou dix jours après ils en
pondent de nouveaux ; si vous les tirez sur les
arbres ou sur les toits, ils ne s'en recèlent que
mieux dans vos greniers. Il faut à peu près vingt
livres de blé par an pour nourrir une couple de
moineaux ; des personnes qui en avaient gardé
dans des cages m'en ont assuré. Que l'on juge par
leur nombre de la déprédation que ces oiseaux
font de nos grains ; car, quoiqu'ils nourrissent
leurs petits d'insectes dans le premier âge, et
qu'ils en mangent eux-mêmes en assez grande
quantité, leur principale nourriture est notre
meilleur grain. Ils suivent le laboureur dans le
temps des semailles, les moissonneurs pendant
celui de la récolte, les batteurs dans les granges,
la fermière lorsqu'elle jette le grain à ses volailles ;
ils le cherchent dans les colombiers et jusque dans
le jabot des jeunes pigeons, qu'ils percent pour
l'en tirer : ils mangent aussi les mouches à miel,
et détruisent ainsi de préférence les seuls insectes
qui nous soient utiles ; enfin ils sont si malfaisants,
si incommodes, qu'il serait à désirer qu'on trou-
vât quelque moyen de les détruire.

L'Hirondelle.

Le vol de l'hirondelle diffère en deux points principaux du vol de l'engoulevent ; il n'est point accompagné d'un bourdonnement sourd, et cela résulte de ce qu'elle ne vole point comme lui le bec ouvert. En second lieu, quoiqu'elle ne paraisse pas avoir les ailes beaucoup plus longues ou plus

fortes, ni par conséquent beaucoup plus habiles au mouvement, son vol est néanmoins beaucoup plus hardi, plus léger, plus soutenu, parce qu'elle a la vue bien meilleure, et que cela lui donne un grand avantage pour employer toute la force de ses ailes ; aussi le vol est-il son état naturel, je dirais presque son état nécessaire : elle mange en volant, elle boit en volant, se baigne en volant, et quelquefois donne à manger à ses petits en volant. Sa marche est peut-être moins rapide que celle du faucon, mais elle est plus facile et plus libre ; l'un se précipite avec effort, l'autre coule dans l'air avec aisance ; elle sent que l'air est son domaine, elle en parcourt toutes les dimensions et dans tous les sens, comme pour en jouir dans tous les détails, et le plaisir de cette jouissance se marque par de petits cris de gaieté. Tantôt elle donne la chasse aux insectes voltigeants, et suit avec une agilité souple leur trace oblique et tortueuse, ou bien quitte l'un pour courir à l'autre, et happe en passant un troisième ; tantôt elle rase légèrement la surface de la terre et des eaux pour saisir ceux que la pluie ou la fraîcheur y rassemble ; tantôt elle échappe elle-même à l'impétuosité de l'oiseau de proie par la flexibilité preste de ses mouvements : toujours maîtresse de son vol dans sa plus grande vitesse, elle en change à tout instant la direction ; elle semble décrire au milieu des airs un dédale mobile et fugitif dont les routes se croisent, s'entrelacent, se fuient, se rapprochent, se heurtent, se roulent, montent, descendent, se perdent, et reparaissent pour se croiser, se rebrouiller encore en mille manières, et dont le plan trop compliqué pour être représenté aux yeux par l'art du dessin, peut à peine être indiqué à l'imagination par le pinceau de la parole. (G. de Montbeillard.)

Le Martinet noir.

Les oiseaux de cette espèce sont de véritables
hirondelles, et à bien des égards plus hirondelles,

si j'ose ainsi parler, que les hirondelles mêmes ;
car non-seulement ils ont les principaux attributs

qui caractérisent ce genre, mais ils en ont l'excès ; leur cou, leur bec et leurs pieds sont plus courts ; leur tête et leur gosier plus larges ; leurs ailes plus longues ; ils ont le vol plus élevé, plus rapide que ces oiseaux qui volent déjà si légèrement ; ils volent par nécessité, car d'eux-mêmes ils ne se posent jamais à terre, et lorsqu'ils y tombent par quelque accident, ils ne se relèvent que très-difficilement dans un terrain plat ; à peine peuvent-ils en se traînant sur une petite motte, en grimpant sur une taupinière ou sur une pierre, prendre leurs avantages assez pour mettre en jeu leurs longues ailes : c'est une suite de leur conformation ; ils ont le tarse[1] fort court, et lorsqu'ils sont posés, ce tarse porte à terre jusqu'au talon ; de sorte qu'ils sont à peu près couchés sur le ventre, et que dans cette situation la longueur de leurs ailes devient pour eux un embarras plutôt qu'un avantage, et ne sert qu'à leur donner un balancement de droite et de gauche : si tout le terrain était uni et sans aucune inégalité, les plus légers des oiseaux deviendraient les plus pesants des reptiles ; et s'ils se trouvaient sur une surface dure et polie, ils seraient privés de tout mouvement progressif, tout changement de place leur serait interdit. La terre n'est donc pour eux qu'un vaste écueil, et ils sont obligés d'éviter cet écueil avec le plus grand soin ; ils n'ont guère que deux manières d'être, le mouvement violent ou le repos absolu ; s'agiter avec effort dans le vague de l'air ou rester blottis dans leur trou, voilà leur vie : le

---

1. L'os le plus bas de la patte, joint aux doigts par trois poulies.

seul état intermédiaire qu'ils connaissent, c'est
de s'accrocher aux murailles et aux troncs d'arbres
tout près de leur trou, et de se traîner ensuite dans
l'intérieur de ce trou en rampant, et s'aidant de
leur bec et de tous les points d'appui qu'ils peuvent se faire ; ordinairement ils y entrent de plein
vol et après avoir passé et repassé plus de cent
fois ; ils s'y lancent tout à coup et d'une telle vitesse
qu'on les perd de vue sans savoir où ils sont allés ;
on serait presque tenté de croire qu'ils deviennent invisibles.

Ces oiseaux sont assez sociables entre eux, mais
ils ne le sont point du tout avec les autres espèces
d'hirondelles avec qui ils ne vont jamais de compagnie, aussi en diffèrent-ils pour les mœurs et
le naturel[1]. On dit qu'ils ont peu d'instinct, ils
en ont cependant assez pour loger dans nos bâti-
ments, sans se mettre dans notre dépendance,
pour préférer un logement sûr à un logement plus
commode ou plus agréable : ce logement, du
moins dans nos villes, c'est un trou de muraille
dont le fond est plus large que l'entrée ; le plus
élevé est celui qu'ils aiment le mieux, parce que

---

1. « Le caractère de cet animal est un mélange assez naturel de défiance et d'étourderie ; sa défiance se marque par toutes les précautions qu'il prend pour cacher sa retraite, dans laquelle il se trouve réduit à l'état de reptile, sans défense, exposé à toutes les insultes ; il y entre furtivement, il y reste longtemps, il en sort à l'improviste, il y élève ses petits dans le silence ; mais lors-que, ayant pris son essor, il a le sentiment actuel de sa force ou plutôt de sa vitesse, la conscience de sa supériorité sur les autres habitants de l'air, c'est alors qu'il devient étourdi, téméraire ; il ne craint plus rien, parce qu'il se croit en état d'échapper à tous les dangers, et souvent, comme on l'a vu, il succombe à ceux qu'il aurait évités facilement s'il eût voulu s'en apercevoir ou s'en défier. »

son élévation fait leur sûreté ; ils le vont chercher jusque dans les clochers et les plus hautes tours, quelquefois sous les arches des ponts, où il est moins élevé, mais où apparemment ils le croient mieux caché ; d'autres fois dans des arbres creux, ou enfin dans des berges escarpées à côté des martins-pêcheurs, des guêpiers et des hirondelles de rivage. Lorsqu'ils ont adopté un de ces trous, ils y reviennent tous les ans et savent bien le reconnaître, quoiqu'il n'ait rien de remarquable. On les soupçonne, avec beaucoup de vraisemblance, de s'emparer quelquefois des nids des moineaux ; mais quand à leur retour ils trouvent les moineaux en possession du leur, ils viennent à bout de se le faire rendre sans beaucoup de bruit. (G. de Montbeillard.)

FIN.

TABLE

AVERTISSEMENT ·   I
NOTICE SUR LA VIE DE BUFFON, ETC. · · · · · · · · · · · · · · · ·   III

DISCOURS ACADÉMIQUES.

Discours prononcé à l'Académie française le jour de sa
    réception ·   1
Réponse à M. de la Condamine, etc · · · · · · · · · · · · · · · · ·   16

HISTOIRE NATURELLE.

Considérations générales.

De la manière d'étudier et de traiter l'histoire naturelle.   19
Les époques de l'histoire et les époques de la nature..   20
Le globe terrestre, vue générale · · · · · · · · · · · · · · · · · · ·   23
La mer ·   24
Fécondité de la nature ·   27
L'empire de l'homme sur la nature · · · · · · · · · · · · · · · · ·   30

Histoire naturelle de l'homme.

La connaissance de soi-même ·   36
Distinction de l'âme et du corps · · · · · · · · · · · · · · · · · · ·   37
Les différents âges de l'homme ·   38
Les premières sensations de l'homme : rôle prépondé-
    rant du toucher ·   45
Homo duplex ·   51
Inventions des premiers hommes · · · · · · · · · · · · · · · · · · ·   55

Histoire générale des animaux.

Comparaison des animaux et des végétaux........ ...   57
Comparaison de l'homme et des animaux...........   59
Des passions chez les animaux......   64
Qualités des animaux   67
Comparaison de la société chez les animaux et chez
l'homme.....................................   72

Animaux domestiques.

Notions générales.....   78
Le cheval.......   83
L'âne..   88
Le bœuf... ...   92
Le chameau.................................... ..   96
Le renne..   100
Le lama et la vigogne.................................   102
Le bélier et la brebis...   107
La chèvre..   110
Le chien..,   113
Le chat...   121

Animaux sauvages.

Notions générales................................,   125
L'éléphant   132
Le cerf...   143
Le chevreuil.. ...   148
Le zèbre...,   150
L'écureuil.   152
Le rat..   155
La souris....   158
Le castor   159
Le singe...   171

Animaux carnassiers.

Notions générales.............................   175
Le Lion......................................   179
Le tigre............................. ....,   190
La panthère...................   194

Le loup.. 196
Le renard... 202
L'ours.. 207
L'hippopotame 209
L'unau et l'aï.................................... 210
La chauve-souris 213

Oiseaux de proie.

Notions générales................................. 216
L'aigle 220
Le vautour.. 222
Le faucon... 224
Les pies-grièches................................. 225
Les pics.. 227
Les oiseaux de proie nocturnes.................... 230

Oiseaux imitateurs.

Le perroquet...................................... 232
Le geai... 245
Le moqueur.. 247
L'alouette.. 250
Le rossignol...................................... 252
Le serin des Canaries 255
La linotte.. 257
Le pinson... 259
Le bouvreuil 261
La fauvette 263
Le rouge-gorge 265
La bergeronnette.. 267
Le roitelet....................................... 269
L'oiseau-mouche 271
Le colibri.. 274
Les cotingas...................................... 276

Oiseaux aquatiques.

Notions générales................................. 277
La cigogne.. 281
La grue 285
La demoiselle de Numidie.......................... 288

Le kamichi.. 291
Le héron commun...................................... 295
Les pluviers.. 298
La frégate.. 302
Le bec-en-ciseaux..................................... 304
Le cygne.. 308
L'oie... 313

Oiseaux domestiques.

La poule.. 315
Le paon... 317
Le moineau.. 320
L'hirondelle.. 323
Le martinet noir...................................... 325

FIN DE LA TABLE

Typographie Lahure, rue de Fleurus, 9, à Paris.

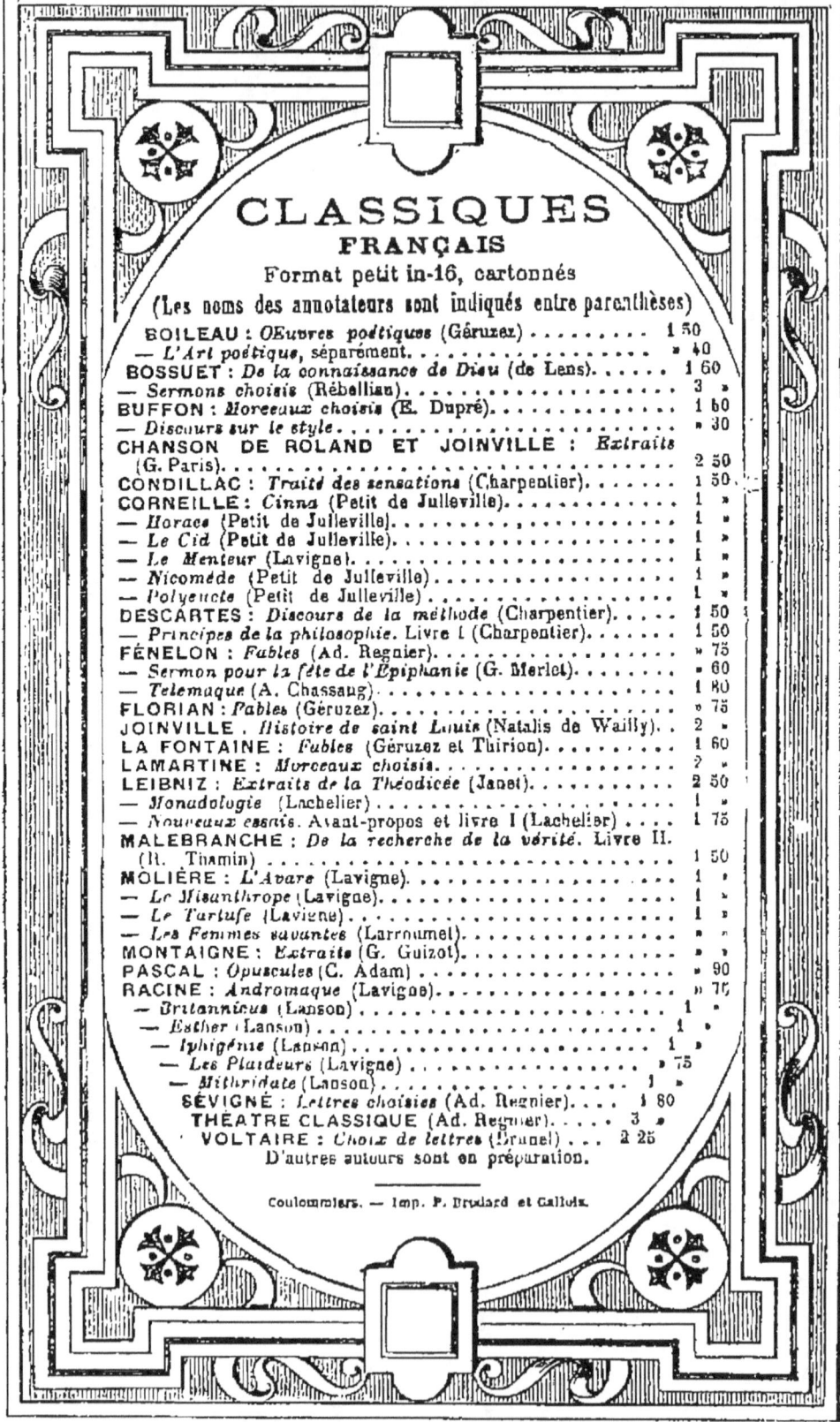

CLASSIQUES
FRANÇAIS
Format petit in-16, cartonnés
(Les noms des annotateurs sont indiqués entre parenthèses)

BOILEAU : *OEuvres poétiques* (Géruzez) 1 50
— *L'Art poétique*, séparément. . . . . » 40
BOSSUET : *De la connaissance de Dieu* (de Lens). 1 60
— *Sermons choisis* (Rébelliau) . . . . 3 »
BUFFON : *Morceaux choisis* (E. Dupré). 1 60
— *Discours sur le style* . . . . » 30
CHANSON DE ROLAND ET JOINVILLE : *Extraits* (G. Paris). 2 50
CONDILLAC : *Traité des sensations* (Charpentier). 1 50
CORNEILLE : *Cinna* (Petit de Julleville). . . . . 1 »
— *Horace* (Petit de Julleville). . . . . 1 »
— *Le Cid* (Petit de Julleville). . . . . 1 »
— *Le Menteur* (Lavigne). . . . . 1 »
— *Nicomède* (Petit de Julleville). . . . . 1 »
— *Polyeucte* (Petit de Julleville) . . . . 1 »
DESCARTES : *Discours de la méthode* (Charpentier). . . . 1 50
— *Principes de la philosophie. Livre I* (Charpentier). . . 1 50
FÉNELON : *Fables* (Ad. Regnier). . . . . » 75
— *Sermon pour la fête de l'Épiphanie* (G. Merlet). . . » 60
— *Télémaque* (A. Chassang) 1 80
FLORIAN : *Fables* (Géruzez). . . . . » 75
JOINVILLE . *Histoire de saint Louis* (Natalis de Wailly). . 2 »
LA FONTAINE : *Fables* (Géruzez et Thirion). 1 60
LAMARTINE : *Morceaux choisis*. . . . . 2 »
LEIBNIZ : *Extraits de la Théodicée* (Janet). 2 50
— *Monadologie* (Lachelier). . . . . 1 »
— *Nouveaux essais. Avant-propos et livre I* (Lachelier) 1 75
MALEBRANCHE : *De la recherche de la vérité. Livre II.* (R. Thamin) 1 50
MOLIÈRE : *L'Avare* (Lavigne). . . . . 1 »
— *Le Misanthrope* (Lavigne). . . . . 1 »
— *Le Tartufe* (Lavigne). . . . . 1 »
— *Les Femmes savantes* (Larroumet). . . . . » »
MONTAIGNE : *Extraits* (G. Guizot). . . . . » »
PASCAL : *Opuscules* (C. Adam). . . . . » 90
RACINE : *Andromaque* (Lavigne). . . . . » 75
— *Britannicus* (Lanson) . . . . 1 »
— *Esther* (Lanson) . . . . 1 »
— *Iphigénie* (Lanson) . . . . 1 »
— *Les Plaideurs* (Lavigne) . . . . » 75
— *Mithridate* (Lanson). . . . . 1 »
SÉVIGNÉ : *Lettres choisies* (Ad. Regnier). 1 80
THÉÂTRE CLASSIQUE (Ad. Regnier). . . . . 3 »
VOLTAIRE : *Choix de lettres* (Brunel) . . . 2 25
D'autres auteurs sont en préparation.

Coulommiers. — Imp. P. Brodard et Gallois.

www.ingramcontent.com/pod-product-compliance
Lightning Source LLC
Chambersburg PA
CBHW060936030726
47503CB00003B/617